a little witch &
a stray dog knight

# 小さな魔女と野良犬騎士

8

麻倉英理也
Eriya Asakura
Illustration
西出ケンゴロー

アルトも同じ感想だ。
正直、本を読む習慣が無い所為《せい》もあって、
この莫大な量の蔵書は
見ているだけで頭痛が込み上げてくる。
ただ、ロザリンだけは違った。

「すごい。すごいすごい
すごいすごい
いいいいっ…」

ジョウロを片手に持った姿は、
学園内で煌《きら》びやかな王子様として、
憧れの視線を向けられるオルフェウスに
似つかわしくなく思えるだろう。

アルストロメリア女学園の
序列一位に輝くウツロは、
間違いなくガーデンの歴史に
名を残す強者でありカリスマだ

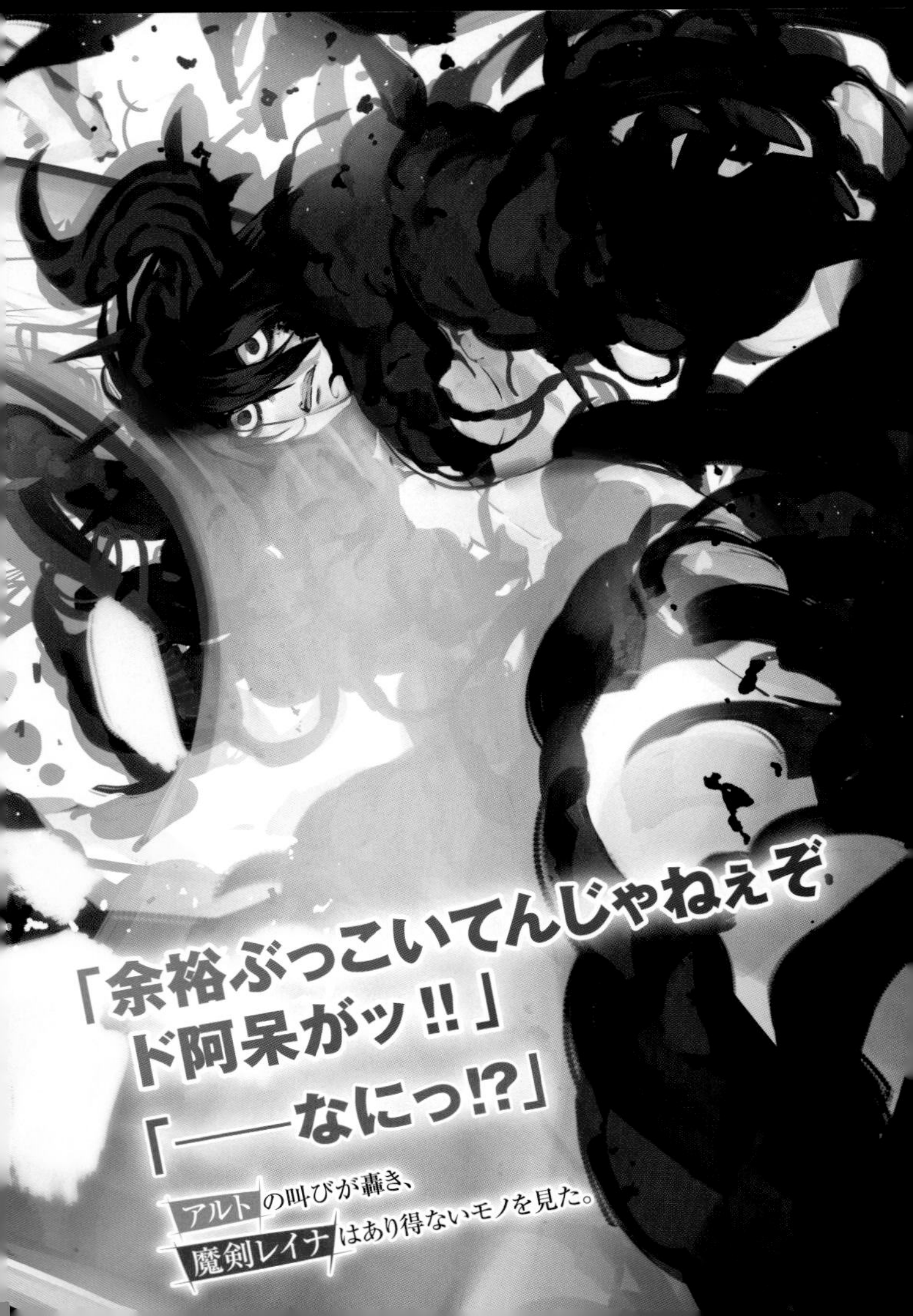
「余裕ぶっこいてんじゃねぇぞ
ド阿呆がッ‼」
「——なにっ⁉」
アルトの叫びが轟き、
魔剣レイナはあり得ないモノを見た。

「魔剣・真胡蝶天翔っ!!」

INTRO
DUCTION

## 望むものを勝ち取るために

アルト達にとって、外敵因子の存在を暴くには
避けて通れないウツロとの対決。
だが、色気たっぷりの図書委員クワイエットや、
物わかりのいい生徒会役員のオルフェウスから、
彼女の過去と心の中の虚構を知る。
ついでに美少女連中を集めプールで遊び倒したり、
花壇の手入れをしたりと学生っぽい束の間の青春も満喫する。
しかし、戦う乙女の宿命とやらはそんな甘い場所じゃなかった。
ウツロの過去に触れる過程で浮き彫りになってきたのは、
魔剣ネクロノムスとテイタニアが抱える秘密。
普通の人間なら暴くことに躊躇いを見せるだろうが、
彼女の纏う怨念《おんねん》が進む道行きの足かせになるのなら、
容赦なく叩き切るまで。
愛の女神が見守る庭園で望むものを勝ち取るには、
戦って戦って戦い抜くしかない。
そして暴き出された復讐の刃は
記憶と記録を喰らい尽くし、
アルトとテイタニアの運命を導く。

# 小さな魔女と野良犬騎士　8

麻倉英理也

ヒーロー文庫

# CONTENTS

a little witch &
a stray dog knight

Illustration
西出ケンゴロー

# 小さな魔女と野良犬騎士 8

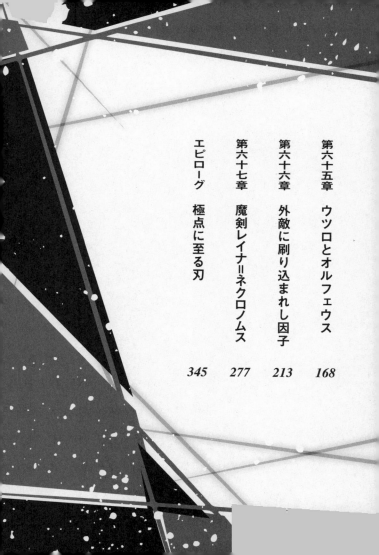

イラスト／西出ケンゴロー
装丁・本文デザイン／5GAS DESIGN STUDIO
校正／吉田桂子（東京出版サービスセンター）
DTP／鈴木庸子（主婦の友社）

この物語は、小説投稿サイト「小説家になろう」で発表された同名作品に、書籍化にあたって大幅に加筆修正を加えたフィクションです。実在の人物・団体等とは関係ありません。

# プロローグ　完全で完璧で閉鎖的な楽園

大陸の南方には大小様々な島国が連なる群島諸国が存在する。

温暖な気候と豊かな海洋資源に恵まれた島々は、一帯を守護する海神アンドロメイアの加護の下《もと》、血よりも濃いと呼ばれる大海の絆《きずな》によって鋼の結束を誇り、大陸からの侵略や群島諸国よりも更に南、破幻《はげん》と呼ばれる異種族からの干渉を撥《は》ね除《の》けていた。

特に大陸の大国との大戦はここ百年で三度に亘《わた》り、特に最悪と呼ばれた二度目の戦争では、藻屑《もくず》となった数千人の血で海が赤く染まったと語り継がれるほど。そして当時、大陸最強の強国であったエクシュリオール帝国の支援を受けた小三国によって、三度目の戦争が行われたのだが、大海戦の末に白旗を先に揚げたのは小三国の方だった。

帝国の支援を得ても尚、群島諸国の大海の絆は打ち破ることは叶わないと、以後現代に至るまで多少の小競り合いはありつつも、本格的な海戦を挑むような無謀な国家は現れなかった。

海戦では無敵を誇った群島諸国だが、逆の言い方をすれば陸戦はからっきし。大陸に勢力を伸ばさなかったのは、彼らが島国に誇りを持つ高潔な民族だから、ではなく、陸の上では打ち上げられた魚同様の存在であることを理解していたからだ。

その証拠となるのが前述した二度目の大戦。欲をかいた当時の指揮官が上陸を決行した所為《せい》で、流す必要のない血が流れてしまった。

群島諸国が海上での戦が得意なのは、土地柄を考えれば当然だと思う人間は多いだろうが、そこを一つとして大きな理由がもう一つ存在していた。

それこそが『ナラカ』と呼ばれる存在。わかりやすく言うのなら海賊だ。

肌を焼くほどに照り付ける太陽の下、一人の少女がヤシの木陰で抜けるよう真っ青な空を寝そべりながら見上げていた。ビキニ水着のような恰好《かっこう》で惜しげもなく晒《さら》す手足は、降り注ぐ容赦ない太陽の熱で健康的な小麦色に焼けている。潮の香りが混じる海風を全身に浴びて、気持ちよさそうに昼寝をする少女の顔に影が落ちる。

「そんなところで寝ていると、また前みたいに脱水でぶっ倒れるわよ」

「ほんなら、冷たい飲み物の一つでも差し入れてんか。気が利かんの」

影の正体は彼女の友人である黒髪の少女。心配というより呆《あき》れるような物言いに対して、彼女は目を瞑《つぶ》ったまま南国訛《なま》りで返した。黒髪の少女はため息を吐いてから。

「そう言うと思ったわ」

隣に腰を下ろしながら、彼女の顔の横に木製のコップを置いた。

「パイナップルジュース。船長の倉から拝借した氷も入ってるから冷たいわよ」

「前言撤回。気が利くやないか……っと」

腹筋の力だけで上半身を起こすと、背中や後頭部に付着した砂が流れ落ちた。落ちきれない砂は、自分用のコップを片手に持った黒髪の少女が、眉根を狭めながらも彼女とは対照的な白い肌の手で軽く叩《たた》き落とした。そんな少女の気遣いに笑顔だけ返して、彼女は氷でいい感じに冷えているパイナップルジュースを一気に飲み干した。

「ぷっはぁ！　……美味《うま》い。やっぱ、群島の果物は天下一品やで」

「商船からの略奪品だから大陸産よ」

訂正しながら黒髪の少女は隣に腰を下ろし、同じく飲み物に口をつけた。

暫《しば》し打ち寄せる波と風の音、そしてパイナップルジュースを啜《すす》る音だけが聞こえる。

「船長、ここ暫《しばら》く、ずっとご機嫌斜めね」

「難儀なもんや。滅多に怒らん人やから、ぶち切れさせると長いねんほんま」

「アンタの所為でしょうが」

他人事《ひとごと》のような口振りに呆れながらも、黒髪の少女は寂しげに視線を落とす。

「……本当に行くの？」

「行くで。ってか、何度も同じことを聞くなや」

「今時、武者修行なんて馬鹿げた話、何度聞いても耳を疑いたくなるわよ」

「そこは、まぁ、何とも反論し辛いわ」

苦笑いを浮かべて口内に放り込んだ氷を嚙《か》み砕く。

「なんでわざわざ、大陸の方まで武者修行なのよ」

「そりゃ単純に強くなりたいからやがな。アンタだってナラカの女なんやから、うちの気持ちはわかるやろ」

「そこで武者修行って発想がでることが、おかしいって話をしてるの。海の護《まも》り女《め》が陸で強くなってどうするのよ」

「古いなぁ、ふるふるや。アンタの頭の固さ、古いナラカの考えそのままやで」

「私はナラカだもの。当然よ」

むっとする黒髪の少女の視線を受けながら、飲み干したジュースのコップを名残り惜しそうにあおる。

「群島諸国が陸の戦争で勝てないことを危惧《きぐ》しているの？　それこそ見当違い。戦争なんて国のお偉方がどうにかすることで、海賊であるナラカには何の関係もないことだわ。第一、貴女《あなた》一人だけが強くなったところで、戦争の勝敗には何の影響もないでしょう」

「せやね、アンタの言う通りや。それにうちは、戦争は嫌いやわ」

「だったら……」

「せやけど、ちゃうねん」

視線を目の前の海から外して黒髪の少女の方を振り返った。てっきり真面目な顔付きでも向けてくるのかと思いきや、彼女の表情はだらしなく緩んでいて、思わず黒髪の少女は怪訝《けげん》そうに眉を顰《ひそ》める。この顔には覚えがある。何か悪戯《いたずら》や悪さをした際に、結果がどうなるかわくわくと期待に胸を膨らませている表情だ。

「単純なことや。うちはつよなりたい、何処《どこ》までつよなれるか試してみたいんや……んで」

再び視線を海に向けながら立ち上がった。遠く遠く、水平線の果て。まだ見ぬ世界でも見通すかのよう、焼けるような熱の籠《こ》もった砂浜に爪先を沈めて背伸びをする。

「天下一の強さを手に入れて、故郷に錦っちゅうもんを飾るのもおもろいやろ」

「……なによ、ニシキって」

「知らん。この間とっ捕まえた、東国のおっちゃんが酒の席で言っとったわ」

わっはっはと彼女は腰に手を添えて豪快に笑った。黒髪の少女は呆《あき》れながらため息を吐くも、つられるよう表情には笑みが宿っていた。彼女は昔から全然、変わらない。見上げる視線は眩《まばゆ》いモノでも見るように細められた。

「最初から言って止まるなんて全然思ってなかったけど、手始めに何処へ向かうつもり？　最強を目指すなら、エンフィール王国かエクシュリオール、いや今はラス共和国か。まさか、西方三国とか言わないわよね」

「そのどれもちゃうな」

此方《こちら》を向いてから彼女は、もったいぶるよう立てた指を左右に振る。

「行き当たりばったりとか」

「ちゃうわ、馬鹿にせんといてんか！」

思わず声を荒らげてツッコんでから、彼女はやれやれと肩を竦《すく》める。

「ちゃんとアタリはつけてあるっちゅうねん。ガキが近所に買い物行くとちゃうんやぞ」

「だったら勿体《もったい》ぶらずに教えて欲しいものね」

「なぁにが勿体ぶらずに、や。大陸かぶれの喋《しゃべ》り方しよってからに」

ぶつくさと呟《つぶや》いてから、咳《せき》払いをして改めて口を開く。

「うちが目指す場所は、ガーデンや」

「ガーデンって、なんていうか、また……難儀な選択したわね」

予想の斜め上を行く答えに黒髪の少女も困惑を隠せない。

「つようなる為なら、この上ない選択やろ」

「そうかもしれないけど……なに？　貴女《あなた》、竜の称号でも取るつもり？」

「それもおもろそうやな」

軽い皮肉のつもりだったが本気の笑顔で同意され、言った自分の方が矮小に感じてしまう。思わず顔を逸《そ》らす黒髪の少女とは真逆に、彼女は正面に回り込むと腰に手を当てて、真っ直《す》ぐと見据えてきた。

「なぁなぁ、アンタも行かへんか。うちら、二人で一つの名コンビやろ、レイナ」

「……いつもいつでも、貴女《あなた》の無茶に付き合うなんて思わないでよね。テイタニア」

呆《あき》れ顔と笑い顔。二人の少女が向き合う顔付きはいつも正反対だった。だからこそ、少女は信じて疑わなかった。これは一時の別れで遠くない未来に、二人は再会してまた馬鹿のような会話を繰り広げることを。

翌日、手を振って見送った彼女との別れが、穏やかな海原《うなばら》とは正反対の暗く辛い別離になるとは、想像もしていなかった。

# 第六十二章　乙女達の日常

不遜な転入生が生徒会の一人、アントワネットを打ち破った。

血と臓物に塗《まみ》れた死闘の翌朝、舞台となったアルストロメリア女学園はこの噂《うわさ》で持ち切りになっていた。

「ねぇねぇ知ってる、例の転入生のこと」

「知ってる知ってる。アントワネット様と決闘をして勝ったって。やるわよねぇ」

「生徒会に宣戦布告して一日で成し遂げちゃうなんてね。単なるパフォーマンスかと思ったけど、クイーンビーも倒してるしあの娘、本物かもね」

学園の朝。ホームルームが始まるまでの僅《わず》かな時間であっても、校舎のあちらこちらで女生徒達の話題を独り占めしていた。多くの生徒達にとって生徒会は尊敬に値する存在ではあるが、ここは強さを極める為の場所でもある。

故に生徒会幹部であるアントワネットを倒したことに対して、負の感情を懐《いだ》くような生徒は殆《ほとん》ど存在せず、むしろ大半がクイーンビーとの一件も含めて、懐疑的であった転入生アルトの実力を認める結果となった。これはアントワネット自身が、取り巻きのような派閥を形成していなかったこともある。

そうなれば当然、衆目を集めるのは話題の中心にいる人物だろう。

「……来たわよ、あの娘でしょ」

廊下の片隅でひそひそと、グループを作る女生徒の一人が声を潜《ひそ》める。揃《そろ》って盗み見た先には時間ギリギリで登校してきた為、急ぎ足で廊下を歩くアルトとテイタニアの姿があった。

当然、視線を向けてくるのは彼女らだけではないので、アルトも直《す》ぐに自分に対する注目の変化に気が付く。熱視線、と言い替えてもよいかもしれない。

「……すげぇ見られてんな。もう噂《うわさ》になってんのかよ」

横目で見ながら若干引き気味に呟《つぶや》く。

「閉鎖的な場所だから。ちょっとした噂でも、あっという間に広がるわ。貴女《あなた》の場合は、ちょっとした噂、ではないから当然だろうけど」

「土地が変わっても、女の耳の早さは変わらないってわけか」

グルッと廊下を見渡してから、視線をテイタニアに戻す。

「ってか、注目されるのは構わねぇが、俺達はこんなに大手を振って歩いてもいいモンなのか」

疑問に思うのは前日のこと。アントワネットと戦う以前、アルトとテイタニアの二人は花の塔に招かれた上で、ウツロと戦い敗《やぶ》れている。

その上で旧校舎の檻《おり》の中に放り込まれたのだが、色々あって抜け出したわけではあるが、そこに生徒会の意思は介入しておらず、言ってしまえば無断で逃げ出したことになる。

「校舎に足を踏み入れた瞬間、囲まれるモンだと思ってたんだがなぁ」

「そんな物騒な予測を立てるくらいなら、休んだ方がよかったんじゃないのかしら」

「馬鹿言え。昨日のリベンジができるから、願ったり叶ったりだろうが」

「そういうところ、貴女も十分にガーデン向きの性格ね」

布マスクで隠した顔から表情はわからないが、視線に呆《あき》れが混じっているのはわかる。

「アントワネットが敗れたことは、それだけあの人達にとって予想外だったんでしょう。色々と、問題があった人のようだし、ね」

「……だな」

含みを持たせた言葉に、アルトは脳裏に嫌な光景を思い浮かべながら頷《うなず》いた。

生徒会役員の一人アントワネット。善良、とは全面的には言い難いが、人懐っこい性格と笑顔の少女は、裏では学園の生徒達を攫《さら》い自らの欲望、魔術の真理を目指す為の実験道具として扱っていた。

彼女が所有する魔術工房の惨状は思い出したくもないが、犠牲となった女生徒達はかなり衰弱していたモノの、命に別状はなく街の方の病院に運び込まれ療養している。主犯のアントワネットだが此方《こちら》も現在は病院で眠っている。

　アルトと戦った時に受けた怪我《けが》はそこまでではないが、大魔術を行使した際の魔力消費の激しさに加え、術式を強制解除された所為《せい》で、強烈な引き戻しを受けてしまったのだ。一応、クルルギが施した結界で拘束されていて、彼女が言うには直《す》ぐに目を覚ますだろうという見立てだ。

「あのピンク頭には色々と聞きたいことがあるからな。さっさと目を覚まして貰《もら》わなきゃならん」

「聞くことなんかある？　あのサイコパスに」

「俺にも色々事情があるの。ってか、アレだけ大規模なことをやらかしてやがったんだ。普通に考えて、単独犯とは考え辛いんじゃねぇのか」

「共犯者がいるってこと？」

「それも含めて……ああ、いや。何でもない、喋《しゃべ》り過ぎた」

　思わず軽くなりかけた口を手で覆うと、テイタニアは残念そうに舌打ちを鳴らす。彼女も此方《こちら》の事情に半分、足を踏み入れているようなモノだが、実際に詳しい話をしているわけではないので細部はぼかした。

「そういえばミュウ……あの袋詰めされた女はどうしたんだよ？」

話題を逸《そ》らす意味もあったが、気にかかっていたのも本音だ。

「どうしたもこうしたも、あのまま今も檻《おり》の中にいるんじゃないの」

「連れ出さなかったのか？」

「一応、お伺《うかが》いはたてたけど完全無視。無理やり連れだす義理もないしね」

「まぁ、そりゃそうか……ふわっ、眠い」

欠伸《あくび》をしてから目尻に溜まる涙を指で拭う。昨日、色々と事後処理を終えた深夜に寮へと戻ると、既に戻っていたテイタニアはベッドに潜り込んで寝ていた。アルトも同じく直《す》ぐ寝床に飛び込んだが、流石《さすが》にアレだけの激戦を経た後だと、数時間程度の睡眠では十分とはいえなかった。

「ともかく、昨日とは状況が変わったんだ。花の塔での借りは、絶対に返してやるぜ」

「随分と強気な発言ね。一蹴された人間とは思えないわ」

「ふん、言ってろ。次は負けねぇよ、ようやくこいつも俺の手に戻ってきたしな」

誇らしげに揺らした背中には、一本の剣が背負われていた。長年、アルトと死闘を共にしてきた相棒、愛用の片刃の片手剣だ。小柄な身体にはちょっと不釣り合いだが、ここでは武器を携帯している生徒も多いので、剣に関しては特に注目を集めていなかった。

「剣の一本でそこまで変わるモノかしら」

「変わるの。野良犬騎士が剣を担いでなきゃ、沽券《こけん》に関わるっての」

「なに、野良犬騎士って。だっさ」

「うるせぇよ、俺がつけた名前じゃねぇやい！」

半笑いで鼻を鳴らすテイタニアに、唾を飛ばしながら抗議した。

（と、強がっちゃみたが実際問題、あの生徒会長と万全の状態で戦えりゃ次は勝てる。って言い切れねぇってのは、情けねぇ話だぜ）

花の塔でウツロと戦った時間は僅《わず》かだが、実力者であると理解するには十分だろう。アントワネットに勝てたのは、彼女が戦闘向きではない上に経験不足だったから。ウツロや最側近のオルフェウスと、真正面から戦って確実に勝てるかと問われると、悔しいが自信を持って頷《うなず》くことは難しい。

アントワネット戦を経て改めて、自分の戦闘能力が如何《いか》に低下しているのかがわからされたからだ。

「……うむ。せめて俺の身長が、あと二十センチは高けりゃな」

「何を唸《うな》ってるかと思えば。チビっ娘が縦に伸びたところで出るとこ出てなきゃ滑稽《こっけい》なだけよ」

「大きなお世話だ。自分の尻もおっぱいも、デカくなくてかまわないっての」

そうこうしている内に自分の教室の前まで辿《たど》り着いたが、ここに来るまで女生徒達に声をかけられることはなかった。

衆目を集めているのは相変わらずだが、昨日までの不審者を見るような目つきは……大幅に激減したわけではないが一部、何やら意味深な熱の籠《こ》もった視線を感じる。そこら辺は深く考えないようにしよう。

ドアを開けて教室に入ると、既に中には殆《ほとん》どのクラスメイトが揃《そろ》い談笑をしていたが、現れたのがアルト達だとわかると、一斉に会話を止めて此方《こちら》に視線を向けてくる。これには流石《さすが》のアルトもギョッとしてしまう。

「……な、なんだよ」

戸惑いながら問いかけるも、クラスメイトからの返答はなくただ見つめられるだけだった。不気味ではあるが、向けられる視線からは悪意のあるモノは、一部を除き感じられずに、むしろ畏怖や敬意といった感情が伝わってきた。例えるならば可愛い子犬を愛でたいが、噛《か》み癖がある故に手が出せない、そんな感じと言えばわかるだろうか。

「なんだか、すげぇ居心地悪いんだけど。なんなんだよ、いったい」

「興味はあるけど、生徒会の目があるから気軽に突《つつ》けないんでしょ。早く席につくわよ」

先に行くテイタニアを小走りで追い掛け、奇妙な沈黙とむず痒《がゆ》い視線に首筋を掻《か》きながら、アルトは背中の剣を下ろして自分の席に座った。

「しかし、思ってたよりも特に何事もなく教室に入れたな。てっきり、生徒会の連中が目の色を変えて待ち構えてるかと思ったけど」

「確かにそうね」

同意しながらテイタニアも隣の席に腰を下ろす。

「ウツロはともかく、オルフェウスなら激怒してもおかしくない案件だけど……静かすぎるわ。貴女《あなた》、学園長には報告したんでしょう？」

「一応な。まぁ、正確には俺の口からじゃなくロザリン……俺の相方からだけど」

昨日は後始末が終わった後、学園長であるヴィクトリアのところへ報告に行くつもりだったが、疲労困憊《こんぱい》だったアルトを気遣ってくれたのだろう。ロザリンが自分に任せてくれと言ったので、お言葉に甘えることにしたのだ。

「ロザリン、さんって、黒髪のお姉さんでしょう。魔術を使う」

「そういや、顔を合わせたんだっけな」

「貴女達、どういう関係なの？」

「別に特別、何かしら形容が必要な関係じゃねぇよ。保護者と被保護者だ」

「つまり貴女の親代わりってことね」

「ぶっ⁉」

思いっきり噴き出してから机に突っ伏す。

「アイツと俺の何処《どこ》をどう見たら……って、今はそう見えるか」

訂正するにしても説明が面倒臭いので、早々に諦めたアルトは突っ伏したまま顔だけはテイタニアの方に向ける。

「とにかく、ピンク頭の所業に関しては報告が行ってるはずだ。怒鳴り込んでこないってことは学園長……いや、あのクソメイド辺りに釘でも刺されたんじゃねぇのか？」

「だったら、それはそれで噂《うわさ》になっているはずよ。言ったでしょ、ガーデンの女の耳は早いって」

「……ふむ。だったら」

頬杖《ほおづえ》を突きながら顔を持ち上げる。その間に素早く頭の中で仮説を組み上げた。

「ピンク頭のやったことは、知ってようが知ってまいが生徒会には不都合な事情だ。それを理由に、現体制を解体されちまう可能性があるからな。けれども、生徒会が呼び出された様子もなければ、俺達に報復してくるような気配もない」

「つまり？」

「お互い、様子見で牽制《けんせい》中ってことだろうな」

単純に生徒会から権力を奪うだけなら、アントワネットの事件を利用すれば十分に可能だろう。けれども、ヴィクトリアの最大の目的はガーデンに持ち込まれた、外敵因子の発見と恐らくはそれの排除だ。

「あるいは、ピンク頭を使って交渉するつもりかもしれねぇ」

外敵因子を所有しているのは、高い確率で生徒会長のウツロなのだろう。ならば、会長の席を保障する代わりに、外敵因子の引き渡しを交渉するのかもしれない。アントワネットの件を明るみに出さないのは、学園内からの生徒会批判を避ける為、批判が多くなり求心力を失えば、生徒会長の座を解任しなければならないからだ。

「下手《へた》な追い詰め方をして、外敵因子を使った無茶をされたくないのかもな」

「そんなに危ない存在なの？」

疑問の表情でテイタニアが問いかけた。確かにアルト自身も外敵因子がどのような存在か、ハッキリと突き止めたわけではないが、人の理《ことわり》に口を出さない大精霊、ガーデンの国家神でもあるマドエルが、介入してまで止めようとする存在だ。決して楽観視するべきモノではないだろう。

「ともかく、今日のところは生徒会の出方待ちってところだな。何処《どこ》かの誰かさんの目的も、いまいちわからねぇしな」

「そう。それは困ったモノね」

ワザとらしい皮肉を放っても、布マスクで隠れた表情は崩せず軽く流されたが、予想通りの反応だったので特に思うところはない。

「ってなわけで、反応が来るまでのんびりするとしようぜ。流石《さすが》に昨日は疲れ過ぎた」

「のんびりも何も、今日もこれから授業があるけれど」

「俺が今更何を学べってんだ。寝てるから代返はよろしく」

勝手に押し付けてからアルトは、机に突っ伏したまま両目を瞑《つぶ》った。テイタニアの方からため息を吐く音が聞こえたが、特に言葉は発せられることはなく、周りの生徒達からも咎《とが》められることはなかった。

むしろアントワネットと一戦交えた翌日だからか、疲れていても納得という様子だった。ここには口うるさいカトレアの目もないし、寝心地がよい場所ではないが、状況が動くまで惰眠《だみん》を貪《むさぼ》るとしよう。

「おやすみぃ」

うつらうつらと早々に沈みかけた意識の片隅が、集団の足音が廊下から聞こえるのを捉えた。何事だと薄目を開くと同時に、教室のドアが勢いよく開かれたかと思うと、数人の見慣れない女生徒達が遠慮なく踏み込んでくる。

「……厄介な連中が現れたわね」

舌打ち交じりのテイタニアの言葉に嫌な予感が浮かび、アルトは突っ伏したまま現れた女生徒達に薄目を向けた。クラスメイト達も動揺しながらも、不思議と誰も異議を唱えず、代わりに教室の温度が下がるような緊張感が満ちる。これはただ事じゃないなと、アルトはこっそり机に立てかけた剣を足で引っ掛けるよう近づけた。

現れた女生徒達が威圧的な視線を巡らせる中、アルトはこそこそとテイタニアに囁《ささや》く。

「おい。あの物騒な連中は何者なんだよ。アレも生徒会か？」

「いいえ。ある意味、もっと厄介な連中よ」

教室に入ってきた五人で全員かと思いきや、最後に一人、遅れて廊下から姿を現す。

「アルストロメリア女学園風紀委員。学園切っての武闘派集団よ」

警戒心の滲《にじ》む声と同時に一人の女生徒が現れると、先んじて教室に踏み込んでいた風紀委員達は一斉に頭を下げた。長い黒髪をしていて前髪をピンで止め、露わになったおでこが特徴的の美少女。見目の麗しさ以上に視線を引いたのは彼女が右手に持つ一本の槍《やり》だ。鉄でも銅でもミスリルでもなく、柄も石突《いしづき》も穂先すらも木製の得物は、一見すれば練習用の武器にも思えたが、遠目からでも感じられる威圧感は紛れもない業物《わざもの》であることを示していた。

彼女は酷《ひど》く生真面目《きまじめ》な表情で厳しく結んだ唇を開く。

「一昨日このクラスにやってきた転入生は何処《どこ》かしら？」

凛《りん》とした張りのある声が教室に響くと、皆の視線が一斉にアルトへと向けられた。

当然、風紀委員達の厳しい目付きも投げかけられ、アルトは面倒臭そうに舌打ちを鳴らしてから、軽く上げた右手をぷらぷらと左右に振った。

「あ～っと、ご指名の転入生は俺のことだけど……アンタらなに？」

「貴女《あなた》、名前は？」

正面を目掛け真っ直《す》ぐ近づくと、前の席に座っていたクラスメイトは慌てて机を持ち上げ場所を開ける。自然と真正面で迎え撃つ形となり、アルトは突っ伏していた上半身を持ち上げ、頬杖《ほおづえ》を突きながら相手を睨《にら》み付けた。

「訪ねてきたのはアンタだろ。まずはそっちから名乗るのが筋ってモンじゃねぇのか、おでこちゃん」

「――貴さッ⁉」

「止めなさい」

激高しかけた委員の一人を、彼女は軽く木製の槍《やり》を持ち上げて制す。

「仁義を通さなかったのは私の落ち度……失礼。先に名乗らせて貰《もら》うわ」

一礼してから彼女は背筋を伸ばした。

「私はアルストロメリア女学園風紀委員で委員長を務めるニィナよ、以後、お見知りおきを願うわ」

一切の笑顔はなく、けれど冷淡さとは無縁の生真面目な顔で名乗る。筋を通されたのなら此方《こちら》も名乗るしかない。

「俺がアルトだ。で、風紀委員様が何の用件だ。風紀を乱しているつもりはねぇけど」

「把握しているだけで三度、貴女は校内で私闘を行っているわ。十分に風紀を乱す行為に該当します」

「それ俺は悪くねぇだろ。どれも売られた喧嘩《けんか》を買っただけだっつーの」

「三度って……他二つはともかく、風紀委員は花の塔のことも耳にしているの？」

思わずテイタニアが驚いて口を挟む。衆目で行われたクイーンビー戦と既に噂《うわさ》になっているアントワネット戦はともかく、花の塔での出来事は目撃者もいなかったはずだ。ウツロ達が自ら喧伝するわけはないので、純粋に風紀委員の情報収集能力が高いのだろう。

テイタニアの驚く様子にアルトも気づいたことがある。

「その反応だと風紀委員の連中は、生徒会とは全く別口ってわけか？」

「風紀委員と生徒会は代々、水と油らしいよ。とりわけ今代は如実《にょじつ》って感じ」

「なるほど」

視線を巡らせる風紀委員達は、確かにパッと見で感じられる程度にはかなり腕が立つ。とりわけ正面に立つニィナと名乗る風紀委員長は、アルトの見立てではオルフェウスと同等、あるいはそれ以上の実力があると判断した。

（……それに）

さりげなくクラスメイト達の様子も窺《うかが》ってみるが、彼女達は風紀委員の登場に驚きこそしてはいるが、敵意や嫌悪感など負の感情は感じ取れなかった。ある程度の畏怖こそあるモノの、例えるなら職務中の警備兵が現れた時に似た緊張感がある。生徒会の威光が強いと言われているだけに、対立する組織には冷淡かと思ったが実際はそうではなさそうだ。

「耳が早いのは結構なことだけど、秩序を管理する側の連中なら足の方も軽くなって欲しいモンだね。散々、喧嘩《けんか》を売られまくった挙句に被害者側への登場じゃ、歓迎の挨拶も思い浮かばないぜ」

「歓迎は結構です。ですが……」

眉根を顰《ひそ》めてから突然、ニィナは頭を下げた。

「学園の人間が迷惑をかけてしまったのなら、秩序を担《にな》う責任者として謝罪します。アルトさん、申し訳ありませんでした」

「……おいおい、マジかよ」

思わぬ行動に戸惑いながら視線をテイタニアに向けるが。

「そういう人間なの、ニィナ委員長は……ってか、わたしは貴女《あなた》の解説役じゃないんだけど」

「まぁ、硬いこと言うなって」

「……さて」

小声での軽口を制するように、声を出しながらニィナは下げていた頭を戻す。

「一応の筋道は通したわ。二人共、風紀委員の執務室まで同行を願います」

アルトとティタニアは怪訝《けげん》な表情を見合わせてから、同時に大きく息を吐き出した。どうやら今日も一日、平穏とは無縁な学園生活が始まりそうだ。

同時刻。相変わらず別行動中のロザリンもまた、困った状況に置かれていた。

「さぁ、出来上がったよ。私が手ずから淹《い》れたお茶だから、是非《ぜひ》とも楽しんで欲しいな」

「……はぁ」

テーブルを挟み対面でソファーに座る二人の少女は、にこやかな表情と困惑した表情という相対する感情を突き合わせていた。

ここは女学園の内に存在する応接室の一つ。学生としての仮の身分があるアルトとは違い、教師でもない大人が校舎内を無暗《むやみ》に出歩くのは人目を引いてしまう為、街の方へ探索に出掛ける以外の時は、用意して貰《もら》った応接間で食事休憩や調べ物をしている。

本当なら今日も朝から調べたいことがあったのだが、満面の笑みで対面に座る少女がお茶のセットを持って押しかけてきた所為《せい》で、何も手をつけていない内からお茶の時間になってしまった。

彼女の名はアカシャ。先日、学園長室でヴィクトリアに紹介された少女だ。

向かい合ってお茶を楽しむような間柄ではない筈《はず》だが、わざわざ足を運んできた上に茶まで淹れられてしまっては、追い出すことも断ることも気が引けるので、仕方なくロザリンは作業を後回しにしてカップに口をつける。

「……美味《おい》しい」

思わず零《こぼ》れた素直な感想にアカシャの唇が綻ぶ。

見た目は何の変哲もない紅茶で、砂糖やミルク、レモンなどは入れていないストレートで飲んだのだが、味わい深さは普段、かざはな亭や自分で淹れて飲むお茶とは雲泥の差だった。別に他の紅茶が不味《まず》いという訳ではなく、アカシャのお茶が群を抜いて美味しいのだ。

「凄《すご》く、香りが、濃い。リンゴとか、薔薇《ばら》に、囲まれてるみたい」

「噛《か》み締めるような、実に素晴らしい感想だね。嬉《うれ》しいよ」

ジッとロザリンがお茶を飲む姿を見ていたアカシャは、何故か安堵《あんど》するような微笑《ほほえ》みを見せてから、持ち上げたカップに左手を添えながら一口含む。

「うん。上手《うま》く淹れられてる。折角、良い茶葉を用意しても淹れ方が稚拙だと、香りが楽しめなくなってしまうからね。ああ、お茶菓子も用意してあるから、こっちも食べてみて欲しい」

そう言ってお茶と同じく持ち込んだ小さな籠《かご》の蓋を開くと、砂糖の甘い香りと共に焼きたてのクッキーが現れた。

「これも、貴女《あなた》が？」

「アカシャで構わないよ。ロザリンさんの方が年上だし、何よりここには身分なんてモノは関係ないんだから」

実際はこちらの方が年下なのだが、説明も面倒なので曖昧《あいまい》に誤魔化しクッキーを齧《かじ》る。

「うん。ほんのり塩味で、甘くて、美味《おい》しい」

「それならばよかった。作った人間もきっと喜んでくれる」

「えっと、アカシャが、作ったんじゃ、ないんだ」

「あはは。得意げにお茶へ誘ったけれど、私はこの手の女性的な行為が不得意でね。お茶の淹《い》れ方も最近、覚えたくらいさ」

なるほど、とロザリンは内心で納得する。お茶を飲む姿をジッと見詰めていたのは、上《う》手《ま》く淹れられているか反応を観察していたのだろう。

「いや、すまない。別に君を毒見に利用した訳じゃ……いや。言い訳になってしまうね」

バツが悪そうに視線を落としてしまうが、「大丈夫」とロザリンは首を左右に振る。

「美味しかったのは、本当、だから。問題、ない」

「……そうか。ありがとう。心遣い、痛み入る」

「私も、お茶、淹れたりするから、茶葉とか作法とか、色々と、教えて欲しい」

「勿論《もちろん》、構わないさ。今日、用意させて貰《もら》った茶葉は……」

問われたことが嬉《うれ》しかったのか、アカシャは年相応の無邪気な笑みで楽しげにお茶に関してのことを語り始めた。かなりの拘《こだわ》りがあるらしく、若干、早口になっているが聞き取りやすい彼女の説明を、ロザリンはお茶を味わいつつ時折、相槌《あいづち》を打ちながら耳を傾けた。

同時に初対面の時よりリラックスしたアカシャを、抜け目なく観察する。

彼女の表情と仕草を目視して、ロザリンはある種の確信めいた予測を内心で立てていた。アカシャという少女が貴族や富豪など、ある程度の強い権力を持った上流階級であるのは間違いないだろうが、それは初見の時から感じていたこと。

貴族の所作について詳しい訳ではないが、アカシャの立ち振る舞いはロザリンの知識にあるもの（大体はカトレアがベースになっているが）とは、所々に差異が見受けられた。単純な個人差も含まれるだろうが、初めて見る動作も見受けられる。例えばカップを持つ時の仕草。通常は右手だけで掴《つか》むのだが、アカシャは両手でカップを持って口に運んでいた。

以前にカトレアから両手でカップを持つのは、お茶が温いと指摘している為、淹《い》れたホストに失礼な行為だと教えられたことがある。偶然やカジュアルな場だからと言われればそれまでだが、ここまで完璧な貴族としての所作を見せていたアカシャが、こんな単純なミスをするとは思えなかった。

（……と、いうことは、彼女にとっては、普通の行為。もしかして）

たったそれだけの動作である程度の予測を立てた。

（この人、エンフィール王国以外……しかも、北の方、出身？）

推測以外に確証はない。ただ、ヴィクトリアは外敵因子の捜査を彼女達にも頼んだと言っていたが、力を借りるならもっと適任な人間、それこそクルルギを動かせば良いだけの話だろう。なのにアカシャに託されたのには、何かしらの理由があるのだろうか。あるいはアルト達と同じくアカシャ自身に、外敵因子を見つけなければならない理由があるのだろうか。

　ということは、このお茶会もただの交流会という訳ではないのだろう。

「そうなんだ。お茶にも、色々、あるんだね」

「ああ、そうなんだ。これだけ語らせて貰《もら》っても茶の歴史、味わいについては語り切れていないのだけどね」

　饒舌《じょうぜつ》に語っていたウンチクが途切れ、渇いた喉を潤すようアカシャはお茶を含む。

「済まないね、一人で一方的に喋《しゃべ》ってしまった。迷惑ではなかったかな？」

「ううん。実に、興味深かった」

「ならよかった。他にも聞きたいことがあったら、遠慮なく聞いてくれ」

「そう……なら」

　和んだ空気が変わらぬよう、ロザリンは至って普通に切り出す。

「今日は、生徒会の人のこと、聞きにきたの？」

「……おっと。これは」

　一瞬、戸惑うような表情を見せた後、眉を八の字にして苦笑いを浮かべた。

「どう切り出そうか悩んでいたのだけれど、ロザリンさん。君は中々に思い切りが良い女性のようだ」

「別に。探り合いとか、苦手な、だけ……それと、ロザリンでいい」

「ありがとう。じゃあ、そう呼ばせて貰《もら》うよ、ロザリン」

微笑《ほほえ》んでからカップをテーブルに戻してアカシャは足を組んだ。上流階級の令嬢の行いにしては粗野な動作ではあったが、神々しさすら感じさせる彼女がやると妙に様になっているから不思議だ。後数年もすれば日常的な所作だけで異性を虜《とりこ》にできるだろう。

「最初に話を聞いた時には驚いたよ。歴代最強の呼び声が高い生徒会の一角を、まさか転入して二日の娘が崩すなんてね」

「アルは、凄《すご》いから。えっへん」

大人の姿でも無邪気に胸を張る姿に、アカシャは訝《いぶか》しむことなく微笑みを絶やさない。

「同感。そんなつもりはなかったのだけれど、私は君達を過小評価していたみたいだ」

「だから直接、私のところに、来たんだ。ヴィクトリアからは、情報が取れないから」

「……素晴らしい慧眼《けいがん》、本当に見くびっていたよ」

現在、戦闘不能となっているアントワネットの処遇は、学園長であるヴィクトリアに一任されている為、機密保護の名目でクルルギががっちり固めているので、少なくとも目を覚ますまではアルト達でも接触はできない。

アカシャも目的が外敵因子ならば、待っていれば情報共有の機会は訪れるはずなのに、わざわざロザリンに会いに来たということは、やはり独自で動かねばならない理由があるのだろう。

「あの人の、ことなら、聞かれてもあんまり、知らないよ」

「それでも私よりは情報を持っていると踏んで、訪ねてきたのだけれどね」

アカシャは取り繕ったり誤魔化したりせず、真っ直《す》ぐ此方《こちら》を見据え事実を認める。

「現状、外敵因子に繋《つな》がる者として、アントワネット嬢が一番の情報源だ。けれど、流石《さすが》に怪我《けが》で意識が戻らない彼女の元に、ズケズケと土足で足を踏み入れるのは人道にもとる行為だからね」

「クルルギには、もう聞いたの？」

「一応ね。けれど、特に有益な情報はなかった。怪我の具合とかは教えて貰えたけど」

「……本当に、意識が戻ってないと、思う？」

一瞬、逡巡《しゅんじゅん》してから疑問をぶつけてみると、アカシャは片眉を反応させた。

「踏み込んだ質問を、ずばっとぶつけてくるね。私だったら今の段階ではしないかな」

「女は度胸、だから」

少し驚いてから、アカシャは微笑みを柔らかくする。

「いいね。そういう考え方の人は嫌いじゃない」

組んでいた足を解き両足を床に着けた。

「私の推測では恐らく、嘘は言ってないだろう」

「根拠、は?」

「クルルギは駆け引きをするような女性ではない。不都合な連中は幾らでも黙らせられる腕力があるからね」

「でも、生徒会は野放し、だけど」

「ガーデンに属している以上、主義主張が合わなくとも生徒会は庇護《ひご》の対象さ。真正面から宣戦布告をしている訳じゃない。あくまで彼女らのスタンスは学園をより良い方向に導く為、という方便にある。少なくとも現状の行動はその範囲に納まっていると、クルルギはともかくヴィクトリア嬢は考えているのだろう」

「……ふぅむ」

顎の下を親指で摩《さす》りながら、アカシャの説明を頭の中で噛《か》み砕いていく。

「脅威じゃないなら、隠匿《いんとく》する必要は、無いって、ことか」

ならば本当にアントワネットの意識は戻っていないのだろう。アカシャの言葉を信じるのなら、ヴィクトリア達の目的は最初から説明されている通り外敵因子。たとえ生徒会がそれに関わっていたとしても、彼女ら自身をどうにかするという意思はないのだろう。ただ、どうにも納得し切れない部分がある。

「でも、どうしてヴィクトリア達は、こんなに大事になるまで、事件を放置したんだろ」

放置という表現が正しいかどうかはわからない。だが、国家神である大精霊マドエルまでもが警戒しているのにも拘《かか》わらず、ヴィクトリア達の動きは何処《どこ》か鈍く感じてしまう。それに最初から疑問に思っていたこともあった。

「外敵因子。本当に、存在するなら、マドエル様が見つけられないってこと、あるかな」

「どうだろうか」

否定も笑いもせずアカシャは顎を摩る。真剣にロザリンの意見を受け止めているようにも思えたが、僅《わず》かながらずっと此方《こちら》を見詰めていた視線は斜め上に向いている。穿《うが》った見方をするのなら、ロザリンの問いを誤魔化そうとする素振《そぶ》りにも思えた。

「確かに一理あるけれど真っ当に考えるのならば、相手のテリトリー内でも姿を隠匿できるほどの存在だから、ではないかな。だからこそ、マドエル様も警戒している。一応はこういう筋道は立てられるけど、どうだろうか？」

「なるほど」

当然の理屈だ。だが、その仮定だとやはりヴィクトリア達の落ち着き具合は気になる。物事を推測するのにも情報が断片的すぎる。何よりもロザリンは外敵因子がどんなモノなのか、物体なのか存在なのかすら掴《つか》めていない。ならば、腹の探り合いでジリジリと間合いを探るより、一気に踏み込んでしまった方が効率的かもしれない。

目の前のアカシャは確実に、ロザリンよりも詳しく外敵因子を把握しているはず。

「じゃあ、質問。外敵因子って、どういったモノか、知ってる？」

「言葉での形容は難しいかな。そもそも伝えてわかる存在ならば、外敵因子なんてあやふやな言い方はしないはずだ」

「質問の、答えは、イエスかノー、だと思うけど」

はぐらかすことは許されないかと、アカシャは苦笑気味に肩を竦《すく》める。

「……イエス」

「なら」

「ただし」

教えてと続けようとしたのを手を翳《かざ》して制する。

「安易には教えられない。これは私にとっても数少ないカードの一枚だからね。これを切る場面は、流石《さすが》に選ばせて欲しいかな」

「ヒント、だけでも、だめ？」

「申し訳ないけれどね」

微笑《ほほえ》みながらも明確に拒絶された。勿論《もちろん》、ロザリンも「それはね」と快く教えてくれるとは思っていなかった。要は反応を見たかったのだが、僅《わず》かながらでもアカシャから推測するに足りるピースの欠片《かけら》くらいは得られた。

（情報を、聞きに来たって、いうより。私が何処《どこ》まで、外敵因子に近づいているのか、確認しに来たって、感じかな）

外敵因子の情報をカードだと言いながらも、それを提示する為の条件を示さなかった。本当にアントワネットに関する情報も含めて、ロザリンから何かを聞き出すつもりがあったのなら、もう少し粘るなり何かしらの駆け引きを仕掛けてくるのは普通だろう。

そう考えると穏やかに思える視線も、何処か此方《こちら》を探るようにも思える。

睨《にら》み合いと呼べるほどのモノではないが、無言の時間が室内に流れた。一見するとアカシャの態度は余裕にも思えるが、ロザリンの見立てでは此方にない情報は握っているモノの、王手に駒を進めるには手数が少な過ぎる、といったところだろう。昨日の今日でもう行動を起こしてきたのだ。急ぎたい、先を越されたくない事情があるのなら、何としてもロザリンから情報を引き出したいはずだ。

根競《くら》べになるかと思ったが、意外にもアカシャの方が先に動いた。

「やれやれ。やっぱり想像していた以上に、君は駆け引きというモノを心得ている。私のような小娘が、君のような大人の女性に抗おうなんて、難しい話だったようだ」

「大人の、女性」

事情を知らないが故の自身を卑下する言葉だったが、意図せずロザリンに対する誉め言葉になってしまい、思わず嬉《うれ》しさから鼻がひくひくと動いてしまう。

喜びを密かに噛《か》み締めつつも、アカシャの狙いが少しずつ見えてきた。

彼女には自分達とガーデン側より先に、外敵因子かそれにまつわるなにかしらを押さえたい理由があるのだろう。

「この訪問をただの勇み足にしない為にも、どうだろうかロザリン。全面的にとまでは言わないモノの、ある程度は協力するべきじゃないだろうか」

「勇み足に、したくないのは、貴女《あなた》だけの、都合でしょ」

「その通りだ。でも、今後に何か取っ掛かりが欲しいのは、君だって同じじゃないかい？」

思わずロザリンは黙ってしまう。

最後に手助けができたとはいえ、結果的にアントワネットの件を解決したのはアルト一人の行動が大きい。

それに引き換えロザリンが得られた情報というのは、地下水路で出会ったハイネスという仮面の女性と、水路で見つけた何者かが流れ着いた痕跡《こんせき》だけ。流れ着いた人物こそが外敵因子なのか、別の誰かなのかすらわからない状態では、とてもじゃないが状況を前に進めているという実感が持てない。

本音を言えば飛びつきたい提案ではあるが、最終的に敵になる可能性のある相手と安易に手を結んで良いモノなのだろうか。

ここが慣れた王都の地ではない故にか、珍しくロザリンの胸の内に疑心暗鬼が浮かぶ。

「……そっちが、提示する、条件次第」

表情は変えず悩み抜いて一つの条件を突きつけると、アカシャは顔を顰《しか》めることなく満面の笑みを見せた。これによりロザリンは自分がまんまと乗せられたことに気が付き、仕方ないと諦めながらもお腹《なか》の奥をむかむかさせる。

「なら、遠慮なくお願いさせて貰《もら》おうかな」

お茶で喉を潤してからアカシャは表情を引き締めた。

「ロザリン。アントワネットと話せる場を作れないか、君達の方でヴィクトリア学園長と交渉して貰えないだろうか」

提示されたのは想定内のモノだったが。

「直接、お願いできない、理由は？」

「ヴィクトリア様はともかく、クルルギは私が外敵因子の件に関わるのは否定的なんだ。建前上、君達と私は同じ立場のように語られているけれど、決定的に違う点が存在する」

「違う、点とは？」

「君達は大精霊の指名を受けているが、私はそうじゃない。この違いは大き過ぎる」

自分とロザリンをそれぞれ指さした。

要するにアカシャは今、自分達が独自の理由、自身の都合に基づいて動いていると遠まわしに認めたのだ。どのような手段を使ったのかは知らないが、外敵因子を探る為にガーデンへとやってきたのなら、確かに部外者を嫌うクルルギは良い顔をしないだろう。

「私達も、あの人と話、まだして、ないんだけど」

「だったら話をする場に君も同席するといい。きっと有意義な時間になると約束しよう」

自信たっぷりにアカシャは言う。

直《す》ぐには答えずロザリンはお茶をゆっくりと口に運ぶ。僅《わず》かな動揺と迷いを気取《けど》られぬ為にとった行動だが、恐らくアカシャには見抜かれているだろう。この手の探り合いで相手の上を行くのは難しいようなので、取るべき行動は自《おの》ずと一つに絞られる。

カップを置き一拍の間を置いてから。

「わかった。その条件、飲むよ」

ニコッと屈託の無い笑みがアカシャの表情に広がる。

「素晴らしい選択だ。後悔はさせない、君の決断に必ず報いよう」

そう言ってソファーから腰を上げたアカシャが、此方《こちら》に向かって右手を差し出したので、ロザリンは自身の右手を羽織るマントで拭ってから握手に応じる。体温が低いのか握った手はひんやりとしていたが、感謝を伝えるかのようにがっしり握り締めながら、掴《つか》んだ手を大きく上下させた。

差し込むならこの一瞬の緩みしかない。

「それで、何を、聞くつもりなの？」

瞬間、瞳の奥に鋭く光るモノが見えた気がしたが、笑みを絶やさぬまま応答する。

「色々あるけれど、そうだね。一つは尋ね人についてかな。そういえば君達にはまだ、尋ねていなかったね……聞き覚えはないだろうか」

上下に振るのは止めたが、握った手は離さないままだ。

「テイタニア。その名前を持つ、この学園の女学生のことさ」

その時に見せた眼光こそが、彼女の真の姿だと初めてロザリンは理解した。


風紀委員の執務室。

生徒会と双璧を成す学園内の組織故に、本拠地と思われる場所に連れていかれる際は、どのような砦《とりで》、あるいは古城が待ち構えているのかと予想していた。事実、生徒会が拠点として構える花の塔は、王都でもお目にかかることはない幻想的な建物だった。しかし、校舎内を歩くこと数分、連れてこられたのは普通の教室の前。ドアの上の教室札に風紀委員会と書かれていなければ、普通の教室としか思わないだろう。

前を歩くニィナが鍵で施錠されたドアを開いてから此方を振り返る。

「特に礼儀作法とかはないから、遠慮せずに続いてください」

それだけ言って先に入室。後に続いてアルトとテイタニアも足を踏み入れた。

「……こりゃ、また」

踏み入れた室内の様子にアルトは微妙な顔で頬を掻《か》く。

「風紀委員会ってのは、随分と質素なモンなんだな」

「質実剛健と言って欲しいわね」

直前までいた教室とさほど違いはなかった。広さという意味ではヴィクトリアの私室も同じ程度ではあるが、あそこはメルヘンを描いてそのまま再現したような、供給過度な乙女チックさが満載であったが、風紀委員の本部として通された場所は幾つか長机が置かれ、壁際にはロッカーが並べられているだけで、他に特筆するべき物といえば、窓際に置いてあるちょっとだけ豪勢（それでも形状はかなりシンプルだが）な机と椅子くらいだろう。

その椅子に座るのは当然、この部屋の主であるニィナだ。

「椅子を用意させるから、二人はそこに腰掛けてちょうだい」

委員長の指示に応じるよう、後から続いた風紀委員達が長机のところに置かれていた木製の椅子を二つ、ニィナの座る場所と対面になるよう設置する。

「座り心地の良い椅子で無くて申し訳ないわね。本来、ここは来客を迎える場所では無いから、ソファーとかは置いていないの」

「いや、別に構わないさ。どっちかというと、硬い椅子の方が座り慣れてる」

軽口を叩きながら用意された椅子に腰を下ろす……が、ちょっとだけ足が浮いてしまい座ると爪先立ちになってしまうので、自らの足の長さを隠すようにアルトは椅子の上で胡坐《あぐら》をかいた。

「見栄っ張り。ださっ」

横目で呟《つぶや》いてからテイタニアも座る。此方《こちら》はちょうど良かった様子だ。

「申し訳ないけれど、お茶とお菓子も期待しないで」

「生徒会の連中は振舞ってくれたぜ。風紀委員ってのは、羽振りがよくないのか？」

「それほど長く拘束はしないという意味よ」

言いながらニィナは顔の前で手を組む。

「話というのは他でもないわ。昨日、貴女《あなた》達二人は生徒会と揉め事を起こしたわね」

「揉め事かどうかは知らねぇが、確かに生徒会長には塔の上から投げ落とされたな」

「状況は把握していると言ったはずよ、誤魔化すのは感心しないわね」

やっぱり駄目かと内心で舌打ちを鳴らす。

「なら、質問は正確に頼む。言葉足らずで叱《しか》られるのは、ちょいと割に合わない」

「そうね。なら、もっと直接的に尋ねましょう。昨日、アントワネットと戦ったわね？」

向けられる視線は鋭く、嘘や安易な誤魔化しは通じそうになかった。

「戦ったっちゃ戦ったな。けど、何度も言うが俺は売られた喧嘩《けんか》を買ったまでだ。そいつを引き合いに出して、風紀を乱したと言われちゃ納得はできねぇな」

「この件で貴女達《あなた》を断罪するつもりはないわ。けれど断罪されるべきは、他にいると思わない？」

「……さて」

少し強めに睨《にら》まれるが、アルトは素知らぬ顔で鼻の頭を掻《か》く。

「俺も人様を糾弾できるほど、真っ当な人間じゃないからな。罪だ罰ってのはよそ様に決めて貰《もら》うさ」

「少なくともアントワネットの所業は罪であり、知っていたか否かに拘《かか》わらず、所属する生徒会も、罰せられるに値すると私は判断します」

向けられる視線には強い怒りが感じ取れた。アルトに対してではなく、今しがた名前を出したアントワネットに向けられたモノなのだろう。やはり、彼女はまだ公になっていないはずの、アントワネットの悪事を既に耳にしている様子だ。

「だったら呼び出すのは俺じゃなくて、生徒会の誰かじゃねぇのか」

「……生徒会からは、既に呼び出しを拒否されているわ」

ふん。と、呆《あき》れるような息遣いが黙っているテイタニアから聞こえた。

「アントワネットは昨日の時点で生徒会から除名処分にしているから、一切の責任は個人のモノで生徒会が負うべき義務はない、って……まったくまったくっ、ふざけないでったたらふざけないでっ‼」

説明している内に怒りが込み上げてきたのか、眦《まなじり》を吊《つ》り上げると手の平で机を思い切り叩《たた》いた。かなり硬い材質らしく机は叩かれても割れることはなかったが、音は良い感じに室内に反響。その内に冷静さを取り戻したニィナは誤魔化すよう咳《せき》払いをする。

「失礼。軽く取り乱しました」

「……案外、おもしろ系なのかもな」

「うちに同意を求めてくんな」

「話を続けてもよろしいかしら？」

目の前では内緒話にもならず、ドスの利いた声色にアルトは首を竦《すく》め進めてくれと促す。

「現在、アントワネットは治療中で学園長の庇護《ひご》下にあるわ。意識が戻り次第の尋問を、風紀委員から申請しているけれど、クルルギ様の反応を見る限り、直《す》ぐにという訳にはいかないんでしょう」

「あのメイドは何て言ってたんだよ」

答える前にジロッと恨みがましい三白眼で睨まれる。

「申請は受け取る。だが、順番を守れ。ですって……学園の秩序を維持する風紀委員より、優先されるのは何処《どこ》の誰かしら、かしら？」

「俺……ってことになるのかね」

「ま、当然でしょ。苦労したのはアンタなんだし」

それ自体には異論が挟み辛いのか、ニィナは「うぐっ」と言葉を詰まらせた。

「確かにアントワネットの行いを見過ごしてしまったのは、風紀委員の落ち度よ」

一呼吸置いてからの言葉は落ち着いたが、下げる視線には後悔の色が浮かぶ。

「まさか、その順番を譲れって言わないわよね」

「そこまで厚顔無恥ではないわ」

腕を組んで怒気すら滲《にじ》ませる言葉をニィナは即座に否定した。

「アントワネットとの対話が後回しにされるのは、仕方のないことだと理解している。同時に貴女達《あなた》にも生徒会と敵対する事情があることも」

貴女達。当然のように括《くく》られていて、アルトは一瞬だけ横目をテイタニアに向けた。

やはり、彼女が訳アリなのはほぼ確定的だ。恐らく理由は生徒会、そして風紀委員長であるニィナも、全部かは知らないがある程度は把握しているのだろう。そろそろハッキリさせたい気持ちもあるが、まずは目の前の用件を片付けるのが先だ。

「要するにアンタは俺達に、授業をサボらせてまで何を要求するつもりなんだよ」

「そうね。私としたことが回りくどい真似《まね》をしていたわ……アルトさん、だったわね」

名を呼びながら音を立てずにニィナは立ち上がる。

「貴女達がアントワネットと対話するその場に、私も同行させて欲しいの」

「い、委員長⁉」

ニィナが深々と頭を下げると、それまで黙っていた他の委員達がどよめいた。学園の中でも立場ある生徒ということで、てっきり一勝負交える流れになるかと警戒していたアルトも、拍子抜けしたような表情をする。

「こりゃまた、随分と丁寧な対応だな。ガーデンってのは、物事の道理を腕っぷしで曲げる場所じゃねぇのか？」

「偏見。どういう印象よ」

横でテイタニアがツッコむが、小声で「わからなくもないけど」と付け加えた。

「私は学園の風紀を担《にな》う者達の長。その観点から見ても貴女達は、道理に反したことをしていないわ。ならば、私達に咎《とが》める理由も捻《ね》じ曲げる必要もない……まぁ、貴女達が本当は男性でした、なんてことがあったのなら話は変わってくるのだろうけど」

「ハッ、笑える。委員長の男嫌いって噂《うわさ》、本当だったんだ……って、どうしたの？」

「い、いや。何でもねぇで御座いますことよ」

頭を上げながら放った冗談めかした言葉に、テイタニアはやれやれと肩を竦《すく》めるが、思わぬ方面から嫌な飛び火の仕方をして、アルトは思わずそわそわと椅子の上で足を揺らしてしまう。

揺れを誤魔化すよう両手で膝を押さえ、アルトは咳払《せき》いをしてからニィナを見据えた。

「とにかく、話は理解した。要するにアンタはあのウツロって女を、会長の座から引き摺《ず》り下ろす情報が欲しいって訳なんだろ」

「ぶ、無礼な⁉」

「静まりなさい」

歯に衣着《きぬ》せぬ発言に他の委員が怒気を露わにするが、透かさずニィナが飛ばした静かな一言が場を収める。それでも敬愛する委員長を馬鹿にされたと思ってか、不満げな表情を隠せない委員達にニィナは極めて冷静に語りかける。

「一方的に頼み事だけをすれば、よろしくない印象を持たれて当然よ。ましてや、彼女の言葉は的外れな意見ではないわ……少しばかり乱暴ではあるけれど」

再び視線を此方《こちら》に向ける。

「ハッキリ言って彼女、ウツロは生徒会長という立場に相応《ふさわ》しい人間ではないわ」

力強い口調と瞳には一切の私怨は感じられなかった。最初は権力を狙ったお家騒動、あるいはアントワネットと同じく、自らのエゴを満たす為だけにその座を狙っているのではと勘繰りもしたが、ニィナのクソ真面目な雰囲気からは我欲が感じられなかった。

（……ま、あのピンク頭にそれで騙《だま》されかけたけどな）

脳裏に昨日の工房での光景が浮かび上がり、思わず吐き気を催してしまう。

口元を軽く押さえながら横目でテイタニアの様子を確認すると、彼女も「どうする気？」と言いたげな視線を向けていた。噛《か》み付き返さないということは、概《おおむ》ねの感想はアルトと同じモノなのだろう。

どうするか逡巡《しゅんじゅん》する脳裏に、ふとあることがひらめく。

「いいぜ、委員長。ピンク頭の件、同行して貰《もら》っても構わない」

「──本当⁉」

「ただし」

喜び前のめりになるニィナを制するよう二本指を立てた手を突き出す。

「こっちから条件を二つ、付けさせて貰う。要するに取引ってヤツさ」

「こいつ、足元を見てッ！」

「やめなさいと言っている」

再び委員の一人が激高するが、すぐさまニィナが先ほどより強めに戒《いまし》めた。

「風紀を乱さない範囲であるなら善処するわ。くれぐれも、期待を裏切らないで欲しい」

「釘刺さなくっても、滅多な要求はしねぇさ。ちょっとばかり、頼み事があるだけだ」

「……続けてちょうだい」

怪訝《けげん》そうな顔をするも、ニィナは椅子に座り直しながら先を促す。

「一つは旧校舎ってところから、連れ出して欲しい人間がいるんだ」

「そこにいる人間というのは？」


流石《さすが》に察しがついたのか、テイタニアが驚いた声を上げる。

「生徒会が管理している旧校舎は幾つかあるわ。あまり良い噂《うわさ》を聞かないけれど、そこにいる人間というのは？」

「生徒会長が拾ってきた身元不明の小娘だ」

簡単すぎる説明だからかニィナの眉間《みけん》の皺《しわ》はより深くなる。

「生徒でもない外部の人間が、生徒会に人権を無視した形で囚われてるってのは、ちょいと風紀的に問題じゃないか？」

「それは……確かに」

疑問の色は表情に残っているが、無理難題を言っているのは自分の方という負い目からか、ニィナはちょっと乱暴なアルトの説明を飲み込んだ。

「いいわ。風紀委員の権限で今日中に、旧校舎への立ち入り調査を執行します。ただ、保護した娘に関しては一応、こちら側での検査は行うけれど、そこは了承してちょうだい」

「ああ、まぁ、わかった」

暴れそうだなぁと予感しつつも、ここは素直に頷《うなず》いておく。問題はここからだ。

「それでもう一つの要求はなにかしら？」

「喧嘩《けんか》できる相手、アンタの方で数人ばかり見繕《みつくろ》って貰《もら》えないか」

言った瞬間、どういう意味と意図があるのか、全く理解できなかったのだろう、ニィナ達風紀委員だけでなく、横で座っている味方であるはずのテイタニアすら表情を歪《ゆが》め、馬鹿な存在でも見るように唖然《あぜん》としていた。

## 第六十三章　ウツロの秘密

「賑《にぎ》やかな娘が一人減ってしまうと、美しい庭園がひと際、寂しく感じられてしまうわね」

花の塔の最上階。空中庭園で定例のお茶会を楽しむのは三人の少女達。本来だったら四人目が座るはずの席は空いていて、一人分以上の賑やかさを担《にな》っていた人物だけに、普段よりも物静かなお茶会の場はより何かが欠けている印象があった。

それは同席するオルフェウスや仮面の生徒も言及こそすることはなかったが、慣れない静けさに違和感を覚えているだろうことが、僅《わず》かな表情の素振《そぶ》りや落ち着かない様子から窺《うかが》える。

ただ一人。

寂しいと口にしたウツロだけは、普段と変わり映えのない仕草を見せていた。

「悲しくて、とても虚《むな》しい事柄だけれど、転入生には感謝をしなければならないわ。あの娘の悪癖を、取り返しのつかないモノになる前に止めてくれたのだから」

何処《どこ》か中身のない上滑りする言葉を流暢《りゅうちょう》に発しつつ、微笑《ほほえ》みながらウツロは静かにお茶を口に含む。

違和感を唱《とな》える者、嘘だと断じる者はこの場に存在しない。欠けた役員、アントワネットがいたとしても、ウツロの言葉をひっくり返すことはなかっただろう。

時刻は昼前。今頃は各教室で座学に勤《いそ》しむ生徒達が、そろそろ腹の具合に空きを感じさせる頃合いだろう。にも拘《かか》わらず学園の生徒であるウツロ達三人は、空中庭園でお茶とお菓子を並べていた。ただ、前述した通り沈黙の多いお茶会の場が、第三者から見て楽しげで羨《うらや》ましいモノと映ることはないだろう。

この時間に茶会を開いているのは、何も授業をサボりたいからではない。

当然、議題に上がるのは昨日の一件。口火を切ったのはオルフェウスだ。

「会長のご心中、お察し致します。生徒会側としては除籍ということで、アントワネットに対する一応の処分を下しました。後の功罪に対する裁きは学園長が厳粛に行うことでしょう……問題は、あの転入生に関してです」

オルフェウスの提言にウツロは微笑《ほほえ》むだけ。仮面の生徒に至っては我関せずといった構えを崩さないが、これは別に今に限ったことではない。オルフェウスが問題提起をしてアントワネットが茶化すというのが、今までのお茶会のパターンではあったのだが、それももう崩れ去ってしまっている。故に彼女の強気な言葉を阻《はば》む者は存在しない。

「今朝はアントワネットへの対処で機会を逃しましたが、即刻、転入生と魔剣使いへの制裁を下すべきです」

「……なるほどなるほど」

「ご命令があれば今すぐにでも、二人の頸《くび》をこの場に並べてご覧に入れましょう」

「庭園を血と臭いで汚されるのは嫌ね」

鼻息の荒い主張にもウツロは泰然自若の様子を崩さない。

「ならば、簀《す》巻きにしてガーデンの外まで地下水路で流しましょう」

他の人間ならば笑い飛ばせる冗談でも、殺気を滲《にじ》ませるオルフェウスが言うと背筋がゾッとしてしまう、もっともこの場には背筋を寒くさせるほどの小心者も、面白い冗談だと笑い飛ばせるひょうきん者も存在しない。むしろもっと生徒会の権威を示し、不穏分子を駆逐《くちく》したい過激な思想を持つオルフェウスにとっては、自分の意見に反論する者のいない状況は都合が良いと言って構わないだろう。

「聞けば早々に風紀委員の恥知らず共が接触を図ったとか。風紀の維持とは名ばかりの生温《ぬる》いニィナも、ついでに始末するのも……」

「それは、随分と尖《と》がり過ぎた意見じゃないかしら」

一気に捲《まく》し立てようとするオルフェウスを制したのは、意外にも仮面の生徒だった。思わぬ介入に言葉は途切れオルフェウスはギョッと驚くような視線を、表情の読めない仮面に向けた。

「……よもや、驚いたな」

反射的にぎこちない笑みが頬を吊《つ》り上げる。今までお茶会で一切、発言をしてこなかったのだから、オルフェウスが戸惑うのも仕方がないだろう。一方でウツロには何ら変わった様子はない。

「アントワネットがいなくなった途端、随分饒舌《じょうぜつ》になったじゃないか。暖かい陽気にでも当てられたか？」

「いなくなったから口を開いた……というのは、あながち間違いではないかしら」

仮面越しの鋭い視線が斜め横に座るオルフェウスを射抜く。

「以前から思っていたけど。貴女《あなた》、少しばかり考え方が過激過ぎるんじゃないの？」

「ふん、馬鹿めが」

オルフェウスは嘲笑するよう鼻で一蹴した。

「過激で何が悪い。ここはガーデン、女が戦い、生き抜く術《すべ》を学ぶ場所だ。生温いお友達ごっこに興じるような軟弱な心根を矯正するのは、生徒を導く生徒会のなすべき義務であると主張しているだけのことだ」

「そうかな。私にはただ、弱い者イジメをして憂さ晴らししているように思えたけどね」

「──侮辱のつもりか貴様‼」

勢いよくテーブルを叩《たた》き立ち上がるオルフェウスの肌は、怒気に呼応するよう僅《わず》かな獣の毛が生え逆立つ。高まる殺気から逃げるよう庭園の小鳥達が一斉に飛び立つが、仮面の奥にある冷ややかな視線に熱は籠《こ》もらない。

「口だけの遠吠えは止めたらどうかしら。誇り高い獣人の格が下がるわ」

「ボクは半獣人だ！　それとも半獣の血が誇りを汚すとでもほざくかッ‼」

「その被害妄想が格を下げると言っている。劣等感に塗《まみ》れた暴力の何処《どこ》が戦い生き抜く術《すべ》か。ガーデンの乙女ならもっと魂を磨け！」

「ほざいたな年増がッ‼」

一喝されたことで頭に血が上《のぼ》ったオルフェウスは、体毛に覆われ大きく肥大した右腕を振り上げると、鈍く光る爪の切っ先を向ける。仮面の生徒は椅子に座ったままだが、身体から発せられる殺気は鋭さを帯び、腰の双剣を何時《いつ》でも抜けるよう手を伸ばしていた。

暖かなはずの庭園の体感温度が、氷点下かと錯覚するくらい殺気で凍り付く。

一触即発の空気。破ったのはウツロの手を叩《たた》く音だった。

「素晴らしい、素晴らしい議論だわ」

変わらぬ微笑を張り付けたまま、ゆっくりとした拍手を両者に送る。ウツロが突然、理解し難い行動を取るのは稀にあることなので、二人は驚きこそしなかったモノの、出鼻を挫《くじ》かれた気まずさからか殺気を収め同時に顔を反対方向に逸《そ》らした。

意図してやったのか、それとも偶然なのか。

変化の乏しいウツロの様子からは何も読み取れなかったが、争う気が失せたのを確認するように叩いていた手を止め、微笑《ほほえ》みを深くする唇を開いた。

「唯々諾々《いいだくだく》と他者の意見に従うよりも、自身の経験と信念を言葉に乗せて語り合うことこそが、学生のあるべき姿であると、ワタシはそう思うわ」

「……つまり、会長は風紀委員連中と、話し合えと？」

流石《さすが》に意見を全却下され不満なのか、オルフェウスの口調は硬い。だが、ウツロは手を叩いた時と同じような速度でゆっくり首を左右に振る。そして自身への注目と意識の集中を高めるよう、たっぷり間を置いてから穏やかな声で語り始める。

「花は咲き、乱れ、そして散る。再び咲き誇る為には、厳しい冬の寒さを耐え忍ばなければならない」

「……愛の女神マドエル様の薫陶、ですね」

「マドエル様の腕の中に存在する一人一人が、ガーデンを彩る花の一輪。それは契約者であらせられるヴィクトリア様、ガーデン最強のクルルギ様も例外ではないわ」

二人も同様。そう告げるように、ウツロは目線をそれぞれに注いだ。

「戦うことは我らガーデンの乙女達が、自らの道を示す為に必要不可欠な事柄。我ら生徒会の行く先で、風紀委員が障害となるのならば、鍛え上げた技を喜んで振るいましょう」

「――ならば！」

喜々として前のめりになるオルフェウスを制するよう向けた視線を細めた。

「物事には時機、というモノがあるわ。温かい食事のように、出された瞬間冷めぬ内に手を出せば良いというモノではありません。かと言って……」

「けれども」

今度は視線を仮面の生徒へ移す。

「奥手な恋人同士のような歩みでは、折角《せっかく》、訪れた時機を逃してしまうのもまた事実」

何事かの釘を刺されたような言葉に、仮面の奥の瞳が僅《わず》かに揺れる。

「ならば、会長の方針は如何《いかが》なモノになるのでしょう」

「ふふっ。それは単純な答えだわ」

返答次第では不満が爆発する気配にウツロは涼やかに視線を細める。

「ワタシの気分が乗った時よ」

「――会長ッ⁉」

再び生えた体毛を逆立たせ立ち上がるが、テーブルを叩《たた》いた両手を振り上げることはなかった。いや、正確に表現するならば振り上げることができなかったのだ。突き刺すような視線。ただそれだけで、オルフェウスは蛇に睨《にら》まれた蛙《かえる》が如《ごと》く、身動《みじろ》ぎすら不可能なほど縫い付けられた。これは魔眼の力ではない。彼女の圧倒的なまでの威圧感が、オルフェウスの意見を黙らせる。

オルフェウスは恐怖に耐えるよう奥歯を噛《か》み締めるが、頭部に生えている獣の耳は垂れ恭順を示す。

(これが学園最強のカリスマ……とは、お世辞にも言いたくはないわね)

冷静に観察する仮面の生徒も余波としての威圧に冷や汗をかいていた。

力無くオルフェウスが尻を椅子に戻すと同時に、ウツロは茶を啜《すす》り続きを口にする。

「あまり虐《いじ》めては可哀そうね。でも、大丈夫。焦らなくても風紀委員も転入生も魔剣使いも、遠からず決着はつけるわ。ワタシが適切と思うタイミングでね」

「……ッ」

オルフェウスは奥歯を噛み締め、膝の上に置いた手を強く握り締めた。落胆、とはまた違う感情だと想像したのは仮面の生徒だ。友人と呼べるほど親しい間柄ではないが、それでもオルフェウスがウツロに対して、ある種の信仰じみた信頼を寄せているのは傍目《はため》からも理解できた。

(ご主人様に奉公できない、飼い犬の歯がゆさ……と、言ったところかしらね)

口に出せばそれこそ体毛を逆立たせて牙を剥《む》くだろう感想を胸に秘め、仮面の生徒はもう一方の顔色を盗み見る。相変わらず此方《こちら》の感情は全く読み取れない。人の上に立つ者としてポーカーフェイスなのは利点なのだろうが、ウツロの場合は度が過ぎているというのが忌憚《きたん》のない意見だ。

（あの娘だったら、隠し切れない自己アピールが滲《にじ》みでるのでしょうけどね）

密かに馳せた思いの所為《せい》か僅《わず》かに口元が綻《ほころ》んだが、その一瞬の緩みをオルフェウスは見逃さなかった。

拭うような素振りで口元を隠すも僅かに遅い。

「珍しいな、仮面の。貴様がそのような腑抜けた面を覗《のぞ》かせると……」

「――失礼します！」

不幸中の幸いか。仮面に隠された素顔の一片にオルフェウスが触れかけた時、息を切らせて一人の女生徒が階段を昇り庭園へ駈け込んで来た。折角の追及を邪魔されたが、切羽詰まった様子の女生徒を無視もできない。

現れた女生徒にはオルフェウスも見覚えがあった。名前は忘れてしまったが、生徒会の指揮下にある生徒の一人だ。

「騒々しいな。今は授業中でもあるはずなのにそんなに慌てて、いったい何用があるというんだい」

不機嫌な感情が湧き上がったモノの、それを一般生徒にぶつけて八つ当たりするほどオルフェウスは短慮な人間ではない。極めて冷静に（それでも一定の圧はあったが）、麗人としての外面を保ちながら問いかける。

「も、申し訳、はぁはぁ……ありま、せん」

相当、急いでいたのか女生徒は膝に手を置いて荒い呼吸を必死で整える。あまりの慌てようにオルフェウスも、そして仮面の生徒も何事が起こったのかと表情を引き締め身構えていたが、ウツロはまるで自身には関係ないといった様子で、微笑《ほほえ》みを絶やさずお茶とお菓子を楽しんでいた。

しかし、このウツロの表情が次の一言で凍り付く。

「きゅ、旧校舎に風紀委員達が押し掛けてきて……その」

次の言葉を発することを恐怖するよう、女生徒は青ざめた顔で震える声を絞り出す。

「牢《ろう》に拘束していたあの方が、連れ去られて——ひっ⁉」

空気が凍り付いた、などという生易しい殺気ではない。実力者であるはずのオルフェウス、仮面の生徒の両名に緊張が走り、報告に現れた女生徒は不幸にも真正面からその殺気を受けてしまい、青ざめた表情を白へ変色させながら力無くその場に崩れ落ちた。失禁しなかっただけ、流石《さすが》は生徒会の一人と褒めるべきだろう。

「か、会長？」

オルフェウスも戸惑いの声を漏らす。

当然だろうと、仮面の生徒も内心の動揺を何とか噛《か》み殺しながら、恐る恐るウツロの表情を盗み見ていた。表面上はいつも微笑んでいる彼女の顔は、癇癪《かんしゃく》を起こす寸前の子供のように歪《ゆが》んでいて、ある意味では年相応の不機嫌さが宿っているように感じられた。

アルストロメリア女学園の敷地内には、『いばら館』と呼ばれる建物が存在する。

花の塔のように学園の最奥で、結界に守られて存在するような特殊な場所ではなく、生徒なら誰でも目にすることが出来る校舎の直《す》ぐ側《そば》にある、東国の建築デザインを色濃く受け継いだいばら館を一言で説明するのなら、修練場と言うのがわかりやすいだろう。屋内での戦闘を想定した訓練施設ではなく、大規模な戦闘演習には適さないこの場所は、いわば魔術や魔技などを使わない己の肉体のみを使用した鍛錬を行う場所である。

相応《ふさわ》しい呼び方をするならば、ここは武道場と表現するべきだろう。

いばら館の出入り口に扉はない。内部は土足禁止のルールが設けられているので、吹き抜けの玄関を入った先には靴を入れる下駄箱が並んでいて、その先には道場に続く横開きの鉄製の引き戸が存在する。

エントランスや談話室のような無駄な機能は存在せず、出入り口と道場が存在するだけの簡素な作りは、質実剛健を過不足なく表しているだろう。見た目以上の頑丈さと防音性能がある道場内だが、僅《わず》かながらの喧噪《けんそう》と振動が鉄の引き戸越しにも伝わっていた。

玄関を昇って直ぐの鉄の引き戸の前に立っているのは風紀委員長のニィナだ。

「委員長」

何かを待つように腕組みをしている彼女に、外の方から姿を現したのは風紀委員のメンバー。急いで靴を玄関で脱ぐと待ち兼ねていたよう組んでいた腕を離すニィナに、小走りで近づいていった。

「待っていたわ。状況はどうだったかしら」

「はい。ご命令通り、檻《おり》に閉じ込められていた少女を保護しました。随分と衰弱している様子でしたが、命に別状はないと報告されています」

「そう、ならよかったわ。戦闘にはならなかった？」

「抵抗はされましたが、人数は此方《こちら》の方が勝っていましたから。ただ、恐らく生徒会の耳には届いたかと」

予測はしていたが少女の報告にニィナの表情に渋い色が滲《にじ》む。それもあってか報告した彼女も心配げな顔色を浮かべた。

「要救助者の保護という大義名分があったとはいえ、やはり生徒会と直接ことを構えるような行動は、時期尚早だったんでしょうか」

「……いいえ。そのようなことはありません」

首を左右に振ってハッキリと断言する。

「現生徒会の行動に異議を唱えるのは風紀委員の総意。彼女らの報復を恐れ正義を行えないのなら、風紀委員の存在に大義はありません……それに」

ニィナの視線が鉄の引き戸に注がれる。

「物事には転機、というモノが存在するのだと、私は今、実感しています」

「あの転入生が、その転機、なのですか?」

「信じられないかしら」

「いえ、その……」

苦笑気味に問いかけると、風紀委員の少女は困ったように眉を八の字にする。道場内の人物に対して不信感を懐《いだ》いているというよりは、目の前の風紀委員長ニィナを心配しているような視線だった。心配される心当たりがないニィナは、怪訝《けげん》そうに小首を傾《かし》げる。

「何か気になることでも?」

「いや、その……これは個人的な感想なのですが……」

何だか言い辛そうに言葉を濁す姿に、ニィナは怪訝な表情を深める。

「あの転入生は、正直……そのぅ」

「……? 好きませんか?」

「いやぁ、逆と言いますか、何と言いますか」

ごにょごにょと口籠《くちご》もり視線を泳がす様子に、ニィナの眉間《みけん》には更に皺《しわ》が寄る。

「はっきりと言いなさい。怒りませんから」

「で、では……」

こほんと咳《せき》ばらいをしてから、意を決して口を開く。

「率直に言わせて頂きますとあの転入生……ヤバいくらいの人たらし、ですよ」

「ヤバいくらい、ですか？」

「はい、ヤバいくらいです」

予想外の返答に困惑しながら聞き返すが、女生徒は自信を持って頷《うなず》いた。

「た、確かに物怖《ものお》じしない性格をしているけれど、人たらしと呼べるかと聞かれると……

私にはただ、不作法な女生徒という第一印象でしたけど」

「そこが不思議なんですよね」

印象の部分は同意しながらも、女生徒は腕を組んで唸《うな》り声を漏らす。

「放っておけない……とはちょっと違うんですけど、何て言うのかなぁ。妙に乙女心が擽《くすぐ》られるって言うか、呆《あき》れるようなことばっかりしたり言ったりするけど、どうしても目が離せないっていうか」

「……まるで、駄目男に尽くす女性の言葉を聞いているようね」

「——そう、それです！」

反射的だったのか大きく頷いてから指を差してしまい、女生徒は「す、すみません！」と慌てながら両手を後ろに隠した。その程度のことでニィナは怒ったりはしないが、何ともコメントし辛い答えにこめかみを押さえて首を左右に振る。

「何と言うべきか……正直、理解し難いわ」

「まぁ、そう、ですよねぇ……ごにょごにょ」

委員長が一番、嵌《はま》り易いと思うんだけどなぁ。

という言葉をぐっと飲み込んで女生徒は話を戻す。

「では、生徒会への対処ですが、旧校舎への立ち入り検査に対する抗議がきた場合はどうしましょうか」

「全て拒否で構いません」

「それは戦闘も想定して、でしょうか?」

「生徒会長のウツロは難物よ、けど喧嘩《けんか》っ早い人間ではないわ。オルフェウス辺りに恫喝《どうかつ》はされるだろうけど、直《す》ぐに戦闘という事態にはならないでしょう。警戒は怠れませんが、毅然《きぜん》とした態度を示し続けましょう」

「了解しました。少女は風紀委員が管理する医務室に保護していますので。それでは私は授業に戻ります」

「ええ、ありがとう」

敬礼する少女に微笑《ほほえ》みかけると、彼女は身を翻《ひるがえ》して道場の外へと出て行った。

背中を見送ったニィナは今後の展開を頭の中に巡らせながら、軽く息をついて意識を鉄の扉の方へ向ける。直前まで聞こえていた物音や振動が、いつの間にかなくなっていたことにニィナは気が付いた。

「どうやら、良いタイミングのようね」

向き直りノックはせず重い引き戸を横にスライドさせた。

古い所為《せい》か少しだけ建て付けの悪い引き戸は、重々しい音の中に引っ掻《か》くような甲高《かんだか》い雑音を混ぜながらも、途中で止まることなく完全に開かれる。同時に窓も締め切っているからか、むわっとする熱気が外へと漏れて行くが、それが規則であるが故に直ぐ扉を閉めた。

「……これは、中々な光景ね」

ある程度の予想は出来ていたとはいえニィナは苦笑を漏らした。

閉め切られた広い道場内には計十六人の少女達。その内の十四名は風紀委員を含めた学園内でも、序列上位に属する選りすぐりの猛者《もさ》なのだが、彼女らは全員、力尽きるよう床に突っ伏していた。一人は辛うじて倒れてはいなかったが、片膝を突いて荒い呼吸で肩を上下させる姿は彼女……テイタニアが限界であることは、いつもしている布マスクを顎までずらしていることが示しているだろう。

唯一、両足で床を踏み締めている少女は全身汗だく、傷だらけの状態で片刃の剣を肩に背負い、猫背になりながら不規則な呼吸を繰り返す。外からの涼しい風が流れてきたことに気が付き、少女はニィナの方を振り向いた。

「よぉ……ちょうど、げほっ……一区切り、ついたとこだぜ」

死にそうな顔色で汗を拭《ぬぐ》いながらも、アルトは虚勢を張るように言う。

「まさか、本当にこれだけの人数を相手にするなんて……驚いたわ」

「おいおい……驚いた、なんて——っと」

振り返りながら姿勢を直そうとしたアルトだったが、足に上手《うま》く力が入らずバランスを崩してしまうも、背後からテイタニアが支え尻餅《しりもち》を突くのを堪《こら》えた。

「一区切りついたんなら、ちょっとくらい休んでおきなさいよ。倒れる前に」

「うるせぇ。ちょっと躓《つまず》いただけだっての……よっと」

テイタニアの手を借り床に座りながらニィナを見る。

「別にアンタを驚かせる為に、やってる訳じゃねぇっての。修行の一環ってヤツだ」

「その一環に、わたしも巻き込まれるのは遺憾《いかん》なんだけど」

「誰も誘ってねぇだろ、人の所為《せい》にするんじゃねぇよ」

同じくふらふらと座り込むテイタニアの嫌味に、アルトは背中越しに肩を竦《すく》めた。

「大方、アンタも生徒会連中に負けたのを、根に持ってんだろうよ」

「……チッ。うっざ」

図星を突かれて舌打ちを鳴らしてから、不機嫌な顔でそっぽを向いた。二人の様子を微《ほほ》笑《え》ましいモノを見るよう苦笑してから、ニィナは改めて道場を見回す。

「腕が立つことは知っていたけど、まさかここまでとはね……私が知り得る限りの腕利きを集めたつもりだったけど、全員、叩《たた》きのめされるなんて予想外だったわ」

倒れている女生徒達は意識が戻った者から起き上がり始めていて、ニィナの感想に悔しげな表情を浮かべていたが、反論できないのはダメージが抜き切っていないのと、アルトの実力に関しては同意見だったからだろう。それでもタフなアルストロメリア女学園の生徒達は、徐々に身体を起こしてまだ立ち上がれない娘達に手を貸し、医務室へと移動を始めた。

「貴女《あなた》達は医務室に行かなくて大丈夫かしら。場所がわからないようなら案内するけど」

「必要ねぇよ……と、言いたいところだが、流石《さすが》に手強《てごわ》かったな。もうヘトヘトだ」

「あの数を相手にしてヘトヘトで済んだと言われては、戦った娘達は落ち込むでしょうね」

「褒めてるし礼も言ってんだよ。おかげで大分、カンと身体の調子が戻ってきたぜ」

横に置いた剣を持ち上げると、始まった時よりも手に馴染む感覚があった。

「カンが戻ってきたって、変な言い方。それじゃ自分の身体じゃないみたいじゃん」

「馬鹿言うな。自分の身体に決まってんだろ」

スカートを掴《つか》みパタパタと扇《あお》ぎ中へ風を送るテイタニアに、剣を下ろしながら嘘《うそ》ではない答えを返した。

「手っ取り早く強くなりたいんなら、強い連中と年中戦っているのが一番効果的だっててのが、俺の師匠みてぇな奴《やつ》のお言葉だからな」

「……そりゃ有能な師匠なことで」

アルトにとっては育ての親であり、師匠のような存在である竜姫が残した、唯一と言って良いほどの有用なアドバイスに生返事をしながら、テイタニアは籠《こ》もった熱に耐え兼ねるよう、シャツのボタンを下着が見えるくらい外す。無茶苦茶な理屈ではあったが、効果のほどは自分でも実感が出来ていた。

「実戦の経験は確かに得難いモノだけれど、それでも一朝一夕では付け焼刃に過ぎないのではないかしら」

両腕を組むニィナが疑問を提示する。

彼女の苦言は的を射ている。年単位で余裕があるのならばともかく、生徒会長のウツロを相手にするのならば、このやり方は悠長過ぎると思えるのだろう。一日やそこらで筋力や体力が増える訳がないのは事実だが、アルトの目的は性別と体格が違う身体に慣れること。足の運びや体捌《さば》き、呼吸の仕方一つまでズレを確認して修正し続ければ、元の状態と同等は難しくともある程度は戦える状態に仕上げられるはずだった。

「ま、やり方はともかく、動き自体は良くなってんじゃないの。最初の方は結構、危なっかしかったけど、終わり際は多対一でも問題なくあしらえてたし……それでも、真剣を使うのは勘弁して欲しかったけどさ」

言いながらテイタニアは所持していた清潔なタオルで、自分の顔や首回りの汗を拭《ぬぐ》ってから、同じように汗だくのアルトに投げて寄越す。ちなみに彼女が扱っていたのは魔剣ネクロノムスではなく、道場で使用されている普通の剣。勿論《もちろん》、これも刃がついた真剣だ。

「実戦なんだから本物使わなきゃ意味ねぇだろ」

「訓練で死ぬような目には遭いたくないって話をしてるの」

受け取ったタオルを使っていいかちょっとだけ悩むアルトを、ジト目で睨《にら》み文句を垂れ流すテイタニアだが、何だかんだ言いながらも特訓には自主的に参加していたし、多少の傷は負っているが、アレだけの数を相手にしながら軽傷で済んでいるのは、彼女のずば抜けたセンスによるモノだろう。

時刻は数十分程度で昼時になるからか、不意にアルトの腹が空腹を示す音を鳴らす。

「チビの癖に腹の音だけは立派ね」

「うるせぇよ。これだけ動きゃ腹くらい減るさ」

受け取ったタオルをシャツの中に突っ込み、脇の汗を拭いつつ視線はニィナに向ける。

「ってなわけでデコ委員長。話があるなら、簡潔に頼むぜ」

「で、デコ委員長……まぁ、いいわ」

思わず自身の額を触れてしまうが、分け目を直しながら表情を引き締める。

「頼まれていた旧校舎の件、拉致《らち》されていた少女は無事に保護できたわ」

「そいつは良かった。んで、暴れたりはしなかったか？」

「そんな報告は聞いていないから、特に問題はなかったのでしょう。暴れるような危険人物だったのかしら」

「いや。何事もなかったんなら結構なことさ」

拭き終わったタオルをテイタニアに投げ返す。受け止めたタオルが予想以上に湿っていたからか、テイタニアはちょっと嫌そうな顔をしていた。

「保護した娘は医務室に運んであるわ。面会したいなら取り計らうけれど」

「いいや、結構だ。別に顔合わせたくて頼んだ訳じゃねぇしな」

「……わかったわ。それでは本題に入らせて貰《もら》うけれど、私は貴女《あなた》の望みを叶えたわ」

ニィナの言葉に僅《わず》かな鋭さが宿る。洒落《しゃれ》や冗談は許さないという生真面目《きまじめ》な圧だ。

「わかってるよ、ピンク頭のことだろ。学園長んところに食い物をたかりに行くついでに、何とかならねぇか聞いてくるよ」

「……たからないで普通に食べなよ」

時間も腹の具合も良い頃合いだ。アルトは座ったまま大きく伸びをする。

「身体もいい感じに気怠《けだる》くなってきたし、用事済ませて飯食ったら一休み……って訳にはいかねぇから、午後も対戦相手の手配をよろしく頼むぜ」

「げっ、まだやるつもり？」

まだ疲労困憊《こんぱい》から回復できないテイタニアは嫌そうに顔を歪《ゆが》めた。

「いいわ。なら、頼みを聞いてくれたお礼として、次は私がお相手させて頂こうかしら」

「へっ、いいぜ。ちょうど大人数と戦う構図には飽きてきたところだ。ここらで一つ、タイマンってのも悪くねぇぜ」

「それだとわたしが余るんだけど」

嫌そうにした割にはやる気は十分らしいテイタニアが抗議の声を上げると、ニィナは不敵な笑みを唇の端に湛《たた》え、疲労と痛みの所為《せい》で回収し忘れたのか、床に転がる槍《やり》を爪先《つまさき》で蹴り上げ右手に握って、器用に旋回させながら穂先をアルトへと向ける。

「私は二対一でも構わないわ。風紀委員が弱いと思われるのは沽券《こけん》に関わるから」

そう言って闘志を滲《にじ》ませる姿は二人以上に戦う気に満ちていた。真面目さを纏《まと》っていてもやはり彼女もガーデンの乙女らしく、道場の中に満ち満ちていた戦いの気配に当てられ戦意が高まっていたのだろう。

それでも優先順位を守る為、溢《あふ》れる闘志をぐっと堪《こら》えるよう一度、大きく息を吸う。

「身体が大丈夫そうなら学園長室へ向かいましょう。あまり遅くなるとヴィクトリア様のお昼寝の時間に……!?」

「──殺気!?」

言葉を止めた三人は身構えながら同時に道場の入り口を見た。

視線が向けられたと同時に落雷のような轟音《ごうおん》と共に鉄の戸が破られた。

道場内の戦闘に耐えられるよう、見た目以上の頑強さを誇る鉄の引き戸は外側から留め金が壊れる勢いで吹き飛ばされ、本来は引き戸であるはずの扉は、衝撃を受けた部分を大きな円状に陥没させて押し開かれ、最早、扉としては役に立たない無残な形状で転がり、壁に衝突して床の上へ倒れた。

轟音《ごうおん》の次に感じたのは悪寒《おかん》。まるで外は真冬の雪山なのかと錯覚させるほど、肌が粟立つほどの冷気が道場内に吹き込む。無論、実際に寒い訳ではない。それほどまでの怒気と殺気を纏《まと》う少女が一人、土足で道場内に姿を現したのだ。

「……道場内は土足厳禁。知らないとは言わせないわよ、生徒会長」

「…………」

厳しい声色で指摘するニィナを険しい金色の視線が射抜く。

「度し難《がた》い……実に度し難いわ」

大きく吐き出した息が異様な雰囲気に拍車をかけ、刺すような寒さに重さが加わる。

「ニィナ風紀委員長。貴女《あなた》は自分が何をなさったのか、明確に理解できています？」

「……それは、旧校舎に囚《とら》われていた少女のこと、でいいのかしら」

「使用すべき言葉が間違っているわ。いいえ……」

ゆっくりと首を左右に振る。

「間違っているのは認識かしら。彼女は旧校舎に囚われていた訳ではないわ」

「どういう意味？」

意図を量りかねるようニィナはチラッと背後のアルト達を見る。彼女の胸中に「まさか、謀《はか》られた？」という疑念が湧いたが、実際に少女は医務室に直行になる程度には消耗していたし、事前に聞いていた話と齟齬《そご》があったのなら、報告に来た風紀委員から何かしらの言葉があったはずだ。

微《かす》かに湧いた疑問も次の言葉に打ち砕かれる。

「あの娘はワタシの奴隷、ペットと言い換えても問題ないわ。つまり、アレはワタシの所有物なの」

「――っ⁉」

ニィナは絶句し、暫《しばら》く言葉が続かなかった。

アルストロメリア女学園の序列一位に輝くウツロは、間違いなくガーデンの歴史に名を残す強者でありカリスマだ。闘争を体現するような苛烈《かれつ》さはないが、彼女の流麗で涼やかな戦技に憧れを懐《いだ》く女生徒は多く、生徒会長としては特筆して実績や活動がないのにも拘《かか》わらず、高い支持率を誇っているのは圧倒的な実力と糾弾すべきスキャンダルを持たないからだろう。故にニィナは密かに旧校舎での出来事は、ウツロにとっての弱点になり得ると算段していたが、意にも介さない態度は予想もしていなかった。

ましてやガーデンの乙女達は多かれ少なかれ、外の世界から弾《はじ》かれた存在。迫害する側に回るなんてありえない。

「せ、生徒会長という立場にある人間が奴隷なんて……恥知らずにもほどがある！」

「吠《ほ》えないで頂きたいわね、風紀委員長。些《いささ》か耳障りだわ」

倫理から外れた行動を糾弾するも、ウツロはそれ以上の怒りをもって一蹴する。

「この世は弱肉強食。ガーデンを彩る花である為には、惰弱な芽は摘み取らねばならない。けれども、踏み躙《にじ》られて尚、地に根を張り太陽に向かい蕾《つぼみ》をもたらす力こそが、マドエル様の思し召しなのではないかしら」

「それと貴女《あなた》の所業に何の意味があるっ！」

「ワタシとあの娘は表裏一体。隷属するか、隷属させるかの二択しかないわ」

「……何を訳のわからないことを」

有無を言わせぬ迫力はあっても、全く道理の通らない理屈にニィナは困惑を深める。しかし、背後で話を聞いていたアルトは、旧校舎に囚《とら》われていたのがミユウだと知っているが故に、ウツロの行動と言葉に違和感を懐《いだ》いた。

（どういう意味だ？　ミユウと生徒会長の間に、どんな因縁があるってんだ）

ミユウは王都の北街でほぼ監禁生活を送っていたはず。ガーデンで暮らすウツロと接点などあるはずはない。

（流れ着いた数ヵ月の間の話にしちゃ、あの女の執着具合は半端じゃねぇ……少なくとも、塔で顔を合わせた時には、あんな風に誰かに執着するような人間には見えなかった）

初めて会った時の掴《つか》みどころのない雰囲気とは真逆の様子は、単純に虫の居所が悪いとかで済む話ではないだろう。何かしらのリアクションは期待していたが、彼女にとってのミュウは想像以上の価値があり、もしかしたらアルトは不用意に虎の尾を踏んでしまったのかもしれない。

（……それに、こっちの方も）

チラッと横に向けた視線の先には険しい表情のテイタニア。彼女もまた私怨が滲《にじ》む怒気を放っていたが、それを爆発させるよりも早く、対峙《たいじ》するニィナとウツロが一触即発の空気に火花を散らす。

先に一歩、戦闘領域に進み出たのはウツロの方だ。

「度が過ぎる不作法に問答は無用。己の浅慮は痛みで償いなさい」

もう二歩、ニィナが警告を発するより早く、次の瞬間には懐まで踏み入っていた。速過ぎる。音すら立てない無駄のない体捌《さば》きは、離れて見ていたアルトでもギリギリ視認できた程度。真正面に立っていたニィナからは、瞬間移動でもしたかのように感じられる動きだったが、ウツロが下腹部を目掛けて打った掌底は、縦に構えた槍《やり》の柄によって阻まれていた。

両手で握った槍《やり》の石突に爪先を添えながら、掌打の一撃を完全に受け止めている。

「殺気が漏れ過ぎているわ。得意の無拍子もそれでは意味をなさないわよ」

「あらそう。でも、ここはワタシの間合い」

言いながら更に一歩踏み込み、身体を入れ替えながら今度は左の掌底で打ち上げるようにしてニィナの顎を狙う。腕が完全に立てた槍の内側に入っているので無防備。そもそも槍使いのニィナにこの超接近戦は不利過ぎる。が、当然それは彼女も織り込み済み。顎を穿《うが》とうとする打撃を槍は構えたまま、一歩下がることで難なく回避。そのまま槍を横に空を切る腕ごと払って更に間合いを離す。

見ていたアルトとテイタニアが声を出す間もないほど素早い攻防だ。

「デコ委員長、思った以上にやるじゃねぇか」

「そりゃ今の学園の生徒で、唯一と言っていいほど会長に対抗できる人だから。当然よ」

ニィナの実力のほどはまだ計れていないが、特訓で手合わせした風紀委員達のトップにいるのなら、テイタニアの言葉にも頷《うなず》ける。僅《わず》か数秒の出来事だったがウツロとの攻防から推察するに、一対一ならばアントワネットより強いだろう。

始まってしまった故に両者の闘志はより高まっていく。

「見事な動きね、褒めてあげましょう。流石《さすが》はオルフェウスのお気に入り」

「誰かに気に入られる為に強くなったのではないわ。目の敵にされる謂《いわ》れはないけれど、あの人に個人的な感情はありません」

「あら、振られてしまったのね。可哀そうに」

表情を和やかにして微笑《ほほえ》むが滲《にじ》む気配に一切の緩みはなかった。

「ならば、ワタシが貰《もら》ってしまっても構いませんね。いい機会です、いっそのこと風紀委員諸共、今日で潰してしまいましょう」

「そんな戯言《たわごと》、私がまかり通すとでも思っているのかしら」

舐《な》められたモノねと槍を頭上で旋回させ穂先をウツロに向けた。

チラッと切っ先に視線を向けたウツロも、構えをとるかのように両腕を軽く左右に開き視線を真っ直《す》ぐに正す。殺気は先ほどよりも鋭利な鋭さを帯びたことで、直前の攻防がまさしく小手調べであったことに気づかされる。

「雌雄を決するというなら受けて立つわ。風紀と生徒会云々ではなく、最強を志す一人の武人として！」

「トネリコの槍も持たず可愛らしいこと」

冷笑と共に広げた腕の指先が怪しく蠢《うごめ》く。

「よろしいわ。制裁ついでに敗北を刻んであげましょう」

次こそが互いに本気を出したぶつかり合い。凍えるような冷気を宿していたはずの雰囲気が、ヒリヒリとする熱に変わったことで察する。

そして戦闘準備が完了しているのは二人だけではない。

「……わたしはやるわよ」

ある程度、呼吸は整っているらしく、ずらしていた布マスクを口元に戻す。

「一対一に拘《こだわ》りたいならそこで見学してなさい。その機会がなくなるかもしれないけど」

「冗談。喧嘩《けんか》相手を横から掻《か》っ攫《さら》われるのはごめんだね」

「遠慮することはありません」

顔は動かさずウツロは視線だけをニィナの背後にいる二人に向ける。

「どうせ、後ろの二人にもお仕置きが必要だと思っていたから。図らずもオルフェウスの思い通りになったわね、運が良い娘だわ」

「……人を舐《な》めてっ⁉」

余裕の態度にテイタニアが怒りを露《あら》わにしながら剣を取って立ち上がると、腕から赤黒い魔力粒子が湧き上がり、浸食するように握った剣に昇っていった。全ての粒子が剣を覆い爆《は》ぜた中から、魔剣ネクロノムスが出現する。

「なるほど。物質を媒介にして魔剣を顕現させたのね……器用なことだわ」

次に視線がアルトへと注がれた。

「先手の不意打ちは良い判断だけれど、残念ながらワタシには通じません」

「……チッ」

会話の隙を狙い先んじて踏み込もうとしていたが、見抜かれてしまったようだ。

横からテイタニアのジト目が突き刺さる。

「ダサすぎ。何が横から掻っ攫われるのは、よ」

「うるせぇ。テメェこそ妙な手品を仕込みやがって、この場で見せちまってよかったのか？」

「別に。遅いか早いかの差……ここで仕留めれば、結果オーライだって」

構える魔剣からは禍々《まがまが》しいオーラが立ち昇る。本気のテイタニアが何処《どこ》までやれるのかは計りかねるが、殺気を隠さないウツロを前にしても怯《ひる》まない胆力は相当だ。ニィナも同時に相手するのは、元の姿のアルトでも骨が折れるに違いないのだが、対峙《たいじ》するウツロは煮え滾《たぎ》る怒りこそ感じるモノの、三人を前にして悠然とした態度を崩さない。これは油断なのではなく、絶対的な実力に裏付けられた余裕の表れだろう。

「……面白いじゃねぇか。そのすかした澄まし面、引っぺがしたくなったぜ」

「どうぞご自由に……ただし」

先手を取ったのはまたしてもウツロだった。

「伸ばした手が食い千切られていなければ、のお話」

先ほどよりも早い速度で踏み込んで来たウツロ。しかし、彼女がまだ上限を隠しているのは織り込み済みなのは、アルト達三人の共通認識だった。故に後手《ごて》に回ることなく踏み込みに反応して、三人は即席とは思えないコンビネーションでウツロを迎撃する。

「──セイッ！」

正面からはニィナの槍《やり》による連続の刺突。一刺目を踏み込みに合わせた為、ウツロは懐にまで接近することは叶わず、代わりにぬらっとした横の動きで紙一重の回避を見せる。その動きに合わせての連続した刺突だったが、ウツロの動きを捉えるまでには至らない。

「なら、左！」

ニィナの身体を利用した死角から飛び出すよう、テイタニアが横回転しながらの斬撃を左側から放つ。ウツロは無手。更には刀身に魔力を帯びた魔剣なら、受け流されたとしても肌を焼くような手傷を与えられる。が、ウツロの技量は更に上を行き、両足を広げるよう床に滑らせ重心を下げると、伸ばした右手は魔剣ではなく柄を握るテイタニアの手に添えられた。

「──なっ⁉」

ぐるんと、テイタニアの上下が反転した。

ウツロの手は添えられただけで、何処《どこ》かを握ったり指を引っ掛けたりしているわけでもないのに、テイタニアの身体は何かに引っ張られるような浮遊感を受け上下が逆転、危うく頭から叩《たた》き付けられるのを、伸ばした左手を突くことで回避する。

同時に右手側でも攻防が行われていた。

タイミングを僅《わず》かにずらし同じく死角から右側に回ったアルトは、小柄な体躯を生かして上体を低く保ち、脛《すね》を狙って片刃の剣を払う。重心を下げる為に広げた状態の足では躱《かわ》すのは難しいと読んでいたが、ウツロは脚力だけで下げた重心を持ち上げてから、刃が脛に当たらない位置まで左足を浮かせると、真下を通った片刃を踏みつけるのではなく、ちょんと爪先だけを置いた。

「――なんだとっ⁉」

とんでもない重量が刃を伝わりアルトの腕や肩、背中に負荷をかけた。予想外の出来事に対応が間に合わず両膝を落とすと、狙い澄ましていたのか刀身を滑らせながら蹴りを放ち、爪先がちょうどアルトの口元を穿《うが》った。

「うふふ、ふふふふっ」

微笑《ほほえ》むウツロの攻勢はこれだけではない。

空いている左腕。いや、左手の立てた人差し指は、連続した刺突を繰り出していたはずのニィナの槍を押し留めていた。引いた瞬間に切っ先に指を当てられた、それだけのことで槍は押すことも引くこともできずに固まってしまう。

「未熟者と、上の立場からモノを言わせて頂くわ」

「――しまっ⁉」

穂先に触れる指に力が籠《こ》もる。瞬間、ビキビキッと枝が踏み折れるような異音が響き、ニィナが握る槍《やり》に穂先から柄、石突まで真っ直《す》ぐの亀裂が走った。

これらの一連の動作はほぼ同時。瞬きをする間もない刹那《せつな》の出来事だ。

だが、この程度で一蹴されるほどアルト達も未熟者ではない。

「んーーにゃろうめっ⁉」

圧し掛かる重みは瞬時に振り払えない。ならばと、身を任せるようにその場ででんぐり返りをしてウツロの背後を抜ける。逆さの状態で左手に床を突いているテイタニアも、呼吸を合わせるよう同じタイミングで魔剣が覆う魔力を腕に流し、瞬間的な爆発力を利用して左腕一本で上へと跳躍する。

「こっーーの‼」

天井近くまで跳びながら上下を入れ替え、ウツロの脳天を狙い魔剣を構えた。

床にはアルト。完全に重さは抜けていないが、背中を床板に預ける仰向《あおむ》けの形で、遠心力を利用しながら残っているウツロの右足を狙う。ちょうど左右を入れ替える形で、ウツロを再び強襲する。

「ふふっ、あらあら」

ちょっとだけ驚いた素振《そぶ》りをウツロは見せるが余裕の態度は揺らがない。

「その不敵さ、押し留まりなさい！」

ならばと、正面のニィナは駄目押しとばかりに砕ける寸前の槍の石突に右手を添え、投《とう》擲《てき》するような勢いで撃ち出した。衝撃に耐え切れず槍の柄は裂ける形で自壊するが、残った穂先が矢のようにウツロの顔目掛け発射される。三者三様の攻勢はまさに刹那での出来事。対応するウツロも神業じみているが、反応し切れる三人も即興とは思えないコンビネーションだろう。

最初にウツロを捉えたのは飛ぶ穂先だった。

鋭く磨かれた穂先は甲高《かんだか》い金属音を奏で、ウツロの顔はグルッと大きく横を向いた。軌道を見切り横向きになりながら、啄《ついば》むよう唇で穂先を受け止めたのだ。

「魔技・胡蝶《こちょう》双極」

軽やかな動きでウツロの両腕が蝶の如《ごと》く穏やかに羽ばたく。

次の瞬間、攻勢に入っていたアルトとテイタニア、そして真正面で絶句するニィナの身体は、背後から襟首を掴《つか》まれ引っ張られるような圧を受け、抗《あらが》う間もなく全員同時に床へと叩《たた》きつけられてしまった。不可思議なのはウツロは一切、此方《こちら》に触れていないのにも拘《かか》わらずだ。

「クソッ。魔技ってのは何でもアリか──っ⁉」

素早く立ち上がろうと顔を上げたアルトの眼前にウツロの姿があった。唇からの吐息がかかるほどの近距離で、怪しく光る金色の瞳の中には見慣れぬ少女の自分が映り込んでいた。ウツロは咥《くわ》えた穂先を唇から零《こぼ》してアルトにだけ届く音量で囁《ささや》く。

「ワタシはワタシの存在意義を奪う者を許さない。終わりなさい、転入生」

伸ばしたウツロの右手がアルトの喉に触れた。

折られる。そう予期した時にはアルトは奥歯を食い縛り金色の眼光を睨《にら》みつけていた。

「――舐《な》めるな、小娘っ‼」

気合いの雄叫《たけ》びと同時に痛々しい鈍い音が道場に響く。アルトとウツロの僅《わず》かな顔の距離を埋めるように、身体を思い切り突き出しての頭突きを額に叩《たた》き付けた。

「――痛っ⁉」

流石《さすが》のウツロもこれは予想外だったのだろう。金色の瞳を大きく見開いた。

頭蓋骨が陥没するかのような衝撃の大きさは、甲高《かんだか》い耳鳴りと白くなる視界が二人に物語る。一瞬の静寂の後、接地した互いの額と額に火が灯るような熱が宿ったかと思うと、裂けた皮膚から赤い鮮血が流れ両者の顔を染めた。

それでも揺るがぬ眼光が、額だけでなく鼻先も触れ合う近さで火花を散らす。

既にアルトは剣を逆手に握りウツロの腹を裂く態勢に入っているが、彼女の指先が触れる喉元も瞬時に首の骨が折れる状態にあった。床に伏せる二人もまだ立ち上がれない。生死が交錯するその瞬間、両者の殺意を寸前で押し留めたのは、道場全体が物理的に揺れ動くほどの怒号だった。

「――止《や》めんか小娘共おおおおおッッッ‼」

咆哮一閃《ほうこういっせん》。

扉が破壊され開けっぱなしになっている出入り口から、骨に響く怒鳴り声が強風を纏《まと》って道場内に吹き込む。砕け散った槍《やり》の残骸が宙を舞い、少女達の髪の毛はバタバタと靡《なび》いて、捲《まく》れ上がるスカートからはそれぞれの個性を映し出した下着が覗《のぞ》く。

熱の籠《こ》もった闘志も、研ぎ澄まされた殺気も、全てが吹き飛ばされてしまった。

道場の入り口で腕を組み仁王立ちするメイド……クルルギの一声で。

「神聖な学園の道場で乱痴気騒ぎとは貴様ら、良い度胸をしているではないか」

睨みを利かせながらクルルギは一同を見回す。これまでは中立的な立場を取ってきたのにも拘《かか》わらず、この状況下で何故直接介入してきたのかは誰もが疑問に思っているだろうが、クルルギの有無を言わせぬ威圧感に誰もが気圧《けお》され、直ぐに口を開くことが出来なかった。だが、最初に動いたのは何処《どこ》までも悠然としているウツロだ。

額に付着した血をハンカチで拭《ぬぐ》い立ち上がると、まずはスカートの皺《しわ》を直す。

「ごきげんよう、クルルギ様。ご無沙汰しております」

微笑《ほほえ》み挨拶をしながら軽く会釈をする。

「親交を深めたいところですが、開口一番に乱痴気騒ぎ、は如何《いかが》かと。ここは道場、拳を交えることになんらやましいことはありません」

「相変わらず小生意気な舌の滑り方だな生徒会長」

幾分、丁寧な態度に対してクルルギは不機嫌な表情で鼻を鳴らす。

「問答が必要だとほざくなら、優しい我は応答してやろう。問え、生徒会長」

「では、僭越《せんえつ》ながら」

軽く頭を下げて礼を述べてからチラッと、すっかり喋《しゃべ》るタイミングを見失っていたアルト達に視線を向ける。

「彼女らは生徒会が自治を持つ旧校舎に無断で入り込み、ワタシの所有物を強奪いたしました。故に制裁と奪還に動いたのですが、いけないことだったかしら？」

「問題はない」

「いや、あるだろうが」

まさかの肯定にアルトは思わずツッコミ、ニィナの方を見るが、彼女は何処《どこ》か諦めたような表情で首を左右に振る。

「命ある限りやられたらやりかえす。ガーデンの乙女たる者、売られた喧嘩《けんか》を買わない道理はない……しかし、生徒会長。貴様らの所業が乙女の道理を外れて、我が敬愛するヴィクトリアお嬢様を悲しませた罪は重い」

無茶苦茶な言い草だが、睨《にら》み付ける眼光と威圧感は冗談が皆無であることを物語る。

「罪、というのはアントワネットのことかしら。彼女は既に生徒会では……」

「小賢しいぞッ!!」

飄々《ひょうひょう》とした態度と微笑《ほほえ》みを見せるも、クルルギの一喝の前には通じなかった。本人もそれは理解しているらしく、表情の変化はなかったが唇を閉ざし言葉を紡ぐのを止めた。クルルギは咳《せき》払いを一つしてから、ゆっくりとちゃんと土足ではない足で道場に上がる。

「アントワネットの所業は貴様の監督不行き届きだ。知らぬ存ぜぬは通用せんぞ、貴様にも相応の罰を受けて貰《もら》う」

「ワタシを生徒会長の座から降ろすとでも？」

「たわけ。そんな無意味な罰は与えん」

少し距離を置いてクルルギは足を止める。ギリギリ、ウツロの間合いの外だ。

「生徒会長は強さの象徴。敗北と卒業以外でその座を退くことはあり得ない……学園側から貴様に下す沙汰は三つだ」

クルルギは右の拳を正面に突き出して、まずは指を一本立てる。

「一つは生徒会役員の不祥事に関する審問を、我と学園長の立ち合いの下《もと》、行う」

「承りました」

続いて二本目の指を立てる。

「次にそれに伴って生徒会の活動を一時停止。会長を含める役員の三日間の自室謹慎を命じる。その間の戦闘行為は一切、認められないモノと知れ」

「それも承りました」

何処《どこ》か他人事《ひとごと》のようにウツロは頷《うなず》くが、次の三つ目で空気が再び激変する。

「そして最後だ」

クルルギは三本目の指を立てた。

「旧校舎に監禁されていた少女は学園側で保護する。以後、生徒会の接触は許さん」

「……なんですって？」

直前の出来事もあって予感はあった。そして予想通りウツロの表情が消え、明らかな怒気が一度は治まりかけた場の空気に熱をもたらすが、クルルギは彼女の変化など気にも留めず威圧的な眼光で射抜く。

「聞こえなかったのか。なら、もっとわかりやすい言葉で告げてやろう……貴様がペットと称し飼っていた娘は、もう貴様の所有物ではない。学園が保護するということは即ち、マドエル様が保護することにほかな……」

「――ッ⁉」

言葉を遮るようにウツロが動いた。離れていなければ肉眼で追うことも難しい、独特のぬらりとした動作で間合いを詰めるが、手を出すよりも早く三本指から開かれたクルルギの手の平で顔面を鷲掴《わしづか》みにされる。

「――なっ⁉　あの動きをあんな簡単にっ⁉」

自分達が手を焼いた動きを容易《たやす》く掴んだことにテイタニアは驚愕するが、捕まえたクルルギ自身はつまらなそうに目を細める。

「我を失い精細さを欠いた動きなんぞ止まって見える。得意の無拍子が聞いて呆《あき》れるな」

「黙りなさい——魔技……⁉」

「わざわざ使わせるかよ間抜けがッッッ‼」

ウツロの両腕が身体を絡めとろうとするが、アルト達だったら抗《あらが》う間もなく投げ飛ばされた動作も、ガーデン最強のクルルギを拘束することは叶わず、逆に仕掛けた力の流れを利用され両足が浮くと、そのまま背中から床に叩《たた》きつけられた。

訓練の最中でも傷一つ付かなかった頑丈な床に、落雷のような音と共に亀裂が走った。

「……流石《さすが》はクルルギ様。あのウツロが、手も足も出せないなんて」

強いと知ってはいても目の当たりにする機会は少ないのだろう。圧倒的な戦闘力を前に、ニィナもゴクッと唾を飲み込む。

顔面を掴む腕を両手で握りながら、指の間から怒りに燃える瞳が覗《のぞ》く。

「今ので殺さなかった我の優しさに感謝するんだな。そして優しさついでにもう一度、命じてやろう……あの娘との接触を禁じる」

「ふ、ふふふっ……ふざけるな。と、返しましょう」

「わかった。死ね」

鷲掴みにする手に一切の躊躇《ちゅうちょ》がない力が加わり、離れた位置にいるニィナ達にも頭蓋骨が軋む嫌な音が聞こえた。人の頭など容易く握り潰せてしまうクルルギの握力に、流石《さすが》のウツロも苦痛を堪《こら》えてか強く奥歯を噛《か》み締める。

確実な死に向けて高まる殺気が頂点に達する前に、横から伸びた手がメイド服の肩の部分を引っ張った。

肩を掴《つか》んだのはアルト。額から血を流しっぱなしのまま、ギロッとクルルギを睨《にら》む。

「邪魔をするな。マドエル様の客人であっても、我は遠慮なく殺すぞ」

顔を向けず忠告するが、無視するようアルトは肩を握る手に力を込めた。

「邪魔をしてんのはどっちだ。テメェ、誰に断って人の喧嘩《けんか》に横入りしてやがるっ」

「笑わせるな」

一笑してから顔をアルトの方へと向けた。

「三人がかりで手も足も出なかった分際で、喧嘩を名乗るとは片腹痛い」

「テメェの腹が痛かろうが痒《かゆ》かろうが関係あるか。こいつはこっちの問題だ」

「ふん、生意気な。貴様の立場だけで物を言うなら、ここで我が片をつけてしまえば都合が良いのではないか？」

挑発的な物言いだがクルルギの言葉は正しい。元の姿に戻る為の条件が外敵因子の排除で、ウツロが関わっているのなら、最大の障害とも言える彼女を簡単に排除できるかもしれないこの状況は、アルトにとって好都合と呼べるだろう。

だが、肩を掴むアルトの手から力は抜けない。

「損得勘定が混じった御託《ごたく》なんざお呼びじゃねぇんだよ。もう一度、言うぜメイド」

睨み返すアルトの眼力は一切、クルルギに劣るモノではなかった。

「こいつは俺らの喧嘩だ。筋道も何も立てず、首突っ込んでくるんじゃねぇっ」

「……ほう」

唇を僅《わず》かに歪《ゆが》めた後、ウツロに注がれていたクルルギの殺気がアルトに向けられた。誰よりも彼女の強さ、恐ろしさを知るニィナの顔が青ざめる。次の言葉が発せられるよりも早く、アルトの顔面が粉砕されてもおかしくない状況下で、クルルギは掴んだウツロの顔面から指を離してゆっくり立ち上がる。

「動くんじゃねぇぞ。テメェが最初に喧嘩売ったのは俺だ、順番を間違えんな」

クルルギから視線を逸《そ》らさず牽制《けんせい》したのはウツロに対して。顔から手が離れた際に緩めずにいた殺気が、再び牙を剥《む》く前に釘を刺したのだ。聞き入れたのは一呼吸置いて冷静になったからか、ウツロの雰囲気から急速に怒気が薄れていくのがわかった。

「よろしいわ。この場は、勇敢な転入生の顔を立ててましょう」

「ふん。命拾い——したなッ！」

「——ぬわっ⁉」

身体を起こそうとするタイミングに合わせ、クルルギは左右の手でアルトとウツロそれぞれの制服の胸倉を掴《つか》み、無造作に正面へ向けて放り投げた。

「──むっ？」

「──こいつはっ⁉」

二人は瞬時に理解する。特別、乱暴でも強引でもない投げ方だが、クルルギの投げはウツロの技と酷似していて、宙に浮かぶと同時に上手《うま》く身体に力が入らなくなって、そのまま受け身も取れずに床を転がった。唯一、違うところを挙げるとすれば、相手を傷つける為に叩《たた》き付けるのではなく、寝かしつけるようなふんわりとした浮遊感に包まれ、二人は衝撃もなく優しく床に落とされたことだ。

仰向《あおむ》けの状態で身体を横に一回転させながら立ち上がり、ウツロは乱れた制服と髪の毛を正す。

「人の技をこれ見よがしに披露するのは、あまり優雅なことではないわね」

「たわけ。貴様よりも優雅な技の使い方だ」

その点には異論はなかったのか、ウツロは軽く微笑《ほほえ》んでから此方《こちら》を振り向く。

「騒がせてしまったわね、皆々様。ワタシは叱《しか》られてしまったから、本日はこの辺りでお暇《いとま》させて頂くわ」

軽くスカートを摘《つま》み、膝を落として此方に形許《ばか》りの敬意を払ってから、視線は真っ直《す》ぐ座ったままのアルトに向けられる。金色の瞳に確かな怒りの炎を灯しながら。

「命拾いしたなんて思わないでね。余命が三日、延びただけなのだから」

「上等じゃねぇか……アンタこそ、首を洗って待っていやがれっ」

鼻息を荒くしながらアルトは、立てた親指で自分の首を真一文字に切った。

真正面からの宣戦布告にもウツロは薄く微笑み瞳を閉じると、一呼吸後に開いた瞳からは既に怒りの炎は消えていて、何事もなかったかのような素振《そぶ》りで身を翻す。去り際、すれ違うクルルギに一礼だけしてから、足音も立てず道場から出て行った。

ウツロがいなくなったことで、場の空気は一気に緩み……はしなかった。

「……さて」

失った分の緊張感を補填《ほてん》するよう、クルルギはギロッとアルト達を睨《にら》み付ける。彼女の恐ろしさを一番、よく知っているニィナだけがビクッと身体を震わせる。しかし、一頻《ひとしき》り威圧した後、鋭い眼光と圧は一人に集中された。

「貴様ら……いや、特に貴様だッ」

「……俺かよ」

突然の叱責にアルトはあぐらをかいて面倒臭げに眉間に皺《しわ》を寄せる。

「ウツロ如《ごと》きに一度ならず二度までも後れを取るとはなんたる無様だ。恥を知れ未熟者めが」

「んにゃろう。言いやがるじゃねぇか、くそっ……」

毒づくが痛いところを突かれ、アルトは口籠《ご》もりながら頭を掻き毟《むし》る。

「クルルギ様」

割って入ったのはニィナ。前に進み出てアルトを擁護する。

「彼女は特訓を終えた後で疲労困憊《こんぱい》でした。決して万全の状態では……」

「言い訳になるか、ド阿呆《あほう》めが」

しかし、聞く耳を持たないクルルギに一蹴されてしまう。

「勝負事に万全も不全もあるモノか。あるのは勝ち負けのみ。勝たねば相手を卑怯《ひきょう》者と罵る資格もないわ……ましてや、三対一で挑んで負けるような未熟者共が勝負の心得を論じるとは片腹痛くて、お嬢様のへそで茶が沸いてしまう！」

「意味わからんボケを挟むなし……ってか、わたしら負けたつもりはない」

「ふざけるな馬鹿者。お嬢様のへそはキュートの極みだ」

「へそに関して掘り下げて欲しいわけじゃ……いや、もういい」

強がりも通じずテイタニアは諦めたように唇を噤《つぐ》んだ。

一方のクルルギは憎々しげな視線をアルトに注ぐ。元から学園の生徒なのならともかく、縁もゆかりも薄いクルルギに、ここまでの態度を示される謂《いわ》れはないのだが、考えてみれば彼女は初対面の頃から妙に当たりが強かった気がする。このメイドのテンション感を、一般の感覚に照らし合わせてよいのかは疑問が残るところだが。

「いいとこ無しってことに関しちゃ言い訳の言葉もねぇよ。だから、次は勝つ。それじゃ駄目かよ」

「良いか駄目かの話ではない。我が気に入らんのだ」

　こいつ話が通じねぇぞ。

　と、三角にした視線で後ろの二人に訴えかけるが、ニィナは苦笑いを浮かべるだけ、一足先に諦めたテイタニアは素知らぬ顔をそっぽに向けていた。そんな三人の態度など一向に構わずクルルギは仁王立ちのままアルトに詰め寄る。

「気に入らん気に入らん。全くもって気に入らん」

「だから、何がそんなに気に入らねぇんだ。自分で言うのも腹立たしいが、俺が負けようが不甲斐《ふがい》なかろうが、テメェには関係ねぇだろうが」

「関係ない。が、業腹なのだから仕方がなかろう」

「んな理不尽な」

「あの女の関係者の分際で理《ことわり》を説くな！　彼奴《きゃつ》めならば多少、身体が縮もうが何があろうが敵に後れを……むっ」

　珍しく愚痴るような口調になりかけるが、途中で我に返ったのか口元を手で覆い言葉を止める。自らの失言を押し留めるような行為だったが、それ以上に彼女に失言という概念があることに対して、特にニィナには驚きだった。

だが、アルトは言いかけた物言いに、ようやく妙な違和感の正体に気づいた。

「メイド、テメェ……あいつの、ハルの知り合いか」

問いかけた瞬間、クルルギは物凄《ものすご》く嫌そうに顔を顰《しか》めた。

ハルル。アルトにとっては師匠であり育ての親でもある人物で、大陸でも数人しか持たない竜の称号の持ち主、竜姫の本名だ。異名ばかりが先んじて本名を知る者は殆《ほとん》どなく、ニィナやテイタニアも聞き覚えのない名に首を傾《かし》げていたが、名前を知っていて尚且《か》つアルトとの関係を知るクルルギは、間違いなく過去に彼女と関わりがあったのだろう。

竜姫の底意地の悪さを知るが故に、クルルギの自分に対する怒りを理解した。

「ってことは、メイド。アンタ、あの女に負けたな?」

「──負けてなどッ……ギギッ、ぐぅッッッ」

瞬時に言い返そうとするが、途中で奥歯を噛《か》み締めるよう言葉を止めたクルルギは、悔しげにギリギリと歯を噛み鳴らす。傲慢ではあるが彼女も一人の戦士。おそらくは完膚なきまでに負けた事実を覆す訳にはいかないのと、自らの口で敗北を認める発言が許せないという感情の板挟みになっているのだろう。一方でクルルギがある意味、敗北を認めるに近いリアクションをしたことにニィナとテイタニアは驚いた。

「かの女は我が宿敵にして怨敵。なれば愛弟子《まなでし》である貴様にも相応の強さを求めただけの話である……あまり我を失望させるな」

「あんな規格外と比較されてもねぇ……まぁ、いいさ。どっちみち次は負けねぇ」

胡坐《あぐら》をかいたまま、アルトは気を引き締めるよう語気を強くした。三人がかりであしらわれたのは悔しいが、全く収穫がなかったわけでもない。正攻法で勝つのが難しいなら、搦《から》め手を用意する必要はあるが、その意味でも三日の猶予はありがたかった。

ただ、疑問もある。

「こっちがわからない話題が一区切りしたんなら、改めて教えて欲しいんだけど」

同じ疑問を懐《いだ》いていたのだろう。切り出したのはテイタニアだ。

「ガーデンの守護者であらせられるクルルギ様が、どうしてわざわざ、喧嘩《けんか》の仲裁になんて来たの？　まさか、本当に釘を刺しに来ただけって、わけじゃないんでしょ」

「ふん。当然の質問だな」

竜姫のことはあまり聞かれたくないのだろう。普段だったら辛味の強い皮肉を交える癖に、ここはサラッとした態度で話題の転換に乗っかった。

「本来なら貴様らのくだらん諍《いさか》いに首を突っ込むより、お嬢様のお召し物を一枚ずつ丁寧に手洗いしている方が数千倍有意義なのだが、そのお嬢様の願いとなってしまっては、聞き届けない訳にはいかん……貴様は特に感謝するように」

「感謝って、学園長のお嬢様にか？」

「ふん、察しの悪い野良犬め……おい。もう入っても良いぞ」

扉が壊れ開けっ放しになっている出入り口に向かい言うと、ひょこっと覗《のぞ》き込むよう顔を見せたのはロザリンだった。声をかけるまで姿を現すなと言われていたのか、クルルギが許可を出すよう頷《うなず》くのを見てそそくさと道場内に足を踏み入れる。

「アル、大丈夫、だった？」

「ロザリン……ってことは、メイドを送り込んだのはお前かよ」

「正確にはお嬢様を通しての願いではあるが。ウツロに見つかるようなヘマはしていないだろうな？」

「うん、平気」

頷きながら近づくと、膝を曲げて座っているアルトと視線を合わせた。

「本当は、飛び出したかったけど、あんまり、こっちの手の内を、見られるのは、良くないって思って」

「そりゃ賢明な判断、だなっと」

頭を撫《な》でる為に伸ばされた手をジト目で払うと、ロザリンは不満げに唇を尖《とが》らせた。

「ロザリンさんが危険を知らせてくれたんですか？」

問いかけたのはテイタニア。正体を知らないのと、アントワネットの件で助けられているからか口調が普段より丁寧だ。ニィナは見ず知らずの人物の登場に戸惑いが浮かんでいたモノの、自分以外は皆顔見知りということで特に質問などはなかった。

「ううん。アカシャが、教えてくれた」

反応を窺《うかが》うかのようテイタニアをチラッと見てから答える。

「……知ってるか？」

「いいえ」

問いかけてみるがテイタニアは首を左右に振った。

「生徒にも教師にも聞き覚えはないわね。そもそも学園の人間の顔と名前を、全員知ってるわけじゃないし」

「ま、そりゃそうか」

頷きながらアルトは気取《けど》られないように横目でロザリンの様子を窺った。視線に気づいているロザリンは、右目を隠す前髪を弄《いじ》りながらさりげなく顎を下げる。嘘《うそ》はついてないという判断なのだろう。

(妙な反応しやがって。いったい、テイタニアがどうしたってんだ)

探るような素振《そぶ》りに何となく合わせてみたが、ロザリンがテイタニアを怪しむ意図がいまいち読み取れなかった。アカシャ、と呼んでいる人物については昨晩、ロザリンの口から概要は聞いていたが、彼女とテイタニアの間に何か因縁でもあるのだろうか。

「生徒のことなら、風紀委員長の方が詳しいんじゃないの」

特に何かを隠すような様子もなく、テイタニアが話をニィナに振った。

「名前に聞き覚えがある程度なら。序列に名を連ねてない上に、目立つ活動を行う生徒ではないから、印象としてはテイタニアと変わらないわ。顔と名前が一致するかどうかも怪しいでしょうね。ただ……」

ニィナは右手で自身の顎に触れながら視線を細める。

「突発的なウツロ会長の行動に対応したということは、独自の情報網を持っているんでしょう。中々に頭が切れる人物のようだわ」

「隠れた実力者ってわけか」

「ガーデンは強さを学ぶ場所で学園は実力主義だけれど、全員が全員、闘争を求めている訳じゃない。中には実力を隠して生活する生徒や、戦い以外の分野に秀でた才能の持ち主だって存在するわ。恐らく、アカシャという生徒は後者なのでしょうけど」

言いながらニィナは視線をクルルギに向ける。何者かと問いかけるような無言の圧があったが、それに反応するような人物ではなく完全に無視されてしまう。

「貴様らの考察に興味はない。言うべきことは終わった、後は勝手にしろ。我はお昼寝をするお嬢様の観察に戻る……ああ、忠告だけはしておく」

去り際にクルルギは凄《すご》みを利かせてアルト達を睨《にら》む。

「二度目、いや三度目はないぞ。命拾いして尚、不覚を晒《さら》すなら今度こそ死ね」

「あいよ。肝に銘じておきますって」

肩を竦《すく》めるアルトの態度を不愉快に思ってか、眉間に皺《しわ》を寄せたが、怒りを言葉として発することはなく、そのまま背を向けて道場を後にしていった。

化物じみた女二人がいなくなったことで、ようやく道場内の緊張感が解《ほぐ》れる。

「災難に次ぐ災難だったわね。流石《さすが》に寿命が縮んだわ」

安堵《あんど》感からかテイタニアは今頃になって流れてきた汗を拭う。

「けれど、これで風紀委員と生徒会の亀裂は決定的なモノになったわね。あのウツロ会長があそこまで感情を露わにしたことも驚きだけれども、いったい、旧校舎の少女は何者なのかしら？」

ニィナの視線と問いかけがアルトに向けられる。

「言っとくが、知っててアンタらを嵌《は》めた訳じゃねぇぞ」

「信じましょう。救出した娘が非道な行いをされていたことは、事実のようだから。一応、後でその娘とは話をさせて貰《もら》うけれど」

「記憶喪失みたいだから、有益な話は聞けないと思うよ」

「そうなの？」

テイタニアの言葉にますます、ウツロの意図がわからないとニィナは顔を顰《しか》めた。

「ったく、何処《どこ》までも読めねぇ会長様だぜ。何一つわかりゃしねぇ」

「うん。わからない、ね」

身体に加えて頭も痛くなってくる、と愚痴るアルトに同意しながらロザリンは言葉を続けた。

「だから、知った方が、いいと思う」

強めの口調での提案にアルトだけでなく、他二人の視線も集まる。

「知った方がって、ウツロのことですか？」

「うん」

頷《うなず》いてから視線をニィナの方へ向ける。

「風紀委員長さん？　は、どれくらい、知ってる？」

「え、えっと、そうですね……」

話を振られて少し考えてから答える。

「彼女が頭角を現し始めたのは一年ほど前ですが、それ以前の印象となると覚えてない、と答えるしかありませんね」

「覚えてないって、んな馬鹿な。アレだけの腕前、他の喧嘩《けんか》馬鹿共が放っておかねぇだろ」

「それだけ印象が薄かったということよ。当時の序列一位、つまりはウツロの前の生徒会長がかなりの破天荒、いいえ、大災害だった所為《せい》もあるけど、差し引いても目立つようなタイプではなかったはず……ううっ、一年前のことを思い出すと悪寒が」

「……どんだけヤバかったんだよ、前の生徒会長って」

一年前の出来事は相当のトラウマらしく、頭痛を堪《こら》えるような顔でこめかみを押さえた。

「お前は何か覚えてねぇのか？」

「わたしが入学したのはその後だから。その時にはもう会長はウツロだったわ」

「つまり、入れ替わりで、会長さんが、台頭してきたって、こと？」

「正確に言えば百合《ゆり》さ……前生徒会長が御卒業なされ、ガーデンを飛び出して外の世界に旅立ってしまったから、空席となった会長の座にウツロが納まったの」

「中々に破天荒な会長だな」

顔を合わせなかったのは幸運かもしれないと、アルトは内心で安堵《あんど》していた。

「ウツロ会長の名前が学園に広がったのはその時ね。当時の序列上位を悉《ことごと》く粉砕していったのだから、異論を述べる者はいなかったわ。その中には今の生徒会役員のオルフェウスもいたはずよ」

「それ、以前、は？」

「……わからない」

申し訳なさそうに首を左右に振った。

「結局、情報はないってことね……ってか、アレのことを知る意味ってあるんですか？」

意図が読み取れないテイタニアは疑問の色を浮かべていた。答える前にロザリンはチラッと此方《こちら》を窺《うかが》うよう見てきたのは、アルトはちゃんとわかっているよね、と理解を求めての行為だろう。一応、何となくの予想はできていたアルトは、仕方ねぇなと分かりやすく肩を大きく竦《すく》めた。

「要するに、お前の見立てじゃ会長の強さや存在には裏があるってことだろ」

「むふっ。流石《さすが》、アル」

満足そうにロザリンは微笑《ほほえ》んだ。

「あの、ウツロって人が、何処《どこ》まで外敵因子と、関わっているのかは、ハッキリとはわからない。でも、関連性があるなら、きっと、あの人が起こした出来事や、関わった出来事には、きっと私達が知らない、何かが隠されてる、と思う」

「ま、無関係って言われる方が、しっくりはこねぇだろうな」

アルトも同意する。ハッキリとした根拠や具体的な証拠がある訳ではないが、このガーデンに、学園を訪れて以降、知れば知るほど肌に感じるのはウツロの存在感だ。畏怖と尊敬を一身に集める理由は、異論を挟む余地のない強さと、何事に対しても泰然自若とした物腰の柔らかさだろう。カリスマ性とはまた違う。リーダーシップは取らず、仲間思いという訳でもないウツロに皆が描く憧憬は、純粋な強さへの憧れだろう。

ウツロほどの純粋な強さを持つ者が、ある日ぽっと出で現れることの方が違和感だ。

「で、でもさ。裏があったとして、それが何だって言うのよ。わたしらには関係なくない？」

「関係、無いかもしれない。でも、あるかもしれない」

「……ふぅむ」

動揺するテイタニアに対して、一理あると理解を示してかニィナは考え込む。

「何が、何処《どこ》まで繋《つな》がって、いるのか。見えているモノ、見えてないモノ。そもそも、想定すら、してなかった状況。目の前の状況にだけ、強引に押し流されて、私達は何も、知ろうとしてないと思う」

「その一歩目が、会長ってわけか」

「そゆこと」

ロザリンが頷《うなず》くとアルト以外の二人は戸惑い、正しい答えを求めるかのように互いの顔を見合わせた。

# 第六十四章　図書室の妖艶な才女

アルストロメリア女学園で生徒会長のウツロが畏怖と尊敬の対象ならば、彼女の右腕とも言えるオルフェウスは思慕の的と言えるだろう。

元々が中性的な顔立ちではあるが、長身に加えて舞台俳優のような気障《きざ》な言い回しを好む彼女を、仮想恋愛の対象として支持する女生徒は非常に多い。

全員が全員、本気でオルフェウスに対して恋心を懐《いだ》いている訳ではないだろうが、勉学と闘争に明け暮れる学園生活の中で、疑似恋愛を心の清涼剤として求めるのは決して間違いではないだろう。

多少の資質はあったとはいえ、本人も自分の役割を理解した上で学園の王子様を演じている。自身の行為も想いを寄せる少女達の感情も、義務感はあっても決して滑稽だとは思わない。

人狼の母と人間の父を両親に持ち、半獣人としてどちらのコミュニティからも弾《はじ》き出されたオルフェウスは、自分に向けられる感情に背くような真似はしないと誓っている。

彼女にとってはこのガーデンこそが帰るべき家であり、アルストロメリア女学園の生徒達こそが群れと呼べる存在だからだ。そしてオルフェウスが属する生徒会は、かけがえのない宝だと自負している。

たとえこの感情が一方通行のモノであってもこの信念に揺らぎはない。

重症を負ったアントワネットが治療を受けているのは学園にある病院だ。病院と言っても普通に住人が受診するような場所ではなく、学園やガーデンで問題のある人物、問題を起こした人物が収監される一種の監獄に近い。ガーデンで問題を起こすとなると、必然的に大規模な戦闘に発展する場合が多いので、鎮圧された問題児、素行不良者が病院送りにされる場所がここなのだ。

当然、普通の人間や一般生徒が許可なく足を踏み入れることはできないが責任者、つまりヴィクトリアかクルルギの許可を得れば、お見舞いをするくらいはできる。

そしてオルフェウスは許可を得てこの病院の一室を訪れた。

木造二階建てのこぢんまりとした小さな建物は、病院と呼ぶには少しばかり古めかしい雰囲気があった。

問題を起こした人間が治療の為に収容される場所ではあるが、建物を高い塀が囲んでいる訳でもなければ、屈強な看守が守備を固めている訳でもなく、風通しの良い普通の病院といった感想を、初めて見た人間は懐くだろう。事前に話は通っているらしく、訪れたオルフェウスを看護師が出迎えてくれた。

清潔感のある白衣を纏《まと》った看護師は一見すると普通の人間に思えたが、オルフェウスの半獣人としての直感と、隙のない佇《たたず》まいに直《す》ぐ、彼女は只者ではないことを見抜く。

このような場所を任されるくらいだから、当然と言えば当然ではあるが、恐らく一対一ではオルフェウスでも勝つのは難しいだろう。病院でガーデンの底知れなさを改めて知ることになるとは、流石《さすが》に思っていなかったが。

二階に上がり病室の前につくまで、他の人間と全くすれ違わないどころか、物音ひとつ聞き取れなかった。療養するには都合の良い穏やかな静寂の中、病室の前で立ち止まった看護師は、扉を開ける前にオルフェウスの方を振り返る。

「花瓶のご用意をしましょうか？」

視線はオルフェウスが両手に抱く見舞いの花束に注がれる。

「お手数でなければ、よろしくお願いします」

「綺麗《きれい》なお花ですね。ご友人もきっと、喜んでくれるでしょう」

軽く微笑《ほほえ》んでから看護師は促すように扉の前から退いて、此方《こちら》に向け一礼をしてから花瓶を用意しに行ってしまった。去っていく際、足音を全く立てない静かな歩き方は、やはり強者であることを感じさせたが、感嘆すべきところは別の個所だろう。

「気を、使わせてしまったようだ」

二人で話す時間を作ってくれたことに、オルフェウスは肩を竦《すく》めて苦笑する。

「さて、と」

一呼吸おいてから咳払《せき》いで喉の調子を整え改めて扉をノックした。返事はない。意識は戻ったと聞いていたのだがと、嘆息してからもう一度、今度は強めにノックをする。と、微《かす》かだが舌打ちをするような音が獣の耳に届いた。

『……ど〜ぞ』

気怠《けだる》げなアントワネットの声を確認してから病室の扉を開いた。

開けると同時にツンと鼻にくる消毒液の匂いにオルフェウスは顔を顰《しか》める。病室は広さのない個室で窓を閉め切っているから、嗅覚の鋭いオルフェウスはより敏感に嗅《か》ぎ取ってしまったようだ。

「……失礼する」

鼻をスンと鳴らしてから入室すると、直ぐに正面のベッドに腰掛けるアントワネットと視線がぶつかった。少しはしおらしくしているかと思いきや、寝間着姿で首元や腕に包帯を巻いたアントワネットは、変わらぬ陽気で人懐っこい笑顔で此方に手を振っていた。

「やほやほ、オルフェちゃん。ようこそ、あーしの病室へ」

「…………」

あまりにも変わらない態度にオルフェウスは顔を顰めた。大方、意識が戻らないというのは、風紀委員やその他の連中の追及を嫌がり、目が覚めないフリをしていたのだろう。

流石《さすが》に誤魔化し切れなくなったようだが、まだ風紀委員が踏み込んでこない辺りは、病院側が気を回したのだろう。

優しさや慈悲ではなく、病院で暴れられたら困るから。本人は知る由《よし》も無かったが、真っ先に面会の手続きをしたオルフェウスが、誰よりも優先されたという事情もある。

病室はベッドと簡単な荷物を収納する棚と、来客用の椅子が置いてあるだけの簡素な部屋。アントワネットも怪我《けが》こそしているが、拘束されている訳でもなく、自由に何処《どこ》にでも歩いて行けそうな身軽さだった。思えば病室の扉も施錠されている様子はなかった。

「随分と気分が良さそうだな。安心した」

嫌味を言いながらベッドに近づく表情は厳《いか》めしい。

「気分が良さそう？　冗談」

アントワネットは大袈裟《おおげさ》に肩を竦《すく》めた。

「昨日の今日で全身がバラバラになりそうなほど痛いし、本も研究機材も持ち込みＮＧで、退屈ったらありゃしないさ」

「あの悪趣味な研究をまだ続けるつもりなのか？」

「そりゃ、当然じゃん」

悪びれもなく答える姿に思わずオルフェウスの殺気が高まった。殴りかかってくる、と予想していたアントワネットだったが、拳を強く握り締めるだけで堪《こら》えた様子に、拍子抜

けするよう鼻から息を抜く。

「嫌われようと理解されなかろうと、理《ことわり》を追求するのが魔術師の本懐で本能なの。それがあーしの場合、血の肉と臓物ってだけのお話。ま、マジなところで言うと因果なモンかなって思わなくもないけど……これぱっかは、しゃーなしっしょ」

「貴様は怪我《けが》が治って復学しても、いや、ガーデンから放逐されても同じよう悪徳に手を染めるのか」

オルフェウスは静かな口調で問う。面倒臭がるように視線を逸《そ》らしてから、アントワネットはベッドの上に寝転んだ。

「やるっきゃないっしょ。嫌々じゃなくって、にこにこアントワネットちゃんでさ」

「――ッ!?」

眦《まなじり》を吊《つ》り上げ激高して胸倉を掴《つか》み、無理やりアントワネットを引き起こす。

「……ちょちょちょ。急に、痛いじゃん」

身長差で宙に浮いたアントワネットは苦笑してから真顔で睨《にら》み付ける。

「離せよ」

「………」

持ち上げられ鼻先が触れ合う距離で二人の少女が睨み合う。静かな病室内が殺気に満ちるも、眼光をぶつけ合う二人が手を出す様子は見られない。オルフェウスの場合は反対側の手に、花束が握られているから、という事情もあるだろう。

アントワネットもそれに気づいて、チラッと視線だけを花束に落とす。

「いい趣味してんじゃん。オルフェちゃんの癖に」

「ボクの趣味は元から良い。悪いのは貴様の性根と性癖の方だ」

「エセ王子様を気取るオルフェちゃんに言われても、ねぇ」

剣呑《けんのん》な空気を醸し出しながらも、二人の軽口の叩《たた》き合いは普段とは変わらない。いや、根っこの部分では変わってしまっているからこそ、胸倉を掴むオルフェウスの手に力が入り過ぎて、ぷるぷると震えているのだ。

そしてもう一つの変化を間近に見て、アントワネットも流石《さすが》にたじろぐ。

「な、なにさぁ、オルフェちゃん……泣くことないじゃん」

思わず視線を逸らしてしまった理由は、オルフェウスが目尻に涙を溜めていたからだ。

「泣いてなどいないッ。誰が貴様の為なんぞに……涙など流すかッ！」

「いや、別にあーしの為だなんて言ってないけど……えっ、あーしの為に泣いてんの？」

「だからっ、泣いてなど……ぐすっ」

零《こぼ》れかけた涙を隠すように、言葉を止めて右手の甲で目元を拭うように顔を背けた。掴んでいた胸倉が放されたことで、アントワネットの身体はぽてんと、ベッドの上に腰掛ける格好に戻った。

「それってさぁ、どんな感情の涙なん？　あーしを憐《あわ》れんでるんか、生徒会から人が減って寂しいのか、会長に無下にされていじけてんのか」

「全部だッ！」

「……全部かぁ」

泣いている顔を隠していても声がかすれ始めていた。正直、全く想定していなかった状況に、アントワネットもどうしたモノかと眉を八の字にして困り顔を浮かべる。

「いや理解してんよ、あーしもさ。色々と好き勝手やって迷惑かけたって自覚はあるし、まぁ反省はしてないけど……」

「反省っ、しろッ！」

「しないけど……何て言うのかなぁ。そんな反応されるとさ、後悔って言うかさ。自分には縁が無いって思ってた、良心の呵責《かしゃく》ってヤツっぽいのがジリジリと疼《うず》いてくるじゃん」

自分でも上手く纏《まと》まらず髪を掻《か》き毟《むし》ってから、ようやく相応《ふさわ》しい言葉に辿《たど》り着く。

「つまりさ。あーしのことで泣かないでよ、オルフェちゃん」

「……んぐぐ」

大きく鼻を啜《すす》ってから数秒の間を置いて、オルフェウスは再び顔を正面に向けた。手の甲を力任せに擦《こす》り付けた所為《せい》もあって、目元だけでなく鼻やその周辺まで真っ赤になっていて、溢《あふ》れる涙を堪《こら》えようと顰《しか》めた顔付きは普段よりも幼い印象をアントワネットに与えていたが、それを口に出して揶揄《からか》うほどの余裕も、今の彼女にはなかった。

「ズルいじゃん。そんな顔されちゃったらさぁ、逆に弄《いじ》り辛いって……ぶち切れてると思ったからさ、おとなしく殴られてあげる覚悟をしてたんだよ？」

「嘘《うそ》を言うな、臭いでわかる」

鼻と口元を手で隠しながらもう一度、大きく鼻を啜《すす》る。

「貴様は殴られたら殴り返す女だ。手を出していたら、殺し合いになってただろう」

「そこまで血気盛んじゃないってば。逆にあーしの方が殺されるかなって、だってあーしのこと好きじゃないっしょ？」

「ボクはお前が嫌いだ。生徒会の一員でなければ、相いれない存在だと思っている」

やっぱりと納得しかけたところで、「しかし」と言葉を続けた。

「それでもボク達は同じ旗の下《もと》に集った同志だ。群れの同志を感情だけで切り捨てるほど、ボクは愚か者ではない」

邪心はないと示すように真っ直《す》ぐと目を見てオルフェウスは言い切った。ここまで実直な感情をぶつけられると、流石《さすが》に軽口も直ぐには飛び出ない様子で、アントワネットは返答に窮するよう口をパクパクと開閉してから、耐え切れないかのように視線を逸《そ》らした。背けた彼女の頬は光の加減の所為か、僅《わず》かに赤らんでいるようにも見えた。

「なにさなにさ、めっちゃズルじゃん。オルフェちゃん、女の子にモテるのがわかるわあ」

「本心だ。茶化されるのは気分が悪い」

「こういうのも、あざといって言うのかなぁ、この天然ジゴロちゃんは」

馬鹿にされたと思って不機嫌な顔をするオルフェウスに、ベッドを上下に軋《きし》ませながらアントワネットは楽しげに笑った。一頻《ひとしき》り笑ってから切り替えるように真面目な表情を向ける。

「それで？　会長の方はどうなってんの？」

「会長は学園側の指示で三日間の謹慎を申し付けられて、花の塔に閉じこもっている」

「えっ!?　なんでそんなことになってんの？　……あーしの所為《せい》？」

今日一番、驚いた表情で乗り出しながら問いかける。

「まさか」

「ですよねー」

速攻、否定されてやっぱりかと、逆に安堵《あんど》してしまう。

「原因は例のペット、旧校舎で飼っていたあの娘のことが知られたからだ」

「あ〜、奴隷ちゃん。色々と策を弄《ろう》してたみたいだけど、遂に露見しちゃったかぁ……ま、自業自得だよね」

こっちの方は特に驚くことなく、皮肉るような意地の悪い笑みを覗《のぞ》かせる。

「…………」

「うん？」

てっきり、皮肉に対していつものように口煩《うるさ》く説教してくると思いきや、オルフェウスは唇を噛《か》み締めて視線を落とす。アントワネットは内心で嘆息した。本人は気づいていないだろうが、この仕草をする時は話を聞いて欲しい時のサインだ。

（こういう妙に面倒臭い乙女ムーブ、他の生徒達は知らないんだろうなぁ）

自分だけが知る動作に若干の優越感を懐《いだ》きながら、仕方なく望みの言葉を口にする。

「どうしたん。何か不満なことでもあった？」

「別に不満という訳ではないが……」

と、お決まりの建前を入れてから、オルフェウスは待ち兼ねたように一呼吸入れる。

「旧校舎の件を知った途端、会長が血相を変えて飛び出して行ってしまったんだ」

「……は？」

拗《す》ねるような声色に思わず間の抜けた声が漏れてしまう。するとオルフェウスはキッと此方《こちら》を睨《にら》みながら、ヒートアップするように唾を飛ばす。

「あの会長がだぞ⁉　冷静沈着で滅多なことでは表情一つ変えない会長が、戦闘中でも滅多にスカートを翻さない会長が、青ざめたような表情で、全力疾走で茶会の場から走って行ってしまったんだ……アントワネット。お前は何処《どこ》に行ったと思う？」

「さ、さぁ？　……旧校舎、なんじゃない？」

「原因を作った風紀委員と転入生の下《もと》だッ!!」

引き気味のアントワネットの両肩を掴《つか》んで、悲痛な嘆きに眉間の皺《しわ》を深くする。

「そりゃ、まぁ、お堅い風紀委員長が奴隷ちゃんのことを知れば、保護する為に動くんだろうけど……どうして転入生、アルトちゃんも一緒に？」

「そんなことはどうでもいいッ!!」

素朴な疑問を口にするも一喝されてしまった。

「問題なのは、会長がどうしてあそこまであの小娘に肩入れするのかだッ！　新参の仮面はともかくとして、粉骨砕身、会長の為に矢面に立っていたボクや、少なからず生徒会役員としての使命を果たした貴様の為に動くではなく、あんな何処《どこ》の馬の骨かもわからぬ輩《やから》の為にッ……ボクには理解不能だッ!?」

「あ～……そう。そういうことね」

がくがくとオルフェウスに身体を前後に揺らされながら、アントワネットはようやく、彼女が何をしにここを訪れたのかを理解した。とどのつまり、オルフェウスは報われない自分の立場と会長のつれない態度に関して、アントワネットに愚痴を言いに来たのだ。

「……マジで最悪なんですけど」

いつもなら内心で留めておくべき言葉を虚無感と共に吐き出すが、すっかり悲嘆に暮れているオルフェウスの耳には届かなかったようだ。

「ああ、なんたる悲劇か。献身に報いて欲しいと思ったことはないが、会長に特別視される者が、どうしてあのような……まだアントワネットだったら諦めもついたのに」

嘆く姿に冗談は止めてくれとアントワネットは額に手を添える。

「ま、仕方がないんじゃないの……そもそも会長の人となりなんてオルフェちゃんはともかく、あーしが理解できてるわけないじゃん」

困りながらも一定の理解を示すように、アントワネットは脳裏にウツロの姿を思い浮かべた。彼女のことを知ったのは一年前のこと。前生徒会長が不在の中、突然現れては当時の序列上位の生徒を圧倒的な実力で叩《たた》きのめし、無名の立場から会長の座に納まった超新星だ。

上がごっそり離脱してしまったことで、繰り上がる形から生徒会役員の一員になったアントワネットだが、昔と呼べるほど過去の出来事ではないのにも拘《かか》わらず、当時のことを思い出すと少し懐かしい気持ちになってしまう。

「あーしとオルフェちゃんが生徒会に入って直《す》ぐは、もっと人も多かったよね」

「ああ。だが、殆《ほとん》どが会長のお考えを理解できず脱退、あるいは決闘を挑んで敗れ去った者ばかりだ」

「おかげで仮面ちゃんが来るまで大変だったよねぇ。主に反発を押さえつけるのが」

「何をふざけたことを」

懐かしむアントワネットをジロッと睨《にら》み付けた。

「貴様が矢面に立つことなんぞ、殆《ほとん》どなかったではないか。やむを得ない場合を除き、決闘の場に立ったのはボクだ」

「その代わり、面倒な事務系を処理してるのはあーしじゃん。感謝してる？」

「……ぐっ。だ、だが、最近は手伝うようにしていただろう」

「そうそう。オルフェちゃんがデスクワークしてると、他の女生徒が手伝いに来るから楽できんだよねー。まぁ、ほぼお喋《しゃべ》りばっかで仕事はあんま進みませんが」

「む、ぐっ」

思い当たる節があり過ぎてかオルフェウスは反論も出来ず口籠《ご》もるが、向けてくる視線には恨みがましい色が滲《にじ》んでいた。その見た目以上に子供っぽい仕草に、アントワネットの頬にも苦笑が浮かぶ。

「まぁまぁ、適材適所ってヤツじゃん。オルフェちゃんが戦ってあーしは事後処理。会長は後ろで不敵に笑ってるだけってのが、あーしら現生徒会の体制……だったじゃんか」

だった。過去形で語る言葉にオルフェウスが反射的に奥歯を噛《か》み締める。

「やらかした上に返り討ちにあったあーしはお役御免って訳だけど、精々、オルフェちゃんは会長の為に頑張ってくださいな。どーせ近い内にアルトちゃん、転入生と戦うんでしよ？」

「当然だ。当然、だが」

一度目は力強く断言するが、繰り返した二言目には迷いがあった。

「聞かせてくれ、アントワネット。会長は……ウツロさんにはボク達は必要なのだろうか」

「必要ないっしょ」

素っ気なくアントワネットは答えた。

「挑んでくる相手をぶっ飛ばす以外、基本的にはお茶飲んで微笑《ほほえ》んでるだけの人だけど、実際問題、事務仕事も戦闘系も、生徒会の業務なんて一人で賄《まかな》えるでしょ、あの人」

「流石《さすが》に、それは……」

無茶だろうとは、オルフェウスも言い切れなかった。

ウツロという人物は才能の塊だ。外から見ているだけの人間は、強さだけで序列一位と生徒会長の座を得ていると思っているだろうが、間近で一年以上も見てきた二人の意見は他の生徒達とは違っていた。確かに生徒会業務を積極的に行わず、運営の面で言えば歴代でも下位の積極性と言えるだろう。

しかし、オルフェウスとアントワネットが如何《いか》に優秀であっても、たった二人で業務を滞りなく回せるほどアルストロメリア女学園は甘くはない。事実、手が足りなくなる機会が何度か存在したが、それら全ては重い腰をあげたウツロが軽々と処理してしまったのだ。特に気負うことなく、いつもと変わらない微笑《ほほえ》みを湛《たた》えたまま、二人より遥かに高い能力で。

「結局のところ、あーしらはたまたま生徒会に残っただけ。たとえ生徒会に会長一人だけが残ったとしても、問題なく仕事は回せたってことっしょ。ってか、あーしが言うのもなんだけど、オルフェちゃんだってそうじゃんか」

「ボクが？」

問い返すも心当たりがあるのか、僅《わず》かにたじろいだ雰囲気が滲《にじ》む。

「オルフェちゃんだって、自分の都合を優先してる、一番大事ってこと。でしょ？」

「そんなッ……ことは」

無い。とは言えずにオルフェウスは俯《うつむ》く。

「あーしも同じ。血と肉と臓物の魔術。倫理を外れ禁忌に触れる理《ことわり》を追い求める為、自分の立場と会長の影響力を利用しただけだモン。まぁ結果、勝負に負けて悪事を暴かれて、生徒会役員の席から滑り落ちてしまいましたぁ。沙汰が決まったら、ガーデンを追い出されちゃうかもね」

自嘲などではない、何処《どこ》か他人事《ひとごと》のようにアントワネットは笑った。彼女は最初から理解していたのだろう。

魔術の才能を持つ者として生まれ、魔術の深淵を覗《のぞ》いてしまった存在として、悪徳を重ねる行為だとわかっていて尚、魔術師は自らの正面に敷かれた魔道を進み続ける以外の選択肢はない。

それはアントワネットが特殊なのではなく、魔術の才能を持つ者は理の探求から逃れることはできないのだ。

そしてオルフェウスもまた、形は違えどある種の理に蝕《むしば》まれている。

「その点、人気者のオルフェちゃんは安泰だぁ。人でも獣でもないから無かった居場所を、ようやく手に入れることが出来たんだから、是が非でも齧《かじ》り付きたいよねぇ」

意地悪い笑顔で露骨に煽《あお》ると、オルフェウスは表情を歪《ゆが》ませた。が、拳こそ強く握りはしたモノの、此方《こちら》に掴《つか》みかかってくる様子はなかった。それどころか大きく深呼吸をして息を吐き出すと、アントワネットに対して憐《あわ》れむような視線を向ける。

「自虐的な行為は止せ。ボクは貴様の行いを認めはしないが、だからといって罰するような真似はしない」

「……言ってくれるじゃん、オルフェちゃん」

これには逆にアントワネットの方がカチンときて表情に苛立《いらだ》ちが浮かぶ。

「流石《さすが》は学園の王子様、傷心の小娘を慰める舌先も上手《うま》いね。そのワンちゃんらしい舌使いで、何人の女生徒を誑《たら》し込んだモンか。いやぁ、初心《うぶ》で純情なあーしにはちょっと想像もつかないなぁ」

「貴様の言葉の意味は半分も理解できないが、それでもわかることはある」

度を越した挑発にもオルフェウスは乗らず、むしろ憐《あわ》れみを色濃くした。

「アントワネット。貴様は自分の行いを仕方ないと諦めつつも、心の奥底では罰せられたいという意思を懐《いだ》いている」

「はぁ？　なに言ってんのオルフェちゃん。ついに脳みそ腐りましたかぁ？」

「本当に的外れだったら貴様は腹を抱えて笑い転げるさ。今みたいに、病床に伏せていても律儀に施した化粧が崩れるほど、ボクのことを睨《にら》みつけたりはしない」

「――っ⁉」

思わずアントワネットは自身の目元を指で触れた。実際は見て判別できるほどは崩れてなかったが、指で触れてしまった為にアイラインで目の下が汚れてしまった。

「普段の貴様ならこの程度の口車、引っ掛かりはしないだろうさ」

「……マジでイラつく」

睨み付けながら舌打ちを鳴らす。

「半端な混ざり者の癖に、人様の気持ちを代弁するとかマジで笑える。卒業後の進路はカウンセラーか何か？　腕っぷししか取り柄のない半獣人が生意気言うじゃん」

もはや、取り繕う気の全くない侮辱的な物言いで、オルフェウスに対しての嫌悪感を示すが、それでも彼女の視線から憐憫《れんびん》を取り除くことはできない。普段だったらこの手の侮辱を言われれば、理性を失うほど怒り狂う癖にだ。

このまるで相手にされていないかのような態度は、物事を斜に構えた態度で嘲笑《あざわら》うアントワネットにとって屈辱だった。

「勘違いするな。ボクは貴様を馬鹿にしている訳じゃない」

恥辱に震えるアントワネットに向かってキッパリと言い切った。

「貴様は優秀な生徒だ。賢く、あざとく、抜け目がない」

「なにそれ。正面切っての悪口？」

「誉め言葉だ」

「……イミフ」

真っ直《す》ぐ見詰められ、思わずアントワネットは視線を逸《そ》らした。

「貴様の行い、志は間違いなく外道の類だ。本来ならば相応の罰を受けるべき立場なのだろう。しかし、ここはガーデンだ。生きる為の術《すべ》を学び、生き残る為の力を磨く場所。たとえ悪逆だったとしても、貴様は無類の強さを示した。同時に生徒会の幹部として、生徒や学園を支えてきたのも事実だとボクは思っている」

「だから、イミフだってば。オルフェちゃん、つまり何が言いたいわけ？」

普段だったら口が裂けても言わない、アントワネットを認めるような言葉に、戸惑いもあったがそれ以上に意図が読み切れず、不気味なモノでも見るような顔つきで警戒心を滲《にじ》ませる。

オルフェウスもまた、続く言葉を発するのを躊躇《ためら》っているのか、アントワネットの表情に不満を懐《いだ》きつつも、一呼吸の間を置いてから少し硬い口調を紡ぐ。

「要するに、だ。過程と結果はどうあれ、ボクは貴様の強さを認めている。貴様が群れの仲間、生徒会の同志であるという思いは今も変わらない」

「……は？」

想像もしていなかったのだろう。アントワネットは絶句するように固まり、逆に彼女のリアクションは想定していたらしいオルフェウスは、表情に恥辱の色と言ってしまったことへの僅《わず》かな後悔を滲《にじ》ませる。

「と、ともかく！」

妙な空気を吹き飛ばすように一段、声色を大きくした。

「貴様が生徒会の席から外れようと、会長の興味が此方《こちら》になかろうと、ボクがやるべきことをやるだけだと、そう言いたいのだ」

鼻息荒くオルフェウスは断言する。

「アルストロメリア女学園の生徒会副会長として、同胞である貴様を倒した転入生への借りを返す。あの小娘を倒すのはボクだ」

「……んなの」

勝手にやりなよ。と、半ば呆《あき》れながらの言葉は途中で止まった。遠まわしな敵《かたき》を討つという宣言に、アントワネットが感じ入った訳ではない。生徒会を自分の居場所である群れと称し、そのボスであるウツロに忠誠を尽くす様を滑稽に思いながらも、ある種の共感のようなモノがなかったとも言いがたいからだ。

だからアントワネットは、言いかけた言葉の代わりを肩を竦《すく》めながら発する。

「なら、お願いしちゃおっか。強いよ、アルトちゃん」

「ふん。ボクはガーデンの乙女だぞ、強者は望むところだ」

いつもの無駄に自信たっぷりな態度を見せながら、オルフェウスはチラッと廊下の方を気にする素振《そぶ》りを見せた。

「では、ボクはもう戻るよ」

そう言ってアントワネットの膝に花束を乗せた。多少、強く握った痕はついていたが、アレだけ感情が荒ぶっていたのにも拘《かか》わらず、茎や花びらが折れたり傷ついたりしている様子はなかった。

「これだけ渡されても困るんですけど」

「直《す》ぐに看護師が花瓶を持ってやってくる。たまには血肉ではなく、草花を愛でるのも悪くはないだろう」

嫌味などではなく純粋な忠告として言い残し、オルフェウスは来た時よりも幾分、落ち着いた足取りで病室を後にする。一人残ったアントワネットは酸っぱい果物でも食べたかのような表情で、ベッドの上に横向きで倒れ込む。

「ほんと、嫌な女だわ、あれ」

凄《すご》く疲れたような表情でため息を吐きながらも、手に持った花束を軽く抱きしめた。

昼食を終えたアルト達に戦いの疲れを癒やす間はなかった。かと言って午後の授業に赴く訳ではなく、アルト、ロザリン、テイタニア、そして導き手として名乗りを上げてくれたニィナの四人は、学園内のとある施設に向かって歩いていた。

『ウツロ会長のことを調べるなら、闇雲に探し回るよりも都合のいい場所があるわ』

昼食中に提案したニィナの言葉に従い、一行は授業が始まって人気《ひとけ》が無くなった学園の廊下を進む。四人が歩くのは校舎の三階。ここらは実験用など特別な授業で使う教室が主であり、この時間帯は使用されていない為、廊下を歩く音以外は聞こえないほど静かだ。代わりに午前中よりも温度が上がっているのか、左手側の窓から差し込む陽光が肌に暖かく、満腹感もあってか自然と瞼《まぶた》が重くなる。

「ふわぁ……むにゃ」

アルトは思わず零《こぼ》した欠伸《あくび》と共に、零れてしまった涎《よだれ》を啜《すす》る。

「アル、眠い？」

「運動した後に腹も満たされて、陽気の良いときたら、昼寝の一つもしたい心持ちだぜ」

「……同感」

布マスクの下で欠伸を隠しながらテイタニアも同意する。

先頭で歩いていたニィナは軽く息をついてから。

「緊張感の薄い態度は頂けないわね。事情があるとは言え、本来ならば今は授業中であることを忘れないで。私も、本当なら午後から出席する予定だったのだから」

「はいはい。わかってます、わかってますって」

「……なら、構わないのだけれど」

軽い返事に「本当にわかっているのかしら？」と不安げにもう一度息をつく。

一応、ニィナにはアルト達の目的、学園長からの頼みで外敵因子の調査をしていることを、性別の変化など無駄な説明が必要な事情だけは省き知らせてある。流石《さすが》はこの学園で風紀委員長を担っているだけあってか、割と突拍子もない事情に関しても、特に疑問に思う様子もなく理解を示してくれた。

立場上、口煩《うるさ》い部分は多かったが、ウツロに関する調査をするにあたっての、手掛かりを示してくれたりと協力的だ。

「しかし、目的の場所ってのが図書室とはな」

歩きながらアルトは頭の後ろに両手を回す。

「疑う訳じゃないが、んな場所で会長さんの何かしらかが理解できんのか？」

「何処《どこ》まで理解できるかは約束できないけれど、少なくとも全くの収穫無し、という結果にはならないはずだわ」

「そういえば、わたしも初めて行くわ。図書室」

「なら、ちょうど良い機会ね」

テイタニアの言葉に、何処か自信ありげに微笑《ほほえ》んだ。

「学校の図書室という響きで侮っているかもしれないけれど、アルストロメリア女学園の図書室……いいえ、規模的には図書館と呼んで構わないでしょう。収められているのは大陸の各地から集められた名著や奇書、魔術書の類まで幅広く取り揃えられているわ」

「確かに、ここが戦う術《すべ》、生き抜く方法を学ぶ場所ってんなら、こぢんまりとした教室に置ける程度の蔵書じゃ、あんま意味ないわな」

「でも、そんな大きい建物、あったっけ？」

疑問の声と共にテイタニアは眉を顰《ひそ》めた。

「規模的に、と言ったでしょう。実際に図書館の施設がある訳じゃない。愛の女神マドエル様は学園という存在の在り方を重んじてらっしゃるから、景観や外観を損ねる存在を極力、敷地内に作らない方針を取っているの」

「そういや、あの花の塔ってヤツも、近づかなきゃわからねぇような仕掛けになってたな」

「ええ。まぁ、アレは特殊な例ではあるけれど、学園の主は学び舎であるという学園長のお考えから、校舎より目立つ建物は好ましくない。膨大な書籍を収蔵する為に、図書室自体の空間を捻《ね》じ曲げているの」

「マジで？　いや、気軽に言ってるけど、それってヤバくない？」

何処か自信ありげだった理由は判明したが、人知を超えた事柄がサラッと判明してしまったことに、テイタニアは驚きを通り越して引いてしまっていた。

「女神様がいれば何でもありって訳かよ。けど、お前にとっちゃ朗報じゃねぇか。なぁ、ロザリン……ロザリン？」

「……ふへっ⁉」

反応が無かったことを訝《いぶか》しく思い、右隣を歩いていたロザリンの方を見上げると、視線に気づいた彼女はビクッと身体と大きな胸を揺らした。

「えっと、ごめん。ぼんやり、してた。なんだっけ？」

「でかい図書室はお前向けだって話だよ。ったく、立派なのは図体だけか。確《しっか》りしてくれ」

「うん。気を、付ける」

苦言を呈されてロザリンは気を引き締めるように鼻から大きく息を吸い、通常でも大きい胸を更に膨らませた。反対側から此方《こちら》を見ていたテイタニアは、横目で「なにを偉そうに」といった顔をしていたが、どうやら彼女は気づいていない様子だった。

（ロザリンめ。何か隠してるか、言いそびれてやがるな……なんだってそんなにテイタニアのことを気にしてやがる）

本人は気取《けど》られていないと思っているようだが、アルトにはお見通しだった。道場から食事中、この廊下に至るまでの間、ロザリンはさりげなくテイタニアの様子を探るような視線を度々向けていた。流石《さすが》にバレると思っていたのか、魔眼の使用こそしなかったが、つまりは確証には至らないが、何かしらでテイタニアを疑う、あるいは調べたいと思わせる事情が存在するのだろう。

（昨日は別に何もなかったから、今朝から昼の間に何かあったって訳か……ま、本人の都合がつけば向こうから口を開くだろ）

此方に気づかれないようにしている素振《そぶ》りから、ロザリン自身もその問題について疑問、あるいは説明に困る事柄が含まれているのだろう。ならば、わざわざ突っつく必要はないとアルトは判断した。以前ならともかく、幾つかの修羅場をくぐり成長したロザリンならば、下手《へた》な決断は下さないだろう。

（……俺の方も、全く何もない、ってわけじゃないしな）

視線は向けず意識だけを左隣のテイタニアに注ぐ。相変わらず布マスクの下に隠れた表情は読み難く、戦闘の疲れを感じさせるような気怠《けだる》い歩き方をしているが、彼女も何かしらの理由があってガーデンにいることは、もはや疑うべくもないだろう。

この問題は棚上げにしておいて、今はウツロに関してのことに集中するべきだ。

「しかし、学園の図書室がでかいってことは理解できたが、だからってあのやべぇ会長の正体がわかんのかよ」

「正体かどうかはわからないけれど、図書室の所蔵は書物だけでなく、歴代の教職員や生徒の履歴を纏《まと》めた物も保管されているわ。それを確認すれば、少なくともウツロ会長のプロフィールくらいは判明するはずよ」

「そりゃ、随分と立派な蜘蛛《くも》の糸だ」

何とも頼りない話にアルトは頭を掻《か》き毟《むし》る。

「でもさ。それって、勝手に見ていいわけ？　許可とか必要なんじゃないの」

「探すのも、大変そう」

「問題はないわ」

二人の疑問にもニィナの自信ありげな表情は揺るがない。

「図書室の責任者は優秀な娘なの。目的さえわかっていれば、調べること自体は難しくはないわ」

「ほう。ガーデンってのは、司書も優秀なんだな」

「図書室なのだから司書ではなく図書委員よ」

「じゃあ、責任者は、図書委員長、だね」

「まぁ、そうね。一人しかいないのだけど……到着したわよ」

廊下が突き当たる直前にある教室の前でニィナは足を止める。別段、他の教室と変わり映えはせず、入り口の上に掲げられている室名札が無ければ、ここが図書室かどうか見た目では判断できなかっただろう。

「一応、言っておきます」

戸に手をかける前にアルト達の方を振り向いたニィナの眼差しは真剣だった。

「当然だけれど図書室内での過度な私語は厳禁。本の取り扱いにも注意が必要よ。これが守られない場合、命の保証は致しかねるわ」

「……俺達は今から、魔物の巣窟にでも飛び込むのか？」

冗談や軽口などではない、至って真面目な声色が不安と共に悪寒を背筋に与えてきた。念を押すようにニィナが力強い視線を巡らせると、他の二人も神妙な表情でほぼ同時に顔を縦に振った。

改めてニィナは取っ手に手をかけると、ノックはせずに横へスライドさせる。他の教室と同じようにガラガラと音を立てて引き戸が開き、「後に続きなさい」と告げるように此方《こちら》をチラッと見てから、まずはニィナが入室していく。続いてアルト、ロザリン、テイタニアの順番で一行は図書室へと踏み込んだ。

「……暗いな」

開口一番、率直な感想がアルトの口から零《こぼ》れた。

「貴重な書物の劣化を防ぐ為よ。見えないほどではないでしょう」

図書室内は窓に厚手のカーテンが引かれているようで、昼間とは思えないほど暗くひんやりとした空気に満ちていた。

室内をうすぼんやりと照らしているのは、壁に吊《つ》るされている魔力灯だが、極限まで光量を落としている所為《せい》で、何とか周囲の様子を確認できる程度の視界は確保できていた。

だから、アルトの頭の上から図書室内を見回したロザリンは、思わず零れかけた感嘆の声を両手で押さえる。

「すご、い」

手で押さえている為くぐもった、けれども感動が滲《にじ》む声が漏れ聞こえる。

廊下からは普通の教室と差異はなかった図書室は、一歩踏み入れれば文字通りの異世界。見上げた先は吹き抜けになっていて天井が見えないほど高く、薄《うっす》らと星空のような風景が覗《のぞ》け、螺旋《らせん》のように高く伸びていた。壁と思えた部分は全て本棚で、上へ昇る階段や通路以外にはびっしりと書物が収められている。

階下、アルト達が立っているフロアにも城壁の如《ごと》く高い本棚が無数に並び、本棚で作られたちょっとした迷路のようになっている。何万、何十万、あるいはそれ以上揃えられた蔵書があるこの場所は図書館、いや、大図書館と称しても良いほどの規模だった。

「……人間、驚き過ぎると眩暈《めまい》がしてくるのね。初めて知った」

想像を絶する状況を目の当たりにしてか、テイタニアはどう驚いてよいのかも判断できず目頭を押さえた。アルトも同じ感想だ。正直、本を読む習慣が無い所為《せい》もあって、この莫大な量の蔵書は見ているだけで頭痛が込み上げてくる。

ただ、ロザリンだけは違った。

「すごい。すごいすごいすごいすごいすごいぃぃぃぃぃいっ……」

かなり興奮しているが、ニィナからの言いつけを守って大声はあげまいと、両手で口を強く押さえながらも、堪《こら》え切れない鼻息と衝動にかられ、ロザリンはその場でぴょんぴょんと何度も飛び跳ねる。知識欲と好奇心の塊である彼女にとっては、この光景はまさしく宝の山のように光り輝いて見えているのだろう。

「んんっ。その、ロザリンさん。お気持ちはわかりますが、ご自重をお願いします」

「……あ、ごめん」

軽く窘《たしな》められてロザリンは反省するように肩を落とす。騒がないように配慮しているのはわかるので、ニィナは困り顔をしながらも強い口調ではなかった。

「でも、凄《すご》いのは本当だよ。大陸、いや世界中の本が集まってんじゃないの？」

テイタニアにしては珍しく、ちょっとだけ熱の籠《こ》もった声を発する。

「世の中にこれだけ本が存在するって方が俺には驚きだ。しかし、ここからお目当てを探すってのは現実的じゃねぇな。目星も付けられねぇぞ」

「その為の図書委員よ。付いてきなさい」

再びニィナは歩き始め図書室の奥へと進み、三人は頷《うなず》いてから後に続く。

普通の図書室、図書館なら入って直《す》ぐのところに受付が存在するはずだが、ここにはそれらしき物はなく、上の本棚を巡る為の通路に繋《つな》がる階段があるだけ。

ニィナは階段は目指さず規則正しい間隔で置かれた本棚の間を通り、図書室の更に奥へと向かっていく。まさか、この異空間を迷路のように長々と歩かされるのでは？　という一抹の不安がアルトに過《よぎ》ったが、一分も歩かない内に目的地らしき場所に辿《たど》り着いた。

延々と連なっていると思われた本棚の列は途切れ、教室ほどの開けた空間には、木製の大きく頑丈そうなテーブルが置かれていた。

その上には所狭しと本が無造作に、平積みの状態で置かれていて、光量の強いランプに照らされながら、椅子に腰かけた女生徒が読書に耽《ふけ》っていた。

「クワイエット」

「……？　に、ニィナ様⁉」

名を呼ばれ反射的に書物から視線を上げた彼女は、此方《こちら》の存在に気が付いて両目を軽く見開き驚くと、読んでいた本を閉じ、乱雑になっていたテーブル周りを恥じるかのように頬を赤らめ立ち上がり、あわあわと取り乱しながら片付け始める。

「しょ、少々、お待ちくださいませっ」

焦りながら書籍と共に食べかけのお菓子や、飲みかけのお茶なども片付けていた。

「アレが図書委員の女生……と？」

慌てふためくクワイエットの姿を眺め、アルトは疑問と共に首を横に傾《かし》げた。

女生徒、と判断し兼ねるように言葉を濁した理由は、同じくクワイエットの姿を初見のロザリン、テイタニアも共に同じ感想を懐《いだ》いただろう。教職員を除いて学園の生徒として顔を合わせた女性は、多少容姿が大人びている者もいるが、全て十代の少女と呼んで差し支えない年齢だった。

しかし、クワイエットと呼ばれた女生徒は、アルストロメリア女学園の制服は身に着けているモノの、その見た目は明らかに大人の女性と呼べるだろう。老けているという表現は正しくない。彼女を的確に示す単語としてチョイスするなら、『妖艶』という言葉が最も相応《ふさわ》しいだろう。

「ああ、いやっ。恥ずかしい……このような怠惰な姿をお見せしてしまうなんて」

片付けを進めながら頬を赤らめ下唇を噛《か》む姿は、計算でやっているなら何ともあざとい仕草と言える。女性にしては高身長で、この場にいる人間の中では一番高いだろう。スタイルも抜群で制服の上からでも凹凸が確《しっか》りと確認できる。垂れ目気味で泣きぼくろまである目元は、わかっていてやっているのかと思うほど男受けが良い顔立ちで、焦りながらも何処《どこ》かおっとりとした動作は真っ当な、特に歳を重ねた大人の男ほど、琴線に触れる甘いアルコールのような魅力を宿していた。

当然、本当は男であるアルトも、クワイエットの姿は中々に突き刺さる。

「お、おお。でかい胸にでかい尻……アレで制服姿って、マニアック過ぎるだろ」

「アル」

「……オーケー、失言だったぜ」

忘れかけていた男心を呼び起こされるが、背後から頬を膨らませたロザリンに頭を両手で掴《つか》まれ、慌てて自分の発言を撤回する。

妙に色っぽく大人びた女生徒クワイエットは、片付け終えたことに安堵《あんど》の息を吐きながら、たおやかな微笑《ほほえ》みを浮かべ此方《こちら》に歩み寄る。

「お待たせいたしました。ええっと……後ろの方々は、初めてお会いする生徒様ですよね」

「えっ⁉　……ああ、うん。そう、ね」

見惚《みと》れていたのかテイタニアはどぎまぎとした素振《そぶ》りを見せる。

「童貞坊主みてぇなリアクションしやがって。アンタ、そっちのケがあったのか？」

「う、うっさい。ないわよ、そっちの趣味は……ってか、アレは反則でしょ」

「まぁ、わからなくはねぇな」

露骨に動揺するテイタニアを揶揄《からか》ったモノの、アルトも気持ちは痛いほど理解できた。容姿の良さだけで語るなら、今までの人生で数多くの美人を見てきたが、クワイエットのような妖艶さ、エロティシズムを纏《まと》った雰囲気は持って生まれた素質や人生経験だけでは、中々に醸し出せないだろう。傾国の美女、と呼ばれる存在がいるなら、彼女こそが相応《ふさわ》しいのかもしれない。

「準備が終わったのなら、私の方から紹介させて貰《もら》うわ」

ニィナがテーブル側に進み出てから此方《こちら》を振り返る。

「彼女が図書室の管理を務める図書委員長、クワイエットよ」

「ちょっと待って。管理って、図書委員って一人だけって言ってたよね」

「この場所を、一人で……すごい」

素直に驚くロザリンと呆《あき》れたような顔をするテイタニア。二人の視線と言葉を受けて、クワイエットは恥じらうように、指を口元に添えて目線を落とす。

「そんなにお褒め頂くほど、たいそうなことではありませんわ」

身じろぐ姿にアルトは内心で「いちいち仕草がえろいな」と呟《つぶや》く。

「管理と言っても特別な仕事はなにも。訪れた生徒様が迷わぬように、目的の本がある場所までご案内申し上げる程度のことです」

「把握してる記憶力も驚きだけど、この広さを案内するだけでも一苦労じゃない」

「確かにわたくしは他の生徒様方と比べても虚弱ですが、ご案内差し上げるだけならばさほど負担ではありませんわ。そもそも、悲しいことですがご利用くださる生徒様は、滅多に訪れませんから」

「ええっ、もったい、ない」

知識欲の強いロザリンが思わず眉を顰《ひそ》めると、クワイエットの表情がパッと明るくなる。

「ご理解いただけますか！　嬉《うれ》しい、感動です。本は先達様が残された知恵と知識と記憶の結晶。それらは後進の者達の目に触れて初めて真価がございます。保管され仕舞われているだけでは、本が可哀そうですわ」

「まったく、同意」

「ああ、素晴らしいお考えですっ！」

同じ思想を持つ同志に出会えて感激したのか、言葉に熱を込めながら足音を立てない優雅な歩き方で近づいてくると、ロザリンの右手を両手で握った。

「美しい紅玉の瞳の方。お名前をお聞かせ願えますか？」

「ロザリン。巨乳の、魔女」

「……その枕詞《まくらことば》は必要なのか？」

張り合っているのか何なのか、無駄に胸を張るロザリンに思わずツッコむ。

「まぁ、魔女なのですね。叡智《えいち》と理《ことわり》の体現、納得ですわ。お会いできて光栄です」

「こっちも動じないのね」

パンと手を叩《たた》いて感嘆する姿にテイタニアは額に手を添えた。

「……それと」

今度は視線がそのテイタニアとアルトに向けられる。

「転入生様とえぇっと、テイタニア、様。お二人のお噂《うわさ》は図書室にも届いておりますわ」

「そりゃどうも」

「…………」

どうせ碌《ろく》な噂じゃないと軽く返事するが、テイタニアは気まずそうな顔をするだけで何も言葉を返さなかった。てっきり「なんでわたしが」と渋い顔をすると思ったが、予想外の反応にアルトは疑問を覚える。

「どうかなさいましたか？」

「いや、転入生様って呼び方は据わりが悪くてな。アルトって名前で呼んで構わねぇぜ」

彼女が向けた疑問はテイタニアの反応に対してのモノだったが、アルトは自分に言われたと思ったフリをして有耶無耶《うやむや》にする。クワイエットも察しが良いらしく、「そうですか。

失礼いたしました」と、特に否定することなく微笑《ほほえ》みながら受け入れてくれた。

「では改めましてご挨拶を」

一頻《しき》りの挨拶が終わり、クワイエットは此方《こちら》側に身体の正面を真っ直《す》ぐ向けた。

「わたくしはマドエル様、学園長様から図書室の管理を任され、図書委員を僭越《せんえつ》ながら務めさせて頂いておりますクワイエット、と申します。皆様、以後お見知りおきを」

丁寧な言葉と共にクワイエットは深々と頭を下げた。優雅、と呼ぶのとはまた違うが、心を込める、歓迎するという意図が十分に伝わる動作は、思わずアルト達もつられて頭を下げてしまうほどだ。

「それで本日はどのようなご用件で、図書室へいらっしゃったのでしょうか。学外の魔女の方が御同行、ということは、魔導書などをお探しなのでしょうか」

「それは、かなり、心惹《ひ》かれる」

「そいつは後で手が空いた時にしてくれ。図書委員長、俺達は生徒会長のことを調べてるんだ。アイツのことが分かるような資料みたいの、ここに置いてねぇか？」

「生徒会長。ウツロ様のこと、ですか？」

一瞬、不思議そうな顔をするが、直ぐに微笑《ほほえ》みに変わる。

「御座いますよ。と、言いますか、図書室には教職員、学園長様やクルルギ様を含めた全員の来歴を記した、資料がまとめてありますわ」

「そいつは俺達が自由に見ても構わないモンなのか？」

「はい、問題ありません」

笑顔でクワイエットは頷《うなず》いた。

「信憑《しんぴょう》性は、ある？　改ざん、されてる、可能性とか」

「それは問題ないかと。ガーデンへの入植者にはほぼ例外なく、記入が義務付けられた資料ですし、適当な嘘や誤魔化しはマドエル様に見抜かれてしまいます。アルト様達も受けられてますよね」

「……えっと」

どう答えるべきか窮するようにロザリンは視線をアルトに向けた。

「いや、何も聞いてない。俺達は王都の、水神リューリカからの推薦だからじゃなのか」

「なるほど。珍しい時期での編入であることを考えれば、特別な理由があって然《しか》るべきですね。でも、ご心配には及びません」

にっこりと此方《こちら》を安心させるような、柔らかい微笑《ほほえ》みを見せる。

「資料の記入と言っても、実際に本人がペンを持つ訳では御座いません。マドエル様に視られ読み取られた情報が、資料として図書室に納められるので御座います。お二方の資料もおそらく、図書室に存在するはずですよ」

「そいつはまた便利というか……うわぁ、マジかよ」

資料には実は男とか書かれているのかと思うと、何とも言えない微妙な気分になってしまう。が、今は自分達の資料を気にしている場面ではない。

「俺達のことはまぁいいさ。早速で悪いがお目当ての資料、見せて貰《もら》えないか？」

「はい、畏《かしこ》まりました。少々、お待ちくださいませ」

そう言ってクワイエットは何故《なぜ》か、自分が今まで座っていた場所に戻っていく。アルト達は怪訝《けげん》な顔をするも、そのままクワイエットはテーブルの片隅に置いてあった布製の巻物を手に取って、椅子に腰かけながら封をしている紐《ひも》を解いた。正面に広げた布の巻物には形の違う複数の幾何学模様が記されていた。

「術式展開」

唱えてクワイエットは布に描かれた幾何学模様を左右の指でリズミカルに叩《たた》く。親指以外が触れた場所は、指先に集まった魔力に反応して、模様の上に水色の波紋を残して消えていく。

「ご所望でいらっしゃるのは、ウツロ様の情報で構いませんか？」

「ああ、頼む」

頷《うなず》くとクワイエットが模様を叩く指の速度を上げる。

「図書の根よ、枝よ、広がりなさい。我、知識の実を求む」

詠唱と共に彼女を起点として指が模様を打った時と同じ魔力の光が、同じく波状となって這うように図書室内へと広がっていく。

「おお、凄《すご》い」

透かさずロザリンは前髪を持ち上げ、魔眼で広がる波を視《み》る。一度、二度、三度。一定の間隔を置いて、光の波状は計六回、目でも追える速度でリズミカルに広がり、その度に薄暗い図書室を照らし出す。最後の六回目の波紋が広がり、壁の本棚を沿って天井の見えない上にまで昇っていくと、クワイエットは無駄に色気のある吐息を漏らした。

「検索、終了しましたわ」

此方《こちら》を向いて微笑《ほほえ》みながら立ち上がり、クワイエットが何かを持ち抱えるような形で、両掌を上向きに差し出すと、その上に魔力の粒子が収束。長方形の物体を形作り、一冊の本となって具現化した。

「ご所望のウツロ様の情報が記帳された書物ですわ」

「てっきり階段を延々と昇らされると思ったけど、随分と便利な魔術ね」

上が見えない天井に続く階段を見てから、安堵《あんど》したようにテイタニアは言う。別なことが気になったロザリンは、前髪を下ろしてから彼女が手に抱える本を指さす。

「それ、本物じゃ、ないよね」

「はい。これはわたくしの魔術で複製した書物です」

特に隠したり誤魔化したりせず肯定した。

「複製魔術・知恵の大樹、と呼ばれていますが、書物に限定された複製しか出来ませんので、さほど驚かれる代物では御座いませんわ」

「ううん、それは謙遜」

素早く首を振ってロザリンは否定する。瞳が輝いていることから、かなり興奮している様子だ。

「これ、見た目以上に、複雑な術式が、使われてる」

「まぁ、おわかりですか？」

驚いたようなクワイエットに、何度も首を縦に振る。

「悪いが、喜びを分かち合う前に、用件を済ませちまっても構わないか」

「そ、そうですよね。失礼を致しました」

放っておくと長くなりそうな予感がしたので、割って入って先を促すと、クワイエットは頬を染め恥じらうように視線を落とす。この何気ない所作までもが一々、蠱惑《こわく》的で男の姿だったらふらふらと吸い寄せられて、口説き文句の一つも囁《ささや》いていただろう。

「……ん？」

と、よこしまなことを考えていたところでふと疑問が過《よぎ》る。

（ってか、えろいとは思うが、別にあの姉ちゃんにムラムラとはこねぇな）

過去の経験から色々と女慣れはしているが、クワイエットのような雄の本能に訴えかけるような美女を前に、反応するモノが存在しないとはいえ、性的欲求と呼べる感情が全く込み上げてこないことが不思議だった。いや、理由は直《す》ぐに思いつく。

(もしかして俺……精神まで女になり始めてねぇか?)

ぞわっと足元から脳天まで悪寒が駆け巡る。あり得ない話ではない。元より人という存在に鈍感な上位精霊の干渉で、性別が反転してしまったのだから、内面まで浸食されてしまう雑さ……いや、この場合は精巧さと言うべきだろうか。は、可能性として当然あり得る。冗談じゃねぇぞと、アルトは慌てて思考を振り切った。

「……? アル、どうか、した?」

「いや、なんでもねぇ。ちょっと食い過ぎて眠くなっただけだ」

妙に察しのよいロザリンに誤魔化しの言葉をかけてから、とにかく今は情報を聞き出すことが先決だと意識をクワイエットに向ける。

「それでウツロのことなんだが……その本を借りられたりするのか?」

「申し訳ありません。写本、と言っても物質的に書物が存在する訳ではありませんので、貸し出しや持ち出しはおろか、わたくし以外が手にとって読む、という行為もできません」

「なら、どうすればいいわけ?」

「貸し出しがお望みでしたら、場所は把握できましたのでご案内させて頂くことは可能です。時間が惜しい、必要な知識だけをお求めでしたら、既に書の知識は視《み》ていますので、口頭でご返答が可能でございます」

アルトが横目を向けロザリンに判断を委ねる。

「じゃあ、口頭、で」

「畏《かしこ》まりました」

頷《うなず》いてから分厚い書物を開く。

「では、まずは何からお聞きになりたいですか？」

「んじゃ、手始めにウツロの来歴を頼むぜ。何処《どこ》の誰で何者なのか」

「承りました」

クワイエットは視線を書物に落としてページを一枚ずつ捲《めく》る。てっきり少し待つのかと思いきや、直《す》ぐに彼女は唇を動かした。

「ウツロ様のご出身は、エクシュリオール帝国……現在のラス共和国で御座いますね」

「なるほど。そりゃ奇遇だな」

「以上で御座います」

パタン、と書物と閉じると沈黙が流れた。

「って、おい⁉」

事前の忠告など忘れて思わず叫んでしまう。

「以上って、出身地しか判明してないじゃねぇか！」

「お、お静かに、お静かにお願いします」

詰め寄るとクワイエットはあわあわと両手を振りながら椅子に座り直す。なおも睨《にら》み付けるよう顔を近づけると、背後からニィナが槍《やり》の石突で背中を小突く。

「アルト。あまり怖がらせないで」

「……ちっ」

不満げな顔を晒《さら》すが、深呼吸をしてから続く声のトーンを落とす。

「説明、してくれるんだろうな？」

「ご、ご不満なのは重々、承知しております」

怯《おび》えるように言葉を区切って、腕組みをするアルトの様子を窺《うかが》う。

「しかしながら、わたくしに出来ることは本の記述を読み聞かせることのみ。図書室には、いいえ、ガーデンにはウツロ会長様に関する情報は、これ以上は存在しないことになります」

「じゃあ、本当に出身地しかわからないってことかよ」

「はい。記録上では、そうなります……しかし」

落ち着いてきたのか怯えは消え、クワイエットの表情に真剣味が増す。

「ご説明した通り、ガーデンに移住するにあたり身元の記入は義務で御座います。記入と言っても、実際はマドエル様の眼によって来歴を見られる訳ですが、逆に言わせて頂ければ情報が少ないということは、マドエル様ご自身がそうご判断されたとしか」

「……なるほど」

クワイエットの説明にアルトは口元を右手で摩《さす》りながら思案する。

（ウツロも何かしらマドエルの意思に乗っかって動いてるのか？　いや、だとしたら学園長共の動きも不可解だ。わざわざ外様《とざま》の俺達を使って、ウツロを含めた学園全体を探らせる理由がなくなる。何よりもマドエルが危険視している外敵因子って存在に、マドエル自身が絡んでることになっちまう）

だとすると、ウツロが外敵因子と関係があるという仮定自体が間違っているのか。思考がこんがらがり始めたタイミングで、ロザリンが背後から頭の旋毛《つむじ》辺りをぐりぐりと指で弄《まさぐ》り始めた。

「考え、込みすぎ。まだ、必要な情報、集まってないよ」

「……んだな」

諭されてしまったことに嘆息して、口元を押さえていた手を離す。

「考えて動くなんて性に合わねぇ。危うく知恵熱でも出すところだったぜ」

「……驚いた」

「ああん？　なにがだよ」

「ロザリンさんには素直なんだ」

「はぁ？」

酷《ひど》い誤解にテイタニアを睨《にら》み付けるが、マスク越しでもわかるほど彼女はニヤニヤしていた。ここで慌てて否定すると、まるで本当に照れ隠しのように思われてしまうので、アルトは舌打ちだけ鳴らして視線をクワイエットに戻す。

「なあ、でか尻の姉ちゃん」

「で、でか……」

「他にウツロのことがわかるようなモンはねぇのか。知ってそうな人間でも構わない」

でか尻呼ばわりにショックを受けたような顔をするが、質問を受けてクワイエットは律儀に置いた本の位置を正しながら思案する。

「知ってそうなお方は、申し訳ありません、存じ上げませんわ。なにしろ、図書室から滅多に外へ出ませんもので」

椅子に座ったままクワイエットは頭を下げて謝罪する。授業にも出ないで普段から何をしているんだ？　という疑問がニィナ以外の三人に過《よぎ》るが、あまり触れてはいけないことのような気がしたので聞かなかったことにする。

「他にウツロ様に関する情報となりますと、わたくしの検索に引っかからなかった以上、書物での収集は難しいかと思います」

「早々に行き詰まったわね」

テイタニアは残念がるように肩を竦《すく》めた。

「ただ、ご助言になり得るかはわかりませんが……」

気兼ねしたのかクワイエットがそう切り出すと、諦めかけていた皆の視線が集まる。

「詳細な記載にはありませんが、ウツロ様はガーデンに流れ着いた存在なのでしょう」

「流れ着いたってのは、偶然に迷い込んだってことか？」

「ガーデンに流れ着くことに偶然はあり得ません。女性であれば差別なく門戸は開かれておりますが、本人の意思とは関係なくガーデンに踏み入れた存在は別です。彼女達は悉《ことごと》く、何らかの理由があってマドエル様が招き入れた存在。ウツロ様も恐らく、何かしらの目的をもってガーデンに招かれ、そして現在、生徒会長の座に腰を下ろしてらっしゃるのでしょう」

「目的ねぇ……なぁ、風紀委員長」

名を呼ばれニィナは「ん？」と顔だけをアルトに向ける。

「あの生徒会長様は、何かしら学園に偉大な爪痕でも残してらっしゃるのか？」

「皮肉交じりの言い回しは感心しないわね」

軽く窘《たしな》めてから特に考え込むことなく率直に答えた。

「いち生徒の立場から答えるのなら、ノーね。生徒会長としては、あまり褒められた様子の会長ではないわ」

「わたしも、会長が表立って何かしたって話、あんまり聞かないかな」

テイタニアが付け加えた。

「実務の殆《ほとん》どはオルフェウスとアントワネット、この二人が取り仕切っていたはずよ。まぁ、生徒会の役員には彼女達しかいないから、会長が動かなければ、必然的にそうなるのだけれど」

「ふぅむ」

話を聞いていたロザリンがちょっと可愛く唸《うな》ってから。

「じゃあ、ちょっとだけ、切り口を、変えてみよう」

そう言ってクワイエットの背後に回ると、戸惑う彼女に構わず肩をトントンと叩《たた》く。

「アントワネットと、オルフェウス。この二人のこと、教えて」

「は、はい。畏《かしこ》まりました」

言われるままにクワイエットは魔術を再び展開すると、さほど待つことなく検索が完了する。

「アントワネット様はシャッテという、既に存在しない小国のお生まれのようですね。隠匿された魔術師の家系で、主に生物の血肉を使った禁術に属する魔術を継承しているそうです。故郷の家族もご存命では無いようで、魔術の探求の為に入学を希望したと記録には記されていますわ。他はスリーサイズなどの身体的特徴の数値ですが、お聞きになりますか？」

「いや、別に必要ねぇよ。次を頼む」

促されて「わかりました」と頷《うなず》いてから、書籍を閉じ一拍待ってから再び開く。

「続きましてオルフェウス様ですが……あら、珍しいですね。あの方はピュセリアの出身で御座いますわ」

「ぴゅせりあ？」

聞いたことのない地名にロザリンは首を傾《かし》げた。

「大陸の西側に存在する広大な森林地帯にある国の名称よ」

ずっと蚊帳《かや》の外だったからか、ここぞという場面でニィナは得意げに語る。

大陸の西方に位置する地域は山岳地帯が大部分を占め、人間が暮らすには過酷な環境を強いられる土地が多い。

故にエンフィール王国やラス共和国のような、いわゆる大国と呼ばれるような存在はないが、点在する小国や部族の集落が独自の文化圏を形成し、大国に引けをとらない国家運営を実現している。西方三国。ロンベル王国、オラシオン武国、そして蛮国ピュセリア。この三つからなる国々が、西方の過酷な環境に長く君臨し続けていた。

「蛮国。すごく、物騒な呼び方、だね」

「それはピュセリアが……」

「え、えへんえへん」

得意げに語りを続けようとしたところを、遠慮がちにクワイエットが咳《せき》払いをする。出過ぎた真似だったと思ったのか、ニィナは恥ずかしげな表情で頭を下げてから、控えるように後ろへ一歩下がった。

申し訳なさげに一礼して、改めてクワイエットが説明を続ける。

「蛮国ピュセリアというのは通称で御座いまして、正確な国名はピュセリア部族連合と申します。元々は国家として決まった枠組みが存在せず、部族や集落が他国からの侵略を防ぐ為に団結したのが成り立ちとなっております。国民は亜人種が多くその為、他の国々から蛮国、という蔑称に近い呼ばれ方をされていますが、元より荒々しい風土が根付いている土地柄でしょうか、存外、その名称が気に入っているご様子で、公の場でも蛮国を名乗る場面が多いと、物の本には記されております」

「じゃあ、オルフェウスは、亜人種、なの？」

「いや、それはちょいと違ったな。なぁ、テイタニア」

アルトが同意を求めると、腕組みをして聞いていたテイタニアは頷く。

「アイツは自分のこと、半獣人だって名乗ってたけど、その辺はどうなの？」

一言に亜人種と呼んでも種族は様々。エルフやドワーフ、ホビットなどの比較的に人間に近い、あるいは遜色《そんしょく》のない姿を保った種族もいれば、鬼族や獣人、魔種など一目で違うと判別できる者達まで様々。中には普通の人間と亜人種の姿の両方を併せ持つ存在もいて、獣人はその区分に入るだろう。

「資料によりますとオルフェウス様は人間と人狼のハーフ、と記されておりまして、そこのくだりも中々に複雑な事情が……こほん、失礼いたしました。御座いますね」

抑え切れぬ好奇心からか、楽しげになりかけた口調を自ら戒めるように、クワイエットは咳《せき》ばらいをして切り替える。

「オルフェウス様はピュセリアの中でも特に厳格な一族のお生まれのようで、人との混血は……その、あまり好意的には受け止められてない、とでも言いましょうか」

「つまり、迫害にあってたって訳か」

率直なアルトの物言いに、控え目ながら「はい」と頷《うなず》いた。

「ピュセリアという国自体は混血を嫌っている訳ではありませんが、厳格で古い血筋の一族故でしょうか、束ねる族長衆にも存在感があったご様子で、一族の恥と烙印《らくいん》を押されたオルフェウス様は、ご幼少の頃から大変なご苦労をなさったそうです。ご家族も失意の中で亡くなり、それを切っ掛けに国を飛び出してガーデンへと流れ着いたようで御座います」

「へぇ。西の方じゃ、んなことになってんのか」

ピュセリア自体に特別な興味があった訳ではないが、語り口調が流暢《りゅうちょう》だったからか、アルトはすっかり聞き入ってしまった。普通に暮らしていると西方の国々の事情を、直に耳にすることは少ないので、こうして話に聞くと中々に興味深くオルフェウスの事情も理解できたが、だからと言って何かに繋《つな》がる気配は見えない。ロザリンは少し考えてからクワイエットに質問する。

「ガーデンに来てからは、特に、迫害とかは、なかったの？」

「記録で記されている限りは……その辺りの事情は、ニィナ様の方がお詳しいかと」

皆の視線が一斉にニィナへと向けられる。

「ガーデンに来た最初の頃はわからないけど、入学当初は確かに素行に問題がある生徒だったわね。ただ、理由は迫害とかではなく、ピュセリアの獣人族は種の特性、非常に強い闘争心が、周囲の血気盛んな乙女達の気を引いてしまった、のが理由なのでしょうね」

「そうなの？　わたしの印象じゃ確かに喧嘩《けんか》っ早いところはあったけど、基本的に学園の王子様って感じだったから」

説明を受けてのテイタニアの発言に、ニィナは何かを思い出すよう視線を上げた。

「そういえば彼女が今のように変わったのは確か……ウツロが生徒会長になる前後、だったような」

「そう、なの？」

ロザリンの問いかけに、自身の記憶を深く探るよう考え込んでから、ニィナは「間違いない」と頷《うなず》いた。

「生徒会役員になったのも同じ頃だから間違いないわ。風紀委員の中でも、素行不良だったオルフェウスに役員が務まるのかという疑問の声も上がったから」

「けど、結果として杞憂《きゆう》だったって訳か」

「役員に就任して以降、オルフェウスが自発的に問題を起こすことはなくなったわ。責任ある立場になって、精神的に成長したのかもしれないわね」

「……あるい、は」

思考を巡らせていたロザリンは自分の口元を手の平で覆う。

「ウツロと出会って、変わった、のかも」

「生徒会に入る以前の、二人の交友関係はわからねぇのか？」

ニィナ、クワイエットそれぞれに問いかけるが、二人共首を左右に振った。

「流石《さすが》に個人の関係性までは把握できていないわ。特にウツロは会長になる以前は、どのような生徒だったかもあやふやにしか……」

「ま、そりゃそうか」

渋い表情をしながらもアルトは納得する。アルストロメリア女学園に通う生徒は、三百人以上に及ぶ。目立つような活動や行動をしている生徒に注目が集まりやすい反面、活躍の少ない女生徒は認知され難い。

「ただ、そうですね……」

皆が頭を悩ませる中、書籍を捲《めく》りながらクワイエットが補足する。

「記述によりますとアントワネット様を含めた他の方々は、生徒会役員へは自薦でしたが、唯一オルフェウス様だけが、ウツロ様のご指名を受けての就任で御座います」

「そうなの？」

テイタニアが確認を取るようにニィナを見たが、彼女も戸惑った顔をしていた。

「いや、私もそこまでは把握していなかったわ。ただ、当時のオルフェウスが何の理由もなく、生徒会役員に選ばれたとは考え辛いわね」

「ってことは、生徒会長になる以前から、二人は面識があったかもしれねぇってことか」

腕を組み直しながらアルトは両目を閉じて深く思案する。アントワネットの目的は自らの魔術の探求であり、生徒会に属していたのは自分の都合の為で、時流によってはウツロを切ることも視野にいれていた。

一方でオルフェウスがウツロに対して強い忠誠心、恐らくは自身の在り方を変えるほどの影響を受けている以上、二人の関係性はこのガーデン内でもっとも根強い繋がりだと判断できるだろう。

もう一度、腕を組みかえてから、アルトは閉じていた両目を開いた。

「なら、次に話を聞く相手は決まったな」

「……ま、そうなるでしょうね」

やれやれといった風のテイタニアと同じ心境なのか、言葉に出さずともニィナは顔を顰《しか》めた。落ち着いたと言われているが、それでも生徒会の武闘派筆頭。花の塔で一戦交えたテイタニアと、元から敵対的立場にいるニィナは、自ら足を運ぶのは躊躇《ためら》われるだろう。それを察してアルトは肩を竦《すく》めて苦笑する。

「別にアンタらも付き合えなんて言わねぇよ。俺とロザリンだけで十分だ」

「うん。がんばる」

隣のロザリンが気合いを示すよう、両手を握って鼻息をふんすと鳴らす。

「いや、わたしも一緒に行く。中途半端なのは気持ち悪いから」

「私は遠慮するわ。流石《さすが》に風紀委員が同行しては、開く口も開かなくなるでしょう」

「悪いな。ピンク頭のことは、ちゃんと頼んどくから」

「ええ、期待しているわ」

軽く微笑《ほほえ》むニィナの表情には、最初の頃の厳しさに満ち満ちていた雰囲気よりも、ずっと和やかで面倒見の良い印象が宿る。風紀委員長という立場から毅然《きぜん》とした態度を取ってはいるが、普段の彼女はこれが素なのだろう。

「オルフェウスに話を聞くのなら、花の塔は止《や》めておいた方がいいわ。会長と鉢合わせになりたくはないだろうし、あの場所では何者であるよりも、オルフェウスは生徒会の役員という立場を優先させるでしょうから」

「なるほど。なら、ご忠告ついでに、都合の良い場所を何処《どこ》か知らないか？」

「もう少し気持ちよく教えられる聞き方はなかったのかしら」

調子の良い物言いに顔を顰《しか》めるが、ニィナは考えるよう思考を巡らせる。

「学園内の東側に、今は使われていない小さな校舎があるわ。その裏手にオルフェウスが管理している花壇があるから、放課後ならほぼ毎日、そこに通っているはずよ」

「……迂闊《うかつ》に乗り込んだら、食人植物に襲われる、なんてことはないだろうな」

前回の経験もあって妙に勘ぐってしまう。

「心配ないわ、普通の花を育てている花壇よ。ただ、そうとう大切に育てているみたいだから、万が一にも荒らさないように気をつけなさい。下手《へた》なことをしたら、こっちの話に聞く耳を持ってくれなくなるわよ」

「うん。気を、つける」

頷《うなず》くロザリンに追従するようにテイタニアも頭を縦に振った。聞くべきことも聞いたので、アルトは改めてクワイエットの方に向き直る。

「手間をかけさせちまって悪かったな。おかげで助かったぜ」

「いえ、僅《わず》かでもご助力が出来たのでしたら嬉《うれ》しく思います」

一仕事終えた安堵《あんど》からか、軽く息を吐いてからクワイエットは柔らかく微笑《ほほえ》む。

「アルストロメリア女学園の図書室は、知と記憶を求める全ての生徒に門戸が開かれます。知識をお求めになりたい際は、また何時《いつ》でも、ご気軽に来室なさってください。その時も不肖、図書室の管理を務めますクワイエットが、またお相手させて頂きます故に」

立ち上がり深々とクワイエットは頭を下げて、アルト達を見送った。

# 第六十五章　ウツロとオルフェウス

学園の東側にポツンと佇《たたず》む小さな校舎は、一昔前までは初等教育の為の学び舎として使われていた。時代が進み学園に通う女生徒の数が増え、戦闘教育に重きを置き始めた頃から、未熟な少女達が通学するには危険と判断され、初等科は学外に移設することになり、自然とこの校舎は使われなくなった。

生徒会の管轄となっている旧校舎とは違い、この場所は学園長のヴィクトリアが管理を担い、清掃や補修などはメイドのクルルギや校則違反を犯した女生徒達の懲罰として行われている。

特に完璧主義者のクルルギが手入れをしているだけあって、初等校舎は一年中清潔さが維持され、今すぐにでも校舎として利用できるくらい、完璧な状態が常日頃から保たれていた。下手《へた》をすればアルトとテイタニアが暮らす寮の方が、汚くおんぼろまである。

故に初等校舎の周辺は学園内に複数存在する不戦の地の一つで、ここで騒ぎを起こそうモノなら容赦なくクルルギの鉄拳が、問題児を学園の敷地外まで吹っ飛ばすだろう。

初等校舎自体は特別な建物ではないが、許可さえ取ればガーデンの人間なら誰でも利用は可能だ。

実際、この校舎を利用していた世代の卒業生が集まり、同窓会の会場として利用したり、生徒達同士の交流の為のささやかなレクリエーションが行われたりと、多くはないが年に数度は催しに利用されている。

そんな理由から校舎裏にひっそりと存在する花壇も、オルフェウスが学園長から許可を貰《もら》って使用している。

一日のカリキュラムが終了した放課後。オルフェウスは今日も花壇に足を運んでいた。

花壇には秋の花が根を張り、後数日も経てば蕾《つぼみ》をつけるくらいに生長をしているので、やることは簡単な手入れで、水をあげたり邪魔な雑草を抜いたりするくらいだ。本格的に土いじりをする場合は、汚れても構わない動きやすい格好に着替えるが、今回は制服を着たままで軍手を嵌《は》めるだけにしている。

既に水が汲《く》んであるジョウロを片手に持った姿は、学園内で煌《きら》びやかな王子様として、憧れの視線を向けられるオルフェウスに似つかわしくなく思えるだろう。

花壇は埋めるように並べられたレンガの囲いで仕切られ、綺麗《きれい》に等間隔でまだ蕾もつけていない植物が並ぶ。オルフェウスはその縁にしゃがみ、手で一枚一枚葉を確認したり、直接土に触れたりする。

「雑草が多い。手をかける時間が少なかったか」

囲いに沿って座った状態で横歩きをし、花壇の隅から隅までを確認すると、ちらほらと雑草が生えかけているのが目についた。ガーデンという土地柄か植物の生命力はとても強く、草むしりを毎日していても、抜き方が甘いと直《す》ぐに生えてきてしまう。

特に最近は生徒会業務が忙しく、手入れに割り振れる余裕がなかったのが原因だろう。

「いや、違う。手入れを怠ったのはボク自身の怠慢だ」

言い訳を打ち消してから早速、草むしりを始める。雑草と言っても指先で摘《つま》める程度の小さなモノで、それらを一本一本、根が残らないよう丁寧に抜いていく。水撒《ま》きをしてからの方が土が柔らかくなり、雑草が抜けやすくなって根も残り難くなるのだが、日々の反復で行っている作業の所為《せい》か、草むしりの後に水やりでないとどうにも落ち着かなくなってしまったのだ。

放課後の花壇の手入れをする時間は、彼女にとって数少ない一人になれる時間だった。

「……いつまで黙って見ているつもりだ？」

草抜きをする手を止めずオルフェウスが唐突に告げる。数秒、間を置いてから一人の少女がバツの悪そうな表情で、校舎の影から後頭部を掻《か》きながら姿を現す。

それは背中に剣を背負ったアルトだったが、一瞥《いちべつ》だけしたオルフェウスは特に驚くことなく草むしりを続けた。

「覗《のぞ》き見とは、良い趣味をしているな」

「人を覗き魔扱いすんな。いや、覗いてたのは事実だが……」

警戒しながらもアルトは近づいていく。

クワイエットから聞いていた通り、花の塔で顔を合わせた時と違って、オルフェウスは殺気立っておらず柔らかい雰囲気すらあった。かといって全く警戒はしていないかと言えばそうではなく、間合いが近づく前にキッチリと釘は刺してくる。

「妙な真似はするな。折角、蕾《つぼみ》をつけかけてるんだ、花壇を荒らされたくはない」

「馬鹿にすんな、戦っていい場所と悪い場所の区別くらいつく。俺に言わせりゃ、顔合わせた途端、殴りかかってくるのはそっちの方かと思ってたぜ」

「この場所以外だったらそうしている」

抜いて集めた雑草を、両手で掬《すく》い用意してあった小さなバケツの中に入れる。

「勘違いしているようなら訂正しておく。ボクと貴様らは敵同士だ。忘れるなよ、貴様はアントワネットを手に掛けたのだからな」

「殺したみたいに言うんじゃねぇよ、人聞きが悪い」

ジト目で抗議するがオルフェウスは「ふん」と鼻を鳴らして、此方《こちら》に顔は向けずに両手を叩《たた》き、軍手に付着した土を払い落とす。

「敗れた以上、あいつに生徒会の席はない。それどころか工房での悪行が表沙汰になれば、いいや、ならなくとも学園に彼女の居場所はもうないだろうな」

不機嫌そうでいて、けれども何処《どこ》か哀れみすら声色に感じさせる。

「ガーデンの女はこの地でしか生きられない人間ばかりだ。ここを追い出されたあの性悪の末路、実際に相手した貴様なら容易に想像できるだろう。アレは自身の性《さが》を押さえ付けることができない娘だからな」

「まさか、そいつを俺の責任って言うつもりじゃねぇだろうな」

「それこそまさかだ。この結果は彼女の行いが招き入れた、いわば自業自得だ」

言いながらオルフェウスは立ち上がる。僅《わず》かだが殺気を空気に纏《まと》わせて。

「だが、それと生徒会の仲間が敗れたことは別だ。受けた屈辱は返す。必ずな」

顔だけを向けて睨《にら》み付けてくるのを、アルトは真正面から受け止めた。

「こっちだって花の塔での借りは返せてねぇ。アンタとは直接、戦ったわけじゃないが、立ち塞がるんなら容赦はしねぇさ。ただ、それは今この場でって話じゃないんだろ？」

「ふん」

不機嫌そうに、だが殺気は緩めて足元のジョウロに手を伸ばす。

「話すことなど何もない……と、言いたいところだが」

ジョウロを傾け花壇の土を湿らせる程度に、水を慎重にかけていく。

「ボクは生徒会の人間で、貴様は学園の生徒だ。学生として過ごす上で不自由があるのなら、相談に乗る責任がボクにはある」

「同じ質問、花の塔でも生徒会長様にされたな」

「あの時より僅《わず》かながらでも時は過ぎたんだ、何かしらの不都合が出てくるかもしれないだろ」

「なら、質問」

予想外の言葉に訝《いぶか》しげな顔をしながらも、アルトは小さく手を挙げる。

「ヤバい連中に命を狙われてんだが、なんとかならんのか？」

「……そうだな」

水を撒きながらオルフェウスは考えるように言葉を止めた。

「とりあえず、牛乳や小魚は多めに摂取しておいた方がいいんじゃないか。折れにくくなるだけではなく、折れた後も治りが早くなるはずだからな」

「骨を折られる前提で話すのは止めろ」

「首や背骨は特に気をつけろ。寝返りもうてなくなるし、最悪死ぬぞ」

至って真面目に、真剣な口調で助言してくれるが、アルトの表情は渋味を増すばかりだ。

「貴様も引く気はないとさっき言っていただろう。前提をそれとして、ボクが答えられることを答えたのみだ」

「すみませんね、洒落《しゃれ》の利いた答えを理解できなくて」

「洒落ついでに心に留めておけ。会長の本気は痛いぞ……いや、もう手遅れだったな」

アルトに対してではなく、何処《どこ》かの誰かに向けてかため息を吐き出す。おそらくは武道館での一件を既に耳にしているのだろう。

「まったく……気に入らないことばかりだ」

「謹慎になったのは俺の所為《せい》じゃねぇぞ。沙汰を出したのはあのメイドなんだからな」

「そんなことは理解している。ウツロ様のことで気を揉むこと自体、無意味なことなのだ。あのお方はこの学園において、何処《どこ》までも自由で独善的なお人なのだから」

言ってから何処か悔しそうに奥歯を噛《か》み締める。

「だからこそ解《げ》せぬ。あの奴隷、白髪の小娘に心奪われるなど……汚らわしい」

最後は吐き捨てるように息を鳴らした。その暴言を向けられた相手は白髪の小娘、ミュウなのか、敬愛するウツロ会長なのか、あるいはその両方なのか。堪《こら》え切れぬ激情が零《こぼ》れているのは、慎重に注ぐジョウロの水が揺れていることから見てとれた。

アルトは暫《しば》し口を噤《つぐ》み両腕を胸の前で組む。

「……前々から気になってたんだが、お前らってそういう趣味なのか？　百合《ゆり》的な」

恐る恐るといった割には、遠まわしではなく直接的な質問にオルフェウスは嘆息する。

「下世話な。下半身で物を考えているのか、貴様は」

中々に酷《ひど》い返答と共に横目で睨《にら》まれてしまった。

「女同士が仲睦《むつ》まじければ百合《ゆり》の花が咲くなど……まぁ、絶対にないとは言えないが」

「おお、あるのか」

「少なくともボクに同性を愛する資質はない」

「言ってることとやってることが違うんじゃないか。噂《うわさ》は聞いてるぜ、王子様」

「慕ってくれる少女達を愛らしいと思うのは共通の感情だと思うがな。だが、それは庇護《ひご》欲というモノだ。貴様が望むような性愛ではない」

「全裸の小娘に首輪をつけて引きずり回すってのは、庇護欲に含まれないんじゃないのか」

「……んぐっ」

痛いところを突かれたように水を注ぐ手が止まる。別にオルフェウスのことではなく、ウツロが行った所業なのだが、敬愛する生徒会長様の行動だったとしても、やはり倫理的には受け入れ難かったのだろう。それは当時の光景を思い出したのか、ハッキリと確認できるくらい色づいた頬の赤さを見れば理解できた。

「こ、個人の趣味嗜好の問題だ。ボクが口出しする権利はない」

と、突っぱねはするが声色はちょっと震えていた。

アルトが予想していたよりも会話は繋《つな》がっている。弾《はず》んでいるとは違うだろうが、少なくとも一方的に話を遮断するような真似はせず、警告を発しつつも聞く耳はしっかりと傾けてくれていた。

「随分とこっちに気を使ってくれるじゃないか。花の塔じゃあんなに敵意剥《む》き出しだったってのに。そっちがアンタの素顔ってわけか？」

「勘違いするなと言っている」

オルフェウスは苛立《いらだ》つように舌打ちを鳴らす。

「貴様を学園の生徒に相応《ふさわ》しいと認めたわけではない。だが、貴様は貴様なりに示した」

「示した？　んなたいそうなモン、見せたつもりはねぇけどなぁ」

心当たりがなくアルトは身を捩《ひね》りながら、軽くスカートを摘《つま》み上げる。それが惚《とぼ》けているる、ふざけているように思えたのだろう。オルフェウスは更に音量を上げて二度目の舌打ちを鳴らした。

「貴様はアントワネットに勝った。強さが正しさという訳ではない。だが、この学園において強者であることは自己の証明に繋《つな》がる。だから、ボクは認めよう」

水を撒き終えたジョウロを下に置き、オルフェウスは真剣な眼差《まなざ》しをアルトに向ける。

「転入生……いや、アルト。貴様が強い戦士として我ら生徒会に立ち向かうと言うなら、ボクは獣の誇りと生徒会の意地を持って迎え撃とう」

「……はなっから戦うってのが前提かよ」

「当然だ。それは……」

視線をアルトから外し、背後の林の方へと移した。

「聞き耳を立てている魔剣使い共も一緒だ」

ガサッと存在だけを示すように木々が風もないのに揺れた。向こう側にはテイタニアとロザリンが潜み、此方《こちら》の様子を窺《うかが》っている。大勢で押しかけては警戒心を強めるかと思っての行動だが、鼻の利くオルフェウスにはお見通しだったらしい。

宣戦布告をされたようなモノだが、それでも此方を突き放さない様子は、まだ此方の話に耳を傾ける意思があるのだろう。ならば、アルトはもう少し踏み込んでみることにする。

「生徒会の意地ってのは大したモンだ。なにがアンタをそこまで駆り立てる？」

「個人的な理由だ。貴様に話す必要は感じない」

「その個人的な理由で、俺はあのピンク頭に殺されかけたんだ。アンタの狙いも物騒な代物じゃないかって、一方的に勘ぐってるだけさ」

「奴《やつ》の趣味と同じに扱われるのは些《いささ》か……いや、十二分に不快だな」

オルフェウスは顔を顰《しか》めて吐き捨てる。彼女の脳裏にはアルトが見たのと同じ、工房地下の光景が思い起こされているのかもしれない。

「不快な趣味ってのは同感だ。アンタがあいつを仲間扱いするってんなら、悪趣味に付き合わされた俺に、返す借りってモンもあるんじゃねぇのか？」

「つくづく生意気な後輩だな」

顔を顰《しか》めながらも口調に棘《とげ》は少なかった。

「少しは先輩を敬う心を養った方がいいと、老婆心ながら忠告する」

「おいおい。いつ俺がアンタより年下だって言った」

「なに？」

今日一番。いや、出会ってから一番の驚きの表情を見せる。

「馬鹿な。まさか、その小柄な背丈と顔立ちで、ボクより年上だとでも言うのか」

「失礼なことを真正面からぶつけるな。チビ助なのは俺としても如何《いかん》とも し難いんだよ」

「アルト。貴様、年齢はいくつだ？」

「そいつは……」

言いかけた唇の動きを諌《いさ》めるように、背後の林からガサガサっと木を揺らす音が聞こえ、アルトは冷静さを取り戻して言葉を止める。思わず実年齢を口にしそうになったが、流石《さすが》にこの背格好で大分年上なのは怪し過ぎる。折角、穏やかに話が進んでいるのに、下手《へた》に勘繰られるのはよろしくないだろう。

とはいえ直《す》ぐに良い誤魔化し方が思いつかず、口籠《ご》もっているとオルフェウスは呆《あき》れたように息を吐く。

「ふん。とっさの言い訳も口に出来ないような、みっともない虚勢を張るな愚か者」

そう言って失笑した。どうやらただの見栄っ張りだと思われたようだ。

「だが、粗暴な言動は目立つが自分の体格にコンプレックスがあるとは、中々に可愛《かわい》らしいところがあるじゃないか」

「んなっ……おい」

彼女の内にある王子様心を無駄に刺激してしまったのか、妙に艶のある声色からオルフェウスは一歩、此方《こちら》に近づいてくる。

嫌な気配を察知して気色悪がり離れようとするが、そこは女の子を口説き慣れしているオルフェウス。さりげなく逃げ道を誘導され気が付けば、背中が旧校舎の壁に当たってしまう。

そしてアルトの顔の横に手を伸ばし、いわゆる壁ドンをされてしまった。

「お前、意外に可愛らしい顔をしているな」

「……そっちの資質はないんじゃなかったのか？」

顎《あご》に添えようとした指をアルトは顔を背け避けるが、オルフェウスは軽く微笑《ほほえ》むと首筋に向けて、ふんと鼻を鳴らす。

「無いさ。ただ、妙なモノだな……お前は普通の女生徒達、ウツロ様やアントワネットとは違う匂いがする」

「一運動して汗をかいたからじゃねぇのか」

「汗臭さはある。が、それとはまた違う、粗暴な臭いだ」

「おっと」

更に顔を近づけて匂いを嗅《か》ごうとするのを、アルトは壁ドンする手を潜るように避け、自分の首元を両手で隠しながらオルフェウスを睨《にら》む。逃げられたことに残念そうな顔をしながらも、壁に添えた手を反対に入れ替えて此方《こちら》に流し目を送る。

「普通の女生徒ならボクに迫られれば、顔を真っ赤に染めて動けなくなるんだが、お前は意外に女慣れしているのか?」

呼び方も貴様やアルトから、お前という馴れ馴れしい距離感に変わっていた。同時に背後ではガサガサと、うるさいくらいに木々が揺れている。

「人を女ったらしみたいに言うな。これは清廉潔白、健全の塊のような人間だ」

「なら恋愛強者。慣れているのは男の方だったか」

揶揄《からか》うような口調。人をビッチ扱いして反応を楽しむつもりだったのだろうが、中身の性別が男性で性的指向も異性であるアルトにとっては、思わず表情に嫌そうな色が露骨に浮かんでしまう。

「そうやってその気もないのに浮ついた語りをするモンだから、いたいけな小娘が夢を見ちまうんじゃないか王子様」

「ごっこ遊びのようなモノだ。本気で恋をしている人間なんて、数える程度しかいない」

「そうかい」

さり気なく移動しながら花壇を背後に背負うと、彼女の視線が追ってくる。

「なら、その本気に会長様は含まれてないのか？　少なくとも向こうは、そっちの趣味があるんだろう？」

聞きようによっては挑発とも取れる発言に、僅《わず》かだがオルフェウスの目付きが険しくなった。いきなりぶち切れて襲い掛かってくるのを警戒して、理性が保てるように花壇が見える位置に移動したのが功を奏したのか、オルフェウスは感情を落ち着かせるように大きく深呼吸をする。

「下種《げす》の勘繰りというモノだ。ボクとウツロ様は、そのような薄い関係ではない。何度も言わせるな」

「ならどんな関係なんだ？　半獣人のアンタが何故《なぜ》、ウツロをそこまで信仰する」

核心を突く質問にオルフェウスは唇を結び沈黙する。

風が枝葉を揺らし音を奏でる間《ま》だけをおいて、彼女はもう一度深呼吸をして口を開いた。

「お前の目的などお見通しだ。大方、ウツロ様のことを探っていたのだろう」

聞き出せないかと内心で舌打ちを鳴らすが、意外なことに彼女は言葉を続けた。

「聞きたいなら聞かせてやる。長話になっても文句を言わないならな」

「気前がいいな。てっきり、突っぱねられると思ったぜ」

「別に隠すようなことではない。ああ、その代わり……」

言いかけて花壇の方へ戻っていくと、ジョウロを拾い上げ此方《こちら》に向かって差し出した。

「花壇の水やりを手伝え。ガーデンの乙女が、花の世話一つできないようでは、お話にならないからな」

ジョウロとオルフェウスの顔を交互に見比べてから、アルトは軽く肩を竦《すく》める。

「草むしりは手伝わんでもいいのか？」

「必要ない。お前は大雑把そうだからな、花まで抜かれては殺し合いになってしまう」

「そりゃ物騒だ。なら、大雑把じゃない手伝いを、もう二人ばかり増やそうか」

顔を雑木林の方に視線を向ける。

「構わないだろ」

「……ふん。いつまでも盗み見されているよりマシか。好きにしろ」

不機嫌そうな表情のオルフェウスから許可を得て、バツが悪そうな様子のロザリンとテイタニアが姿を現したのは直《す》ぐのことだ。それから少しの間だったが、四人は黙々と花壇の手入れ。草むしりや水やりを中心に、普段は時間がある時しかできない作業として、葉っぱが傷んでないか、害虫が付いてないかのチェックや、劣化で破損した花壇の仕切りの修復などに勤しむ。

そして暫《しばら》くしてからオルフェウスは、ぽつりぽつりと語り始めた。

オルフェウスが初めてウツロと出会ったのは、学園に入学して直《す》ぐだった。

当時の彼女は気性が荒く常に殺気立っていた。混血として生まれた頃から迫害を受け、人にも亜人種にも馴染めぬ生活を送った果てに、故郷を追われ流れ着いた身だけあって、逃げ込んだ先のガーデンが、自分にとって安住の地であるかわからなかったからだ。ここでも再び迫害され居場所を失うくらいならと、長い旅で培った戦闘技術を使い、学園の中でも腕っぷしの強い女生徒達と毎日のように戦い続けた。

ただでさえ戦う相手には困らない学園生活だったが、常に殺気立っている上に他者との対応も喧嘩《けんか》腰な所為《せい》か、決闘だけではなく教育という名の私刑で、大勢の生徒に囲まれることもあった。半獣人として人より強い力を持っていたオルフェウスは、次々と相手の生徒を保健室送りにしてきたが、それは同級生に限っての話。アルストロメリア女学園での生活において一年以上の差は大きく、上級生の序列上位陣には歯が立たないことも多かった。

ウツロと出会ったのはそんなオルフェウスが、初めて上級生に囲まれた時だ。

血気盛んだった当時のオルフェウスは、半獣人としての高い身体能力もあって、同期の中でも抜きんでた存在だったがある時、序列上位の上級生と揉め事を起こして、放課後に呼び出され制裁を受けてしまった。上級生でも一対一ならまだ勝てる可能性はあったが、大勢に囲まれればそうはいかない。

一発、二発程度やり返すことがやっとで、後は反撃もできず袋叩《だた》きにされるだけ。向こうも武器は持たず素手で相手してくれたが、これは此方《こちら》の流儀に合わせてくれた訳ではなく、この方が長くオルフェウスをいたぶれると思ったからだろう。効果は覿面《てきめん》だ。彼女自身が頑丈だからというのもあったが、長時間に亘《わた》る殴る蹴るの暴行は、身体の痛み以上に精神への負荷が強かった。とりわけ、オルフェウスは故郷で迫害されていた事実があるから、その記憶が蹴りの一撃を身体に加えられる度に、軋《きし》みをあげる骨の髄からトラウマを呼び覚ます。同時に思う。逃げ込んだ先であるはずのガーデンでさえ、自分には居場所がなかったのだと。

『貴女《あなた》達、何をしているのかしら』

殴られ過ぎて意識が朦朧《もうろう》となり始めた頃、唐突に声をかけてきたのは同期の女生徒だった。目立たない生徒でオルフェウス自身も、その日に至るまでは名前はおろか顔すらも正しく認識できていなかった。何の用事があったのか旧校舎裏に偶然通りかかった彼女は、上級生にリンチを受ける同級生を見つけ声をかけた。ただ、風変わりだったのはかけた声の声色が、咎《とが》めるような意図はなく本当に文脈通りに、何をしているのか？　と疑問を問いかけるような音だった。

それが当時、まだ学園内では無名だったウツロだ。

現在のように余裕のある微笑《ほほえ》みを湛《たた》えた姿ではなく、表情に乏しく何処《どこ》か無感情な、名前通りに虚《うつ》ろで儚《はかな》げな少女、というのがオルフェウスの第一印象だった。

人の強さは見た目での判別は難しい。特にこのガーデン内ならば、姿形がどんなにか弱そうであっても、鬼神の如《ごと》き強さを秘めている人間は大勢いる。当然、学園の序列上位陣である先輩生徒達も、十分それは理解していただろうが、生意気な下級生に制裁を加えている途中ということもあり、頭に血が昇っている彼女達が、不用意に飛び込んできたウツロを見逃すはずはない。

すぐさま因縁をつけられるウツロだったが、彼女は平然とした様子で蹲《うずくま》るオルフェウスを一瞥《いちべつ》してからこう言い放った。

『弱い者をいたぶるというのはどういう気分なのかしら。ワタシにはさっぱり、理解できない行為だわ。よろしければ教えていただける？』

馬鹿じゃないのか。オルフェウスは内心で呆《あき》れていた。

上級生達も同じように感じたらしく、近くにいた一人がウツロの頬を張ろうと腕を振り上げた瞬間、オルフェウスは無意識に飛び掛かり、叩《たた》こうとした先輩生徒を地面に引き摺《ず》り倒していた。既に反撃してくる気力はないと高を括《くく》っていたのか、それまでは蹴っても殴ってもびくともしなかった先輩は、思っていたよりも軽々と押し倒すことができた。先輩達は驚きに止まり、オルフェウスも己《おのれ》の謎の行動に思考が停止してしまう。

一人、ウツロだけが冷静に横目をオルフェウスに向けながら。

『あら、そんなところにいたのね。全く気が付かなかったわ』

冗談ではなく本気でそう言われ、オルフェウスは思わず苦笑してしまった。眼中にない。そう言われてしまったようで、不思議と心の奥に風が吹き込んだような気がした。何処《ど》にいても、誰といても目障りだと疎《うと》まれ続けた自分が、初めて何色にも染まっていない無垢《むく》な視線を向けられた気がしたからだ。そしてオルフェウスとウツロは……。

激怒した先輩生徒達に二人揃《そろ》って袋叩《だた》きにされた。

強いとか弱いとか、そういう身体的、能力的な問題ではなかった。既に満身創痍《そうい》だったオルフェウスはともかく、ウツロは敵意を向けられている間もずっと棒立ちで、反撃の意思を見せる様子はなく、先輩連中に殴られるまま、蹴られるままの状態が続いた。実は凄《すご》くタフで攻撃が一切通じていない、あるいは痛みを感じたいタイプなのかもしれないとも思ったが、そういうわけではなく、顔を殴られれば痛みに表情を歪《ゆが》め、腹を蹴り上げられれば苦悶《くもん》を漏らす。

一般的なリアクションと比較すれば確かに薄味の反応なのかもしれないが、ウツロは取り立てて防御力に秀でた人間ではなかった。かといって攻撃タイプかと思えばそれも違う。反撃する気配もなく、最初は調子よく制裁という名の私刑を繰り返していた先輩連中も、次第に不気味さの方が上回っていったのか、二人が地に伏せ立ち上がる様子もないことから、「今日はこれくらいで勘弁してあげる」という、お決まりの捨て台詞《ぜりふ》を残して足早に立ち去って行ってしまった。

残されたのはボロボロで仰向《あおむ》けに倒れるオルフェウスとウツロ。

身体も誇りも傷だらけだった。袋叩きにされるのは初めてのことではない。戦って負けて土の味を噛《か》み締めることだって、今までに幾度となく経験してきた。その度に実感する情けなさは、何度体験しても慣れることはできず、気が付けばオルフェウスは両手で自分の顔を覆い泣いていた。

負けた屈辱と、居場所がない絶望感と、弱い自分自身への嫌悪。色々な感情がごちゃ混ぜになって、まだ名前も知らない少女の前で涙を流す。

『人はそうやって泣くのね。初めて見たわ』

ウツロは不意にそう呟《つぶや》いた。オルフェウスに問いかける風でもなく、本当に胸の内だけで零《こぼ》したモノローグを言葉にしたかのように、凄く他人事《ひとごと》のようで、だけども心底、感心を示すような音にも聞こえた。

『……そうだ。おまえは、泣いたことがないのか？』

『ないわ』

込み上げる嗚咽《おえつ》の所為《せい》で聞き苦しい声で問うと、間髪入れずに答えが返ってきた。

『ないから、貴女《あなた》が少し羨ましい』

本当にそう思っているのか。疑問に感じてしまうほど感情の薄い声色だった。完全に心が折れていて動けないオルフェウスとは対照的に、同じ程度には痛めつけられていたはずのウツロは軽々と起き上がり、制服に付着した土を払いスカートの乱れを直してから、何事もなかったかのように立ち去ろうとした。別に興味はない。そのはずだったのに、オルフェウスは不思議と奇妙な問いを口にしていた。

『……どこに行くんだ?』

意味のない問い。帰るとだけ告げられるか、あるいは無視されるモノだと勝手に思っていたが、去りかけの足を止めて振り返ったウツロは、此方《こちら》が想定もしていなかった答えを、同じような感情の薄い声色で返した。

『悔しいという感情を知ったわ。だから、今度は反撃』

『また、返り討ちにあう』

『彼女らより強くなればいい。ここはその為の場所なのでしょう』

さも当然のような言葉は、折れたはずの心に苛立《いらだ》ちを宿させた。

『一撃でのされるような女がか。笑わせるな』

『そうね。ワタシはまだ、戦うという行為に馴れていないわ。だから、学ばなければならない……ああ、そうだ』

去りかけた足を止めて振り向いたウツロは、視線を倒れたままのオルフェウスに落とす。彼女と目が合ったのはこれが初めて。感情の薄い声と気配から、てっきり人形に嵌《は》められた硝子《ガラス》玉のような目を想像していたが、この時の瞳をオルフェウスは生涯忘れることはないだろう。

深い、とても深い金色の瞳。その奥底には確かに、闘志の炎が宿っていた。

『貴女《あなた》、ワタシに戦い方を教えて貰《もら》えないかしら』

そう言って伸ばされた手を、オルフェウスは戸惑いながらも、殆《ほとん》ど迷うことなく握り返した。その数日後。圧倒的な強さを手に入れたウツロが、袋叩《だた》きにしてきた先輩生徒達を叩《たた》きのめし、学園にその名を知らしめることになる。

「つまり、アンタがウツロの師匠、みたいなモンってわけか」

「師と気取れるほど大仰な立場ではないさ」

旧校舎の壁に背を預けオルフェウスは苦笑気味に答えた。花壇の手入れが一通り終わり、話を聞く間、アルト、ロザリン、テイタニアの三人は慣れない作業にちょっとだけ疲労を感じながら地べたに腰を下ろしていた。

「教えたと言っても多少の手ほどきをしたのみだ。後は実戦が中心。幸いなことに、このガーデンでは戦う相手には困らないからな」

「……確かに。アンタとウツロ会長とじゃ、戦い方が違い過ぎるわね」

実際に拳を交えたからこそ、テイタニアの言葉に実感がこもる。

「ウツロ様は疑いようのない天才だ。学べば学ぶだけ、戦えば戦ったぶんだけ強くなる。自分が受けた傷や痛みすら、相手を的確に痛めつけるための知識として溜め込み、気が付けば序列二桁の生徒など、相手にならないほどの強さを得ていた。貴様らが想像しているよりも、ずっと短い期間でな」

「アレが一年そこらで身に付いたとしたら、とんでもねぇ化物だぜ」

地面にあぐらをかいていたアルトは、腕組みをして苦い表情をする。

前回、今回と両方とも万全の状態で戦ったわけではないが、それでもウツロの超人的な戦闘能力は肌身に感じ取ることができた。単純に身体能力が高いのも驚異的だが、ウツロはセンスもずば抜けている。常に二手、三手先を読んで立ち回る動きは、場数を踏むだけでは鍛えられない。成長速度だけで判断するならば、アルトが知る限りは一番の天才であるシリウス以上だろう。こんなことを本人の前で言えば、烈火の如《ごと》く怒り狂ってウツロのところへ殴り込むだろうが。

「あの年頃であんだけ動けりゃそりゃ敵無しで、後は好き放題やり放題だったろうよ」

「侮るな。ガーデンは、アルストロメリア女学園はそこまで甘い場所ではない」

皮肉交じりに褒めたつもりだったが、意外にも渋い表情で顔を左右に振る。

「ハッキリ言ってその当時の学園序列上位、五位以上は別格だ。才能と努力だけでは如何《いかん》ともしがたい、神域と呼ばれる実力者が集っていた」

「おいおい、穏やかじゃねぇな。昔話だからって、盛り過ぎじゃねぇのか」

「いいえ、わたしも噂《うわさ》に聞いてるわ。もう学園を去っているけれど、ウツロが首席を得る以前の序列上位陣は化物だって。嘘か本当か知らないけど、その内の一人は竜の称号を得たって話もあるし」

「……それが本当なら、マジで化物だな」

ロザリンはいまいち、ピンときた表情をしていなかったが、野良犬とはいえ騎士の端くれであるアルトにとっては肌身に感じる説得力に、嫌そうに顔を歪《ゆが》めた。大国と呼ばれる国の王から推薦され、大精霊に認められなければ得ることを許されない大陸の、いや、武を志す者達全ての憧れ、最上位の誉れでもある竜の称号。世界でも生きている者で称号を持つのは一桁しかおらず、英雄シリウスですら持っていないことから、この称号を得ることがどれほど難しいのか想像がつくだろう。アルトが知る限り、竜の称号を持っている人間に会ったのは一人だけ。

彼の育ての親であり師匠でもある竜姫、ハルルその人だ。

「ウツロ様は最後まで当時の首席と次席のお姉様方には勝てなかった。彼女らが卒業しなければ、ウツロ様が生徒会長の座を得ることはできなかっただろう」

「つくづくヤベェ場所だな、ここは。驚きを通り越してドン引きだぞ」

「流石《さすが》の、私も、同意」

知れば知るほど常識から外れたガーデンの内情に、アルトとロザリンは何とも言えない表情を見せる。世の広さを知らないほど世間知らずではないつもりだったが、知らない土地で知らない人間の話を聞くと、自分の常識などあてにならないことが痛感させられる。

「ってか、この学園にも卒業なんてあったんだな」

「当たり前だろう。馬鹿か貴様は」

とんちんかんな言葉にオルフェウスは呆《あき》れたように目を細める。当然と言えば当然の反応だが、どうせ目的を果たす間だけの在籍のつもりだったので、詳しい説明はされていないし聞く気もなかった。

「アルストロメリア女学園は四年制だ。先代の生徒会長が御卒業なされたことで、空位になった生徒会長の座を狙って争いが起こった」

「その辺りの話は聞いたな。それでウツロが勝ったんだろ」

「そうだ。だが、この話には少々、込み入った事情がある」

オルフェウスの言葉にてっきり、すんなりウツロが生徒会長になったと思っていたアルトは、視線でテイタニアに疑問を投げかけるが、この辺りのことは詳しくないのか彼女も困惑した様相を浮かべていた。

「本来だったら生徒会長の御卒業後、次席で一学年下のお姉様が、繰り上がりで首席となり生徒会長になる予定だったが、そうはならなかった」

「不満が、でたの？」

小首を傾《かし》げながらのロザリンの疑問にアルトも同意見だった。学園の「強さこそ正義」的な校風を見る限り、次席とはいえ繰り上がりで生徒会長になることに、反発する生徒がいたとしてもおかしくはないだろう。しかし、オルフェウスの答えは違っていた。

「予想を外すようで悪いが、その方の生徒会長就任は満場一致とまでは言わないが、大多数の生徒が納得の上での賛成を示していた。カリスマ性という意味では先代生徒会長に一歩譲るがそれ以外は文武両道、何よりも華があるお方で、ガーデンという場所を象徴していたとボクは思う」

「そんな人がいたんだ。知らなかった」

ちょっと驚いたようにテイタニアは呟《つぶや》いた。

「誰もが彼女こそ次の生徒会長だと認めていたが、現実はそうはならなかった。先代達の卒業式が終わった後、お姉様は忽然《こつぜん》と姿をお隠しになってしまった」

「……消されたのか？」

「いや、それはない」

不穏な予想を口にするが間髪入れずに否定された。

「罠《わな》や騙《だま》し討ちを含めても、戦いでどうこうできる御人ではない。それに元が風来坊気質の方で、生徒会長の座にも興味を示してはいなかった。先代への義理立てで在籍していたようだから、ご卒業された後の学園に興味はなかったのだろう」

「なるほど。そりゃ、そんな性格の奴《やつ》が生徒会長になんざならないか」

「変わり者、ばっかり。なんだか、騎士団の人達、思い出す」

「頭のネジがぶっ飛んでねぇと、強くなれないのかもな。いやだいやだ、俺のような常識人には理解不能だぜ」

呆《あき》れながら大きく肩を竦《すく》めると三方向から突き刺さる視線。主である少女達の顔をそれぞれ順を追って見ると、彼女らは同じように何か言いたげな目付きを向けていた。

「なんだよ。何か言いたいことでもあるのか？」

「……いや」

「別に」

「なにも、ないよ」

オルフェウス、テイタニア、ロザリンはそれだけ言って顔を逸《そ》らした。失礼な連中だとアルトは鼻の下を親指で拭ってから話を元に戻す。

「んで。ウツロはすんなり生徒会長になれたのかよ」

「序列上位陣は殆《ほとん》ど卒業してしまったからな。残った連中では一年以上、先代生徒会と戦い抜いたウツロ様の相手にはならないさ。結果としてウツロ様は序列一位を獲得して、生徒会長の座を得た……後のことは耳にしているだろ」

その後のことは図書室でニィナやクワイエットから聞いている。学園をより実力主義にして、決闘が起こりやすい環境に作り替えた。最初はウツロが自分の力を過信して、絶対的な支配体制を作るつもりかと思ったが、オルフェウスの話を聞くとどうも違うのではないかと疑問が浮かびあがる。

「もしかして、先代の会長や、次席の人がいなくなって、寂《さび》しい、のかな」

ぽつりと呟《つぶや》いた言葉にオルフェウスは軽く息を飲む。

「寂しい……という言葉が適切かどうか、ボクには何とも判断はできない」

胸の前で組む腕に少しだけ力を込めて言葉を続ける。

「貴様らも耳にしているだろう。ウツロ会長は生徒会長としての役目を果たしていないと」

「ああ。まぁな」

「擁護をさせて貰《もら》うのなら、ウツロ様は就任当初は精力的に活動をなされていた。生徒達の声に耳を傾け、よりよい環境で自らが望む学業に勤しめるようにと、ウツロ様自らが学園長と掛け合ったりもした。アントワネットの工房を見ただろう。アレも奴《やつ》の為にウツロ様が交渉して作らせた物だ……結果的に、残念な使われ方をしてしまったがな」

前髪を指で掻《か》き上げながら軽く俯《うつむ》く。怒っているのか呆《あき》れているのか、それとも憐《あわ》れんでいるのか。伏せた表情からは感情を読み取ることはできない。

「それがどうして、手下任せのお飾り会長になっちまったんだ。何か切っ掛けでもあったのかよ」

「いや、なにもなかった……なにも、なかったんだ」

物憂げな表情にアルト達は怪訝《けげん》な顔を見合わせた。

「最初は首席の座を狙って何人もの生徒が挑戦してきたが、圧倒的な力で制圧する内に気が付けばウツロ様に挑もうという気概の人間はいなくなっていた。それどころか上には勝てないと諦めて、下位同士で争うことに終始するようになった。ウツロ様からしてみれば、自分が作ったシステムから自分だけが弾《はじ》かれる結果になったのだから、面白くなくなったのだろう」

「んだよ。要するに、仲間外れにされていじけてるって訳か。随分とお可愛いことで」

「貴様にウツロ様の何がわかる」

茶化すと流石《さすが》にムッときたのか、オルフェウスが睨《にら》んできた。

「あの方は紛れもない天才だ。他者の並び立たない孤高のお人だ。強さを競う者を失い、強さを追い掛けようとする者を失ったウツロ様の苦悩、貴様ら如《ごと》き凡才に理解できるモノかよッ！」

吐き捨てるような言葉をぶつけてくるが、アルトは強い視線で睨《にら》み返す。

「理解するつもりなんざ最初っからねぇよ」

「なにッ⁉」

「寂《さび》しかろうが物足りなかろうが、テメェの生き方を決められるのはテメェだけだ。落ちてくる餌を求めて、ぼんやりと口開けて待ってるようじゃ、ぼんくら以外の何者でもねぇだろ。違うか？」

「……ッ」

オルフェウスは眦《まなじり》を吊《つ》り上げて、旧校舎の壁から背中を離すが、固く歯を噛《か》み締めるだけで否定の言葉は発さなかった。いや、発せなかったのだろう。

彼女も道を自ら選んできた人間だから、何も選ばないウツロに対して少なからず思うところはあるのだろう。

大きく息を吐いてから腕を組み直して再び背中を壁に預けた。

「ボクの故郷の言葉だ。強さには二種類存在する。他者を強さで魅了する者と、他者に強さで畏怖を刻む者。ウツロ様は確かに後者だ。あの方の強さと才能は人の心を折る……けれども、あの方の拳に魅入られたのも事実だ」

オルフェウスは自身の右手に視線を落とし、ギュっと強く握り締める。

「拳を一度、二度と放つ度に鋭さを増し、戦いの最中の一瞬一瞬に確かな成長を見せる。

才能なんて一言で片付けられない、神が与えた恩寵《おんちょう》のようなウツロ様に、ボクは魅了されてしまったんだ」

オルフェウスの言葉には何処《どこ》か刺さる部分があったのか、黙って聞いていたテイタニアは唇を固く結んだまま、何かに思いを馳せるかのように視線を地面に落とす。ロザリンも眉を八の字にして此方《こちら》をチラッと盗み見た。

一方のアルトは耳の穴を小指でほじりながら、不服そうに眉間に皺《しわ》を寄せる。不満の理由はウツロに対してでも、オルフェウスに対してでもない。

「なんとなく理解できたぜ。あの性悪共がどうして、俺を呼び付けやがったのかを」

「アル？」

ロザリンが変化の乏しい驚きの表情を覗《のぞ》かせる。勘も察しも良いロザリンだったが、このことばかりはピンときていないのだろう。当然だ。見る者全てを新鮮に受け止める好奇心旺盛な彼女には、ウツロのような単純明快な思考回路の人間を理解できないだろう。

「要するに戦う相手がいなくなって、つまんなくなっちまったのさ。違うか？」

「………」

答えなかった。が、反射的に視線を遮ろうと顔を覆い前髪を弄《いじ》る仕草は、図星を突かれたからだろう。

「喧嘩《けんか》相手もいねぇんじゃ、そりゃ生徒会長なんぞ馬鹿らしくてやってられんだろ。唯

一、見込みがありそうな奴《やつ》は、見惚《みと》れちまって拳を向けてくれないんじゃ話にならん」
「……ッ」

痛みに耐えるようにオルフェウスは顔を顰《しか》めた。

「その論点から言うと、一回も勝ててないうちらも、期待外れになるんじゃないの」

「馬鹿言うな、次で勝てばいいんだよ」

「ついさっき、負けたばっかりなんだけど」

「うるせぇ！　だったら尚更、リベンジしなけりゃ収まりつかねぇだろうが！」

「だっさ。考えなさすぎ」

些細《ささい》な言葉の応酬から軽い喧嘩《けんか》が始まってしまうが、顰めっ面をしていたオルフェウスはハッと何かに気づいた表情をする。

「……ん？」

言い争いをする二人はよそに、オルフェウスの変化に気が付いたのはロザリンだけ。彼女は左右の腕を組み替え、何処《どこ》か思いつめるように視線を彷徨《さまよ》わせてから、手入れを終えたばかりの花壇を見詰めた。

過去の出来事に思いを馳《は》せるような横顔は、憂いと後悔が滲《にじ》み出ていて、学園内で見せている凛々《りり》しさからはかけ離れた、年相応の少女らしさがあった。

「……ボクも諦めてさえいなければ。いや」

呟《つぶや》いた独り言を打ち消すように首を左右に振った。

「どちらにせよ」

少し大きめの発声に二人は喧嘩を止め、同時にオルフェウスの方を見た。

「貴様らが再びウツロ様に挑むのなら、最初に立ち塞がるのはボクだ。アントワネット一人の勝利だけで、容易《たやす》く花の塔を昇れると思うなよ？」

「ふん。じょう――」

「上等ね」

受けて立つつもりの言葉はテイタニアによって遮られた。

「わたしも負けたままのつもりはないから」

マスクで口元が隠れている分、闘志の宿る視線でオルフェウスを射抜く。クールな素振りをみせていても、この負けん気の強さはやはりガーデンの乙女なのだろう。

「魔剣使いのテイタニア。貴様は……貴様は……」

言いかけてから何故《なぜ》か言い淀み、オルフェウスは言葉を仕切り直す。

「序列争いに挑まない軟弱者かと思っていたが、その気概は認めよう。握る魔剣に違《たが》わない強さを持つのなら、いつ何時でもボクに挑戦してくるといい。返り討ちにしてやる」

バチバチと火花が散るような睨《にら》み合いが少女達の間に繰り広げられる。獲物を横取りされたような気分ではあるが、考えてみれば最初に戦ったのはテイタニアの方が先だったので、アルトはぐっと不満を飲み込み立ち上がろうと片膝を立てた。

「話は終わりだ。見逃してくれるってんなら、先に帰らせて貰《もら》うぞ」

「好きにしろ。ボクはここを戦いの場にするつもりはない……花壇の手入れ、手伝って貰ったことには感謝する」

最後は律儀に頭を下げて礼を述べる。ここまでされてしまうと、テイタニアも気勢を削《そ》がれてしまい、この場で挑戦をさせろとは言えなくなってしまった。バツが悪そうな表情を、引っ張り上げたマスクで隠し同じく立ち去ろうと腰を上げる。

二人が立ち上がったところで、不意にロザリンが小さく手を挙げた。

「はい。最後に、いっこだけ、質問」

「……どうぞ」

すっかり終わった気になっていたオルフェウスは、面倒臭そうに舌打ちを鳴らすが、邪険にはせずロザリンを促す。ロザリンはチラッとテイタニアを盗み見てから。

「アカシャって、生徒、知ってる？」

オルフェウスは少し考えてから。

「いや、聞かない名前だな」

「じゃあ、仮面の女の人、は？」

最後と言いながらも質問を重ねるが、内容が意外だったのかオルフェウスはちょっと驚いた表情を見せる。アカシャと仮面の女に関しては、意見交換をした際にロザリンから報告を受けている。生徒会とは関係ないと思っていたが、どうやら先入観だったようだ。テイタニアも特別、何かしらのリアクションも取っていない。

「珍妙な白面の生徒なら一人だけ在籍している。生徒会の三人目の役員だ」

思わずアルトとテイタニアは「えっ？」と声を漏らす。

「お前らみたいなのが、もう一人いやがるのかよ」

「ってか、アンタとアントワネット以外に役員がいるなんて、わたしも初耳なんだけど」

「隠していたかのように言うな、人聞きの悪い。そもそも貴様、生徒会メンバーの顔と名前、全員知っているのか？」

「……いや、それは知らないけどさ」

的確な指摘にテイタニアはバツが悪そうな表情をする。

「奴《やつ》に関して知っていることはボクも殆《ほとん》どない。ウツロ様の推薦で役員に任命されたことだけで、業務も雑務以外は担当していない」

「ウツロの推薦？　あいつが選んだのは、お前だけじゃなかったのかよ」

「入ったのはここ数ヵ月のことだからな。存在すら認知されていないんだ。情報も更新されていないんだろう」

その言葉にアルトとロザリンは視線だけを見合わせた。一般の生徒からの情報ならそうだろう。しかし、情報源は風紀委員長のニィナと図書委員長のクワイエット。彼女らが最新の情報を得ていないとは思えない。何らかの意図があって伏せられていたか、オルフェウスが惚《とぼ》けているのか、あるいは……。

（ウツロの来歴同様、学園側の都合で隠されてるか、か）

だとすると探るのも一苦労しそうだが、ロザリンはこの答えだけで満足だったのか、それ以上の追及をする様子はなかった。

「そっか。わかった、ありがとう」

なにやら意味ありげなやり取りをした後、花壇の手入れをする為に用意した道具を片付けながら、最後に一言「気が向けば、いつでも花を眺めに来い」とだけ告げて、オルフェウスは旧校舎裏から立ち去って行った。次に会う時は間違いなく拳を交えるのだろう。

本日の授業は全て終わり、夕暮れが校舎を赤く染め上げる頃、図書室の主であるクワイエットは一人で読書に勤《いそ》しんでいた。いつも通りの光景と言えばいつも通りの光景。あまり知られていないが、図書室の奥にある本棚をずらした先は小部屋になっていて、クワイエットは普段からここで寝泊まりをしている。

勿論《もちろん》、学園長からの許可を得ている。問題があるとすれば身を清めたりお花摘みをしたりしたい時には、図書室を出て少しばかり歩かねばならないのが玉に瑕《きず》。放っておけば一日中、いや一年中、図書室に籠《こ》もりっきりになるので、これくらいの外出は必要なのかもしれない。校内の廊下を歩く行為が、外出と呼べるかどうかは個人の判断によるだろうが。

今日は珍しく来客があったからか、クワイエットは少し上機嫌だった。静謐《せいひつ》を好む少女ではあるが、図書室の本来の役目は多くの生徒の為に知識を授ける場なので、静寂を乱さない範囲で人が訪れるのは喜ばしいことだ。

その意味では今日、訪れてくれた面々は少々、元気が良すぎる気はしたが、彼女らの気《き》っ風《ぷ》の良さは人見知りの気があるクワイエットには心地よかった。特に片目を隠した黒髪の女性ロザリンは、会話をしたのはほんの僅《わず》かだったがとても理知的で、機会があればもっと色々な本の話などをしたいと思わせてくれた。

「ロザリン様、といえば……」

ふとクワイエットは読んでいた本から視線を、横に積んである書籍に向ける。

「頼まれていた本、ご用意しましたのだけれど」

読みかけの本を閉じ机に置くと、視線の先にある書物に手を伸ばす。昼間に訪れたアルト達がオルフェウスに会う為に校舎裏に向かう前、ロザリンからこっそりと、とある本を探すようにお願いされていた。それがこの本。丁寧に装丁された本は薄いが真新しく、ぱっと見て特別感はあまりなかった。

これはとある生徒の来歴が記された資料。知恵の大樹で複製したモノではなく、クワイエットが無数の本棚の中から探し出したオリジナル。指定したのはロザリンだ。

「どうして、ロザリン様はオリジナルをご所望されたのでしょう」

手に取った本の表紙を撫で感触を確かめた。ノートのような薄さだが、これに生徒一人分の情報が書き込まれている。人による手書きではなく、ガーデンを司るマドエルが情報を文字化して転写しているので、過去から現在に至るまで膨大な資料が納められているが、書くこと自体のコストや労力はそこまでではないだろう。ただ、頼まれた資料は三名分なのだが、検索に引っかかったのは一名だけだった。

クワイエットは両手で書物を持ち、学園の校章が刻まれた表紙を眺める。

「図書室の責任者として、間違いがないか確認するのは、必要で御座いますよね」

沸々と込み上げる好奇心を我慢できずに表紙を捲《めく》った。余白となっている一枚目を飛ばし、本文へ進むと資料の主である人名が記されていた。

「テイタニア、様」

夢見がちな少女が書くような丸っこい文字が記すのは、少し前まで顔を合わせていた女生徒の名前だった。あまり人の顔を覚えるのが得意ではないクワイエットでも、マスクで口元を隠した彼女のことはハッキリと覚えている。ただ、わざわざロザリンが直接尋ねるわけではなく資料を、恐らくは本人に内緒でクワイエットに頼んだ理由がわからなかった。

胸の内側から湧き上がるのは疑心ではなく好奇心。ロザリンが悪意ある企みを懐《いだ》いているようには見えなかったのもあるが、クワイエットという少女はガーデンでも珍しい文系の夢見る乙女で、特に冒険小説や英雄譚《たん》、ミステリーなどを好む彼女にとって、説明の少ない謎《なぞ》めいたやり取りは好奇心を刺激してくれる。

「いったい、どういうことなのでしょうか」

呟《つぶや》いた独り言にはちょっとだけ喜色が混じっていた。期待に高鳴る胸の音を楽しむように、クワイエットはゆっくりとページを捲り記された文字に目を走らせる。

「……あら？」

奇妙な点には直《す》ぐに気が付いた。

クワイエットが対面したテイタニアと呼ばれた少女は、顔こそマスクで口元を隠していたが、長い黒髪が目を引く自分と近い文系少女だ。しかし、身体的特徴を記したプロフィールは記憶とは違っていた。

「赤髪に、日焼けした小麦色の肌……これは、いったい」

読み進めるとテイタニアの出身地が南方の群島諸国であることがわかった。一年中、温暖な気候で日差しも強い為、住人の多くは小麦色に日焼けしているので、特徴と照らし合わせても不思議ではないだろう。身長も記録されているモノよりも、実際に顔を合わせた彼女の方が明らかに小柄だった。これはマドエルの記載なので経歴同様、数値を偽ったりサバを呼んだりはできないから、記録上はこの数字が正しいことになる。

そして一番の相違点は愛用している武器だ。

「資料にはハルバードと書かれていますわ。魔剣、ではないので御座いましょうか」

武器に関しては入学当時の物なので、武芸に疎《うと》いクワイエットにはわからないが、その後の訓練によって変わることはあるのだろう。けれども、変わった先が普通の剣や槍《やり》ならば納得できるが、あの禍々《まがまが》しい魔剣となるとちょっと首を傾《かし》げてしまう。

「魔剣、ネクロノムス。というお名前、で御座いましたわね」

クワイエットの知識にはない銘だ。勿論《もちろん》、世界に溢《あふ》れる古今東西の魔剣を全て知り尽くしている訳ではないので、知らない剣があったとしても不思議なことではない。ただ、魔を司る力を宿した剣を、名前を偽っている少女が持っているとなると、クワイエットの興味を引いてしまうことは不思議ではないだろう。

「……知恵の大樹」

好奇心に背中を押されるように、クワイエットは術式を展開する。検索ワードは勿論、魔剣ネクロノムス。普通の刀剣ならいざ知らず、魔剣、聖剣の類ならばたとえ無名であっても、何かしらの情報が書物として残っているかもしれない。

しかし、結果はクワイエットの予想外のモノだった。

手の平の上に集まった魔力は書物の姿を形作ろうとするが、直前で風船のように膨らむと、乾いた音を立てて弾《はじ》けてしまった。

「――えっ⁉」

「こ、これは……検索エラー？」

初めて起こる出来事にクワイエットは戸惑いを隠せない。通常、知恵の大樹の検索に引っ掛からない場合は、集まった魔力は書物の形を作ることなく消滅してしまう。今回のように一度は形になりそうになって、直前で弾け飛んでしまうような出来事は、クワイエットも体験したことはなかった。

「考えられますのは、書籍自体が破壊されていて……いいえ、それでも情報を取り出す知恵の大樹の検索に、エラーが出る道理は御座いませんわ……それなら」

あり得ない。と思いつつもクワイエットは可能性を口にした。

「検索自体が妨害されている？」

言ってから何かに気が付き、改めて知恵の大樹の術式を組む。

検索ワードはテイタニアだ。

先ほどとは違いスムーズに紡《つむ》がれた術式は、魔力を何の問題もなく一冊の書物に形を作っていく。だが、本に変化する際に一瞬、ほんの僅《わず》かだがノイズが走ったことにクワイエットは気が付いた。本当に一瞬だ。事前の検索エラーがなければ、全く何も変化はないと感じられるほど些細《ささい》な違い。そしてその違いは勘違いではなかったと、中身を確認したクワイエットは確信する。

「やはり、そういうことで御座いましたか」

中身を確認したクワイエットは、背筋が寒くなるのを感じる。

「知恵の大樹で取り出した資料。書かれていることは間違いなく、わたくしがお会いしたテイタニア様の情報で御座いますわ」

どういうことだろうか？　クワイエットの頭の中に疑問が浮かび上がり、それを解決する為の考察が目まぐるしく巡っていく。知恵の大樹による検索と実際の本には、確実に情報の齟齬《そご》が存在する。図書室を預かる身としては由々しき事態ではあるが、ロザリンが前もってオリジナルを所望したことから、彼女がある程度はこの状況を予期していたことが推察される。

「本自体に細工がされるのならともかく、知恵の大樹の検索に介入するなんて、偉大な大魔術師でもなければ不可能な芸当で御座います。わたくしが知る限り、そのような芸当を可能とする御人は、クルルギ様を含めてガーデンには存在しておりません」

誰もいない室内で朗々と朗読でもするように考えを口にする。一人の時間が多い所為《せい》か、気が高ぶると思考を口に出して纏《まと》めようとするのがクワイエットの癖だ。

「そう、人では」

わざわざ意味深に呟《つぶや》くと、机の上に置いてあった万年筆を手に取り、クルクルと手の平で回し始めた。

「知恵の大樹は異界化している図書室全体に張り巡らされております。ガーデンそのものがマドエル様の支配下で御座いますから、必然的にこの場所もマドエル様の領域ということになります。大精霊の領域に影響を与える為には、それ相応の準備をするか同等の力を持つ精霊のお力を借りねばなりません。もっとも、前者のような仕掛けが施されているのならば、僭越《せんえつ》ながらこのわたくしが気が付かないはずが御座いません」

自分の知識と記憶、状況をパズルのように頭の中で当て嵌《は》めながら、クワイエットは思考を研《と》ぎ澄ましていく。今日より以前から何者かの思惑によって、図書室内の術式に偽装工作が施されているのは明白。それが誰かは推測の域でしかないし、目的に関していえばクワイエットの想像の範囲外だ。

とはいえクワイエットにも図書委員長としてのプライドがあり、知ってしまった以上は見なかったことには出来ない。

偽装を施した何者かを探るには、疑惑を一つずつ紐《ひも》解く必要があるだろう。

「そういえば、ロザリン様からお願いされていました、残り御二方の資料……」

知恵の大樹の検索には引っ掛からなかったが、もしかするとそれも同じ仕掛けによる偽装かもしれない。

図書委員長を務めてほぼほぼ初めての固い決意を大きな胸に宿して、クワイエットは椅子から立ち上がった。

「存在されるかどうかわからない生徒様の資料を、我が身だけで探すのは中々に苦行では御座いますが、致し方ありません。お名前は確か……」

下唇に指を添えて、間違いのないように頼まれた二人の名前を口にする。

「アカシャ様とハイネス様。雲のまにまに御隠れになられたお嬢様方を、はてさて非才なわたくしめに見つけ出せますでしょうか」

気弱な口振りとは裏腹に、本棚に向かうクワイエットの足取りは軽やかで、眼鏡の奥の瞳には好奇の光が色濃く浮かび上がっていた。

# 第六十六章　外敵に刷り込まれし因子

柔らかく、温かな感触を肌に感じながら目覚めると、最初に感じたのは鼻から吸い込んだツンとくる消毒液の刺激臭だ。

「……あぁ」

張り付くような喉の渇きや疲労感とは対照的に頭の中は妙に冴《さ》えていた。たっぷりと睡眠をとった後に似た満足感。実際、目覚めた直後なのだから睡眠を得ているのだろうが、このような後味の良い目覚め方は久しぶり……いや、記憶にある限りは初めてだった。

口呼吸の所為《せい》でパサパサに乾燥した口内を、唾液で濡らしてから彼女……ミュウは呟《つぶや》く。

「どこ……ここ」

見知らぬ天井にミュウは眉間を狭めた。

相変わらず自分が何処《どこ》の誰なのか記憶は定かではないが、悩まされていた身体の寒さと軋《きし》むような痛さは解消されていた。

寝かされている柔らかいベッドとかけられた毛布、丈の長い厚手のシャツのおかげだろう。室内はほんのりと暖かく、頭上側の壁以外の三方は薄い真っ白な布の衝立《ついたて》で仕切られていたが、部屋の窓が大きいのか差し込む陽光がこれでもかというくらいに中を照らしてくれている。これだけでもここが、自分がずっと押し込められていた場所とは違うことが理解できる。

「ここ、どこ」

同じような言葉を繰り返す。今度は独り言ではなく問いかけた。

横たわるベッドの側《そば》に立つ少女に向かって、だ。

「おはようございます」

「……ここどこ」

不機嫌さを色濃くして気怠《けだる》い身体はそのままに、顔だけを右側に向けた。

ベッドの直《す》ぐ側、枕元付近に立っていたのは、穏やかな微笑《ほほえ》みを湛《たた》え此方《こちら》を見下ろす一人の少女だった。薄桃色の髪の毛をツインテールに結って、近い色のフリルがあしらわれたワンピースを着る彼女は、垂れ目で優しげな印象を与える笑顔のまま、そっと手を伸ばしてミュウの額を撫《な》でた。

「……っ」

奇妙な感覚だった。記憶を失う以前はどうか知らないが、少なくともミュウは他人に触れられることを喜ばしいとは思わない性格のはず。しかし、伸ばされた少女の手は払い除けるどころか、避けようとする気分にもならない。もっと妙なのは触れられること自体、不快に思わなかったことだ。

「おはようございます」

少女は微笑んだまま繰り返す。

「アンタ、何者？」

「おはようございます」

「……だからっ」

「まずは挨拶……ね？」

苛立《いらだ》ち荒らげようとした声をミュウは飲み込んだ。顔も態度も声色も、全く変化はなく優しさに満ちていたが、何処《どこ》か有無を言わさぬ迫力が彼女にはあった。例えるならば怒ると怖いことを知っている母親に、軽く窘《たしな》められている子供のような気分だ。子供の頃の記憶どころか、母親がいたかも定かではないのにと自嘲しながらも、ミュウは珍しく彼女の言葉に従うことにする。

「おはよう」

「よく出来ましたね、ミュウ。えらい、えらい」

「ぐっ……やめろっ！」

頭を撫でられることへの屈辱に怒鳴り声を上げるが、触れられる手を振り払う真似はしなかった。心地よいと感じたわけではない。むしろ不快感の方が強かったのだが、何故《なぜ》だか彼女に対して強く抗《あらが》う気持ちが湧き難かった。見た目は争いとは無縁そうな少女のはずなのに、本能が危険だと警笛を鳴らしていた。

だが、その危うさが生存本能を高めるように、ミュウの思考をより研《と》ぎ澄ます。

「……アンタ」

腹筋に力を込めて、気怠《けだる》さのある上半身をベッドの上から起こす。

「あら、まだ寝ていなくて大丈夫なの？　ミュウは随分と疲れていたでしょう」

「クソうぜぇ。ってか、なんでわたしの名前を知ってる？　記憶を失う前の知り合いだったかしら」

「うふふ。思っていたよりも元気そうね、安心したわ」

質問には答えず安堵《あんど》する微笑《ほほえ》みに、ミュウは舌打ちを鳴らした。

「どいつもこいつも、訳知り顔で懐《なつ》いてきやがって。うざったいことこの上ないわ」

「あら。そんな言い方はよろしくないわ。皆、貴女《あなた》が大好きで、興味津々なんだから」

「気色の悪い言い方をするなっ……ああッ、イラつく、イラつくっ！」

全身が痒《かゆ》くなるような柔らかい物言いに、癇癪《かんしゃく》を起こすよう頭を掻《か》き毟《むし》った。それでも感情が荒ぶるまま、記憶を失う以前のように暴力に訴えないのは、少女の筆舌に尽くし難い異様な雰囲気だけでなく、心にぽっかりと空いた虚無感からくるモノだろう。

見透かしたように少女の瞳に哀れみが宿る。

「まだ完全ではないのね。やっぱり、完全な復元は私達でも難しいのかしら」

「私、達？　アンタの他に誰がいる。飼い主気取りの気色悪い小娘か、クソウザいメイド服の化物か、それとも……」

口にする度に苛立《いらだ》ちが募る連中の顔を脳裏に浮かべ、最後に思い描いたのは靄《もや》で覆われた見ず知らずの誰かの姿。名前も、顔もハッキリとは思い出せないのに、心臓の辺りが苛々とは違った痛みに疼《うず》いた。

そして目敏《めざと》く変化に気づいた少女は、花が咲くような笑顔を見せた。

「あら、うふふ。やっぱり私の考えは間違ってなかったみたいね。これなら、あの娘との約束も果たせそうだわ」

「あの娘？　約束？　いい加減、頭に血が昇ってくるわ」

胸倉でも掴《つか》んでやろうとするが、腕は鉛のように重く動かなかった。

「大丈夫、怖がらなくていいの。私は貴女の味方なんだから。落ち着いて、お話を聞いてね」

「なら答えろ。わたしは何処《どこ》の誰で、なんでこの場所……こんな世界にいる⁉」

ミユウの言葉は殆《ほとん》ど本能が導き出したモノだった。奴隷ちゃんと呼ばれ廃人同然だった時は欠片《かけら》も湧かなかった不安と疑問が、彼女を前にすると一気に吹き上がってきてしまう。何もないということが、こんなにも自分を戸惑わせてしまうなんて、もしかしたら記憶を失う以前も想像すらしていなかったかもしれない。

「答えなさいよ。そんな風に偉ぶってんならさぁ！」

苛立《いらだ》ちでは動かなかった身体は、不安に衝《つ》き動かされて重たかった腕を持ち上げる。溺れた人間が藁《わら》を掴《つか》むように伸ばした手は、少女の襟元を掴む寸前でそっと、優しく温かな彼女の両手に包まれた。

「何の心配もないわ。貴女《あなた》が貴女であることに疑問を持つことができたなら、きっと再び立ち上がることができる。戦いなさい、ミユウ。貴女はその為に彼女に送り出され、ここまで流れ着いたのだから。その為のお手伝いなら、ほんのちょっぴりだけ、してあげるから」

少女は悪戯《いたずら》っぽく片目を瞑《つむ》り、二本の指で輪っかを作りちょっぴりをアピールする。

「また訳の分からないことを……やっぱ、アンタわたしのことを舐《な》めて……」

「噂《うわさ》をすれば何とやら。ほら、貴女の王子様の登場よ」

「王子様ぁ？」

訝《いぶか》しげな表情をするミユウに微笑《ほほえ》みかけてから、少女はすっと腕を伸ばしベッドを挟んで反対側の方向を指さす。怪しく思いつつも何故《なぜ》か彼女には逆らい難いミユウは、渋々と指された方を振り向くとちょぃど良いタイミングで遠くから、恐らくは廊下から誰かが足早に走ってくる足音が聞こえたかと思うと、ノックもせずにドアが開かれた。

瞬間、ミュウは露骨に不機嫌な顔をする。

「あァッ、クソッ。うざいうざいうざいッ！　次から次へと……なんだっていうの！」

腹の奥を焦がすような苛立ちのまま、ミュウは直前まで下にしていた枕を取ると、足元側の衝立《ついたて》に向かって投げつけた。ほぼ同時に衝立の布が捲《めく》られ、訪ねてきた人物のちょうど顔面に枕が飛んだ。

「──おわっと⁉」

直撃する寸前、現れた小柄な女生徒は優れた反射神経で枕を受け止めた。

「あっぶねぇな。ってか、枕受け止めて手が痺れるって、どんな腕力してやがんだ。顔面にぶち当たったら、鼻血ぐらいは出るぞコラ」

そう言いながら負けないくらいの不機嫌な顔で、枕を片手で止めた女生徒の顔にミュウは見覚えがあった。

長い白い髪の毛に剣を背中に背負ったチビ。制服を着ている姿と明るい場所で見るのは初めてだが、不思議とミュウの印象に残っていた。確か名前はアルト、と呼ばれていただろうか。

「……アンタ、あの陰キャ女と牢《ろう》にぶち込まれてたチビじゃん」

「陰キャは本当だが俺はチビじゃねぇ、間違えんな」

文句を言いながら受け止めた枕を投げ返してきた。

「チビをチビって言って何が悪いのよチビ」

ニヤニヤと笑いながら返された枕を掴《つか》み自分の膝の上に置いた。わかりやすい挑発にてっきり、ムキになって食ってかかると思いきや、アルトはちょっと驚いてから観察するような視線を向けてくる。

「チッ、なに？　そのウザい目付き、止《や》めてくんないかしら」

「いや、随分とご機嫌だと思ってな」

「どいつもこいつも、似たようなこと言いやがって」

うんざりとした気分でもう一度、ミユウは舌打ちを鳴らすと、アルトは不思議そうな表情で眉を八の字にする。

「どいつもこいつもって、俺以外にも誰か保健室に来てたのか？」

「節穴か。来てるもなにも直《す》ぐそこに……っ⁉」

いるだろうと顔を横に向けたミユウだが、そこに立っていたはずの少女の姿はなく、ただ衝立《ついたて》があるだけだった。衝立が目隠しになってアルトと入れ代わりになった可能性はあるが、布の向こう側に人の気配はなく、保健室のドアが開閉する音も聞こえなかった。

「――⁉　……いない」

手を伸ばし衝立を捲《めく》ってみるも、そこには誰も存在しなかった。まさに忽然《こつぜん》と姿が消えたとしか言えない状況だが、ふと衝立の向こう側から見えた窓の外の様子に、戸惑いの上に絶句が重なってしまう。

「よ、夜……？　そんな、馬鹿な」

てっきり太陽が出ている日中だと思っていたが、窓から見える外の景色はとっぷりと日が暮れ真っ暗になっていた。室内は魔力灯で明るく照らされているが、間違いなく先ほどまでの明るさは、人工的なモノではなく窓から差し込む陽光だったはずだ。

流石《さすが》のミュウも訳の分からない状況に動揺してか、捲《めく》っていた衝立の布から手を離し、その手で自身の顔を額から口元まで拭うよう滑らせる。幻覚にしては妙にリアリティがあったし、何よりも握られた手のぬくもりがまだ僅《わず》かだが残っていた。もしも、それら全てが妄想や幻の類だとしてたら、自分は本格的にぶっ壊れてしまったのかもしれない。

「……なんてな。壊れてるなんて今更かよ、笑えてくるわ」

「どうした。体調が悪いってんなら、保健委員を呼んでくるが」

「必要ない。で、アンタは何の用件よ。喧嘩《けんか》売りに来たってんなら買うけど」

攻撃的な態度にギョッと驚くも、直《す》ぐにアルトは楽しげに笑った。

「いいねぇ、その馬鹿丸出しの反応。そうじゃなけりゃこっちの調子が狂う」

「ああ、そうか……アンタ、以前のわたしを知ってるんだっけか」

「言っとくが、なんでお前がここに、ガーデンにいるかなんて知らねぇぞ。俺はてっきりくたばったモンだと思ってたからな」

「ハッ。少なくとも、くたばるような目に遭ったってわけね。胸糞悪い」

大きく肩を竦《すく》め自嘲しながらも、表情には笑みが零《こぼ》れる。

「安心したか。今も昔も大して変わってなくて」

「……ま、飼い犬扱いされて反抗しなかった頃よりマシ。ああ、思い出したらムカムカしてきたわ。あのクソ女、全裸で引きずり回してやらないと気が済まない」

「悪いがそっちは俺が先約だ。安心しろ、キッチリ全裸にひん剥《む》いてやるから」

「あっそ。ならわたしは……勝った方をぶち殺せばいいわけね」

虚言や冗談などではない、にんまりと凄惨な笑みを向ける。

「そいつはわかりやすくていい。頭ん中だけで物事を動かそうと、裏でこそこそしてる連中よりよっぽどやりやすいぜ」

「……ふん」

ミユウは嫌な気分になった。似たような感想を懐《いだ》いていたからだ。

「どうだっていいわ、そんなこと」

足元にかけていた毛布を剥《は》いで生足を露出させると、長いシャツの裾をパタパタと扇《あお》いで風を送る。感情が変に高ぶった所為《せい》か、火照った身体の熱を逃がしたかったから。気温自体はそれほどでもないが、裸で何ヵ月も過ごした弊害なのかもしれない。

「それでアンタは何しにここへ来たわけ。まさか、助けた礼を言われにきたとか、反吐《へど》が出るようなことを言わないわよね」

「よく俺が助けたってわかったな。正確には、俺が連れて来たわけじゃないけど」

「何ヵ月も閉じ込められてたのよ。今更、助け船を出そうなんて馬鹿は、アンタくらいしか想像つかなかっただけ。ま、正解だろうと不正解だろうと、別にどっちでも構わないんだけどさ。言うことは同じだから」

ベッドの上で片膝を立てながら、意地の悪い笑みを見せたミュウは此方《こちら》に向かって中指を立てた。

「頼んでもいない無駄な努力をご苦労さまくそったれ」

「ノーパンで粋がられてもね。見えるから膝立てんな。ってか、俺は長々と、んな話をしに来たわけじゃねぇ」

「わざわざ屈《かが》んで覗《のぞ》き込んだ癖に勝手な物言いね。やっぱ、そっちの趣味があるんじゃないの？　……まぁいいわ。寝込みを襲いにきたんじゃなけりゃ、なんの用があるのよ」

「おっと、そうだった。テメェがぐだぐだうるせぇから忘れてたぜ」

ポンと手を叩《たた》いてからアルトは背後を指すように親指を向けた。

「おう、ミュウ。明日、プール行こうぜ」

たっぷりと間を置いた沈黙が流れる。

「……は？」

普通に勝負を挑まれるモノと思っていたミュウは、起きてから何度目になるかわからない混乱の中、握るべき拳を見失ったよう手の平を閉じたり開いたりしていた。


翌日。

ガーデンが存在する異界には飲み水や生活用水を確保する為の地下水路以外に、池や川、湖のような水場が存在しない。理由としては属性として女神マドエルが、水との相性がそこまで良くはないから。

作物を育てる為の雨や、生活の為の水路を作る程度なら問題はないが、流れの速い河川や生物を多く内包する湖となると、異界自体に綻《ほころ》びが出る恐れがあるだろう。だが、水は人の生活にとって切り離せないモノ。

飲み水や生活に使用するだけではなく、水に触れ、浴び、濡れることで得られる喜びも存在する。何よりもここは戦う術《すべ》を学ぶ場所なのだから、水場での戦いを想定した水練が出来ないのはあり得ないことなので、アルストロメリア女学園の敷地内には、水練用の戦闘施設がちゃんと存在している。

全長百メートルを超える屋外式水泳場、つまりはプールだ。

基本的に季節による寒暖差は殆《ほとん》どないガーデンでは、一年中このプールで泳ぐことが可能な上、利用する生徒やガーデンの乙女達は多い。

名目上は水練ということになっているが、真面目に訓練に勤しむような人間は稀で、大体は水遊びや日光浴目的で利用するのが殆どだ。しかし、昨今は学園内が殺伐とし過ぎている所為《せい》か、水遊びに興じる生徒は少なく利用者は激減していた。

つまりは前日の思い付きで訪れたアルト達でも、ほぼ貸し切り状態で遊べることになる。

「いやはや、どんなモンかと一抹の不安はあったが、随分と立派な場所じゃねぇか」

更衣室から小走りにプールサイドに降り立ったのは、学園で指定された紺色の水着。俗にスクール水着と呼ばれる衣類を身に着けたアルトは、薄い胸元に張り付けられた名札の前で腕を組み、眼前に広がる広いプール水槽を眺めた。

青色の楕円《だえん》型に広がる水槽にはたっぷりと清潔で透き通った水が注がれ、水面がキラキラと陽光を反射している。

王都にも水泳場は存在したがここよりずっと規模は小さく、訓練に使用するというよりも、怪我《けが》をした人間の負荷にならないようリハビリ用に使われるケースが多い。清潔な水場が至る所に存在するエンフィール王国なら、わざわざ訓練用や娯楽用に水泳場を用意する必要はないだろうが。

水捌《は》けの良い石畳が並べられたプールサイドも広く、休憩用の椅子やテーブルも並べられていて、男の視線を気にする必要がないからか、水泳場の周囲は簡単な柵で囲われているだけで風通しも良い。

利用する人間は少ないとは聞いていたが、ゼロではないようで午前中という早い時間でありながらも、今日は気温が暖かく学園も休日ということでちらほら生徒らしき少女と、街の方から来ている年上女性達が水浴びをしていたり、プールサイドに寝そべり日光浴を楽しんだりしていた。

見目麗しい美女、美少女達の水着姿をアルトは堂々と眺める。

「眼福眼福♪　こうして確《しっか》り男としての尊厳ってのを補充しとかんとな」

まさか男の目に晒《さら》されているとは知らず、無邪気に水と日差しを楽しむ乙女達に、アルトはその見た目とは裏腹のニヤケ面を晒す。ここ数日は少女の身体になった影響か、異性に対する性的感情が鈍感になっていたが、水着の乙女達が水浴びをする光景は、忘れかけていた男としての矜持《きょうじ》を呼び覚ましてくれる。

「更衣室じゃロザリンに視界を奪われちまったからな。水着姿くらいは堪能させて貰《もら》うぜ、うっしっし♪」

「……アル。邪悪な気配が、沸き立ってる」

「失礼なことを言うな。俺は紳士……っと」

呆《あき》れたような声を背後からかけられ、締りのない顔の頬を両手で押さえながら振り向くアルトは、想像以上の光景に目を丸くして感嘆を飲み込む。着替えを終えて更衣室から出てきたのは、ロザリンを始めとしたプールへと誘った学園の女生徒達だ。

「うっざいテンション。どんだけプールが好きなのよ」

「やれやれ。うるさく言いたくはないけれど、あまりはしゃぎ過ぎないように」

「う、ううっ。日差し、ひ、人様の目が……は、恥ずかしいぃ」

テイタニアは呆れながら、風紀委員のニィナは厳しい視線を水泳場に向けながら、図書委員のクワイエットは慣れない場所と恰好《かっこう》に怯《おび》えながら姿を現す。三人共、アルトと同じスク水姿だ。

「なるほど。こいつは中々に……」

ついつい少女であることを忘れ、アルトは三人の姿を凝視してしまう。

「な、なによ。別に珍しくないでしょ。同室なんだから」

テイタニアの裸体は何度か目撃しているが、水着姿となるとちょっと印象が違う。特別、スレンダーだったりスタイル抜群という訳ではないが、適度に鍛え上げられた身体つきは肌に張り付く水着だからこそ栄《は》える。ただ、水着姿の状態でもマスクをしているのはどうかと思う。

「き、気のせいかしら。なにやらよこしまな視線が……」

ニィナの水着姿も味わい深い。真面目が服を着たような彼女の水着というだけで価値はあるが、きっちりと前髪をピンで留めて露わになったおでこの他、長い黒髪を後ろで縛ってポニーテールにしているのは、普段とはまた違った雰囲気を醸し出している。

「ううっ。図書室に戻りたい……」

クワイエットの水着姿は凶悪だ。圧倒的なまでの胸、尻の大きさから制服姿でも中々にけしからん姿だったのに、スクール水着になると狂暴性が増す。サイズが若干小さいのか上と下がはち切れそうで、特に胸の名札は名前が歪《いびつ》になってしまうほど。そこに恥ずかしげな表情も加わるモノだから、ここに男がいれば一斉に群がっていたことだろう。唯一、残念な点といえば寝不足なのか、目の下の隈《くま》が随分と酷いことになっていた。

「わっはっは！　お前ら似合ってるじゃねぇか」

三者三様の反応を楽しげに眺めてから、視線を三人の背後へと向ける。

「残りの連中はどうしたんだよ。まさか、逃げたんじゃねぇだろうな」

「ちゃんと着替えたのは確認している。流石《さすが》に私達と肩を並べるのは嫌がったのだろう」

答えたのはニィナで、腕を組み不機嫌そうな表情からは不満が窺《うかが》える。嫌がったのは彼女も同じなのだろう。つまりは更衣室を出るタイミングをずらしただけで、残りの面々も待たずに三人が来た方向から姿を現す。

瞬間、何も知らない水泳場の女生徒達はざわめく。

「まったく。次に会ったら決着をつけると言った昨日の今日で、どういった状況だ」

「まぁまぁ、オルフェちゃん。それを言ったらあーしの方がどの面《つら》下げてぇ、って感じだし、気楽にいこうよ」

「……お二方は構わないのでしょうが、わたくしが何故、この場に呼ばれたか疑問ですわ」

現れたのは不機嫌ながらも歩き姿、佇《たたず》まいで確《しっか》りアピールをするオルフェウス。以前より少しやつれた風ではあるが、変わらない人懐っこい笑顔を見せるアントワネット。そして場違いを感じ取ってか、居辛そうな表情のクイーンビーだ。

生徒会役員にプラスの一人。存在感もそうだが何より目立つのは、彼女らの水着が学園指定のスクール水着ではなかったから。

「おおっ。いいねいいね、全員同じじゃ味気ないって思ってたところだぜ」

思わずテンションが上がるアルトに、何人かの不審そうな視線が突き刺さる。

「別に指定されているだけで義務ではない。貴様らが無頓着なだけだ」

そう言うオルフェウスの恰好《かっこう》は意外にも際どい。ハイカットの身体の線にぴったり張り付くような競泳水着で、動きやすさを重視した作りは手足の長いオルフェウスに似合っていた。普段は中性的な魅力を意識した振る舞いをしているオルフェウスも、女性らしさがハッキリとわかる恰好を見ると、改めて美少女であると認識できた。

「やっぱ、人前に出るんならオシャレしないとね。ま、向けられる視線が刺々《とげとげ》しいのは、あーしの自業自得なんだけどさ。でも、水着は可愛いっしょ♪」

アントワネットの水着はビキニタイプ。この中では一番、露出度が高い。彼女の性格からセクシー系より可愛い系を選ぶと思っていたが、ピンク色のシンプルなデザインながら髪色と一致していて統一感がある。スタイルこそ両サイドの二人に負けるが、見られることに馴れているからか、並んでいても決して見劣りはしていない。

「はぁ……負けた上にこのような場所で辱めを。屈辱ですわ」

お嬢様らしく肌を晒《さら》すことに抵抗があるのか、クイーンビーは憂鬱そうな表情で文句を垂れている。の、割には用意したのはビスチェ風の水着。モノトーンの落ち着いた色合いはセレブリティに溢《あふ》れ、水練という用途には不釣り合いではあるが、無用な露出を避け、かつ自身を美しく魅せようという姿は、彼女なりの矜持《きょうじ》が見え隠れしていた。

此方《こちら》も三者三様、水着が違うこともあり個性がより際立っている。

「残りの二人は流石《さすが》に来なかったか。ま、ほいほいと誘いに乗ったお前らが変わりモンってだけだな」

「誘っておいて何て言い草だ……否定はせんがな」

自分でもどうかしていると思っているのか、普段のような刺々《とげとげ》しさは薄く、どちらかと言えば校舎裏の花壇で会った時の雰囲気に似ていた。

最初の三人とは距離を取りながら、オルフェウス達は一人前に出ているアルトに近づく。

「ウツロ様からの伝言だ。『存分に楽しんでください』だそうだ。言っておくが、決して嫌味の類ではないぞ。興味がないだけだろうがな」

「あの生徒会長様がどんな水着を選ぶのか、興味あったんだけどな。もう一人は？」

「一応は連絡はしたが、遠慮するの一言だけだ」

「あはは。仮面ちゃんが、こんな人の多い場所に来るわけないよねぇ」

そう言ってアントワネットは笑う。仮面の生徒会役員は多分、来ないだろうと予測は立てていたが、ウツロまで断ってきたのは意外だった。餌も用意してあったし、てっきり二つ返事で来るモノだと思っていたが。ただ、他の面々にとっては逆に、来ないと思っていた人間が姿を現したことに、驚きと戸惑いが隠せない様子だった。

「オルフェちゃんから連絡貰《もら》った時は、何事かと思ったよ。正直、呼び出されて殺されるモンだと疑ったけど……よく許可が下りたよね。あーしが言うのも何だけど」

悪びれることなく肩を竦《すく》めるアントワネットに、特に風紀委員長のニィナが厳しい視線を投げかける。彼女がやらかした行いを鑑みれば、事情を知る人間ならば嫌悪感を懐《いだ》くのは当然だろう。だが、それらを全部承知でアルトは彼女を誘った。

「ちゃんと暴力メイドと学園長の許可は取ってる。俺もお前の行いを認めるつもりはねぇが、中身は最悪だとしても見た目は悪くない。折角のプールだってのに、賑やかさに欠けてちゃつまらんからな」

「……もしかして、ボク達を誘ったのは」

「勿論《もちろん》、目の保養の為だ。水着美少女は何人いても困らないからな。わっはっは！」

腕を組んで満足そうに笑うアルトに対して、ほぼ全員が同じ感情を懐きながら大きくため息を吐きだした。特にロザリンなどは露骨に嫉妬が表情に出ていて、むくれて頬が大きく膨らんでいる。

視線に気が付き咳《せき》払いをしてから、誤魔化すように更衣室の方を見る。

「ってか、最後の一人はどうした。まさか、逃げたんじゃないだろうな」

「逃げるわきゃないでしょう。イラつくことを言うな」

苛々《いらいら》が滲《にじ》む声色と共に更衣室の扉が、蹴破られるような勢いで開き、中から姿勢が悪い猫背の少女が姿を見せる。眩《まぶゆ》い日差しを手の平で遮りながら、うんざりとした様子で足を引き摺《ず》るよう歩く姿……いや、彼女の恰好《かっこう》にアルト以外が絶句した。

「おお、思ったより似合ってんじゃん。見違えたぜ」

「はぁ？　うざ。こんな下着みたいな恰好に、似合うも似合わないもないでしょう」

言いながら現れた少女ミュウは、水着の肩紐《かたひも》に親指を引っ掛け引っ張った。

「別に全裸でも構わなかったけど、そこの雌共がうるさいから従ってやったわ」

羞恥心皆無のミュウの物言いは着用している水着に現れていた。種類的にはアントワネットと同じビキニタイプだが、彼女の場合は上に『マイクロ』という言葉が入る。見えてはいけない部分だけを隠したマイクロビキニは、水着とされているが実質ヒモだけのようなモノで、それを平然と着ている様子に女性陣は信じられないといった顔をしている。

しかし、日差しとは無縁の真っ白な肌は、露出が多い方が逆に神秘的で日の下ならば淫《いん》靡《び》な雰囲気は感じさせないし、そのままだと引き摺《ず》って歩くほど長い髪の毛を、大きな一本の三つ編みに纏《まと》めた姿は、あの凶悪だった天楼の狂犬とは思えない可憐さを作り出している。

もしも、彼女の父親がこの姿を見たら、はたしてどう思うだろうか。

「……へっ、クソ爺《じじい》め。地獄で後悔してやがれ」

誰にも聞こえない声で呟《つぶや》いていると、ミユウは睨《にら》みを利かせながら大股開きで此方《こちら》に近づいてきた。少女の身体だとミユウの方が身長は高いので、人を射殺せそうな鋭い眼光は上の方から注がれる。

「で？　わたしをこんな不快な場所に連れ出してなんのつもりか、いい加減教えて貰《もら》えるんでしょうね」

「そりゃお前、プールに来たらやることは一つだろ」

「はぁ？　──って⁉︎」

訝《いぶか》しげな顔をするミユウの脇の下に手を滑り込ませると、そのまま引っこ抜くように真後ろに広がる水槽目掛けて力任せに放り投げた。

「ぐだぐだ言ってねぇで泳いできな！」

「テメェころ——ごばぁ⁉」

怒りに任せての暴言は、頭から突っ込んだ水の中に水柱を立てて飲み込まれた。

「——ちょ⁉　危険行為は風紀委員長として見過ごせないわ。水に入る前にちゃんと準備運動をしなさい！」

「ツッコむ部分、それ？」

テイタニアが他人事《ひとごと》のように一歩引いた位置にいるが、アルトの魔の手はそんな彼女らにまで伸びる。

持ち前の運動能力を無駄に生かし、油断している二人の背後に回り込む。

「関係ないですって面《つら》してんな。ほら、お前らも行ってこい！」

「——きゃっ⁉」

「——わっ⁉」

水着の後ろ側を掴《つか》まれ隙を晒《さら》していた二人も、プールへと投げ飛ばされた。流石《さすが》は学園指定の水着だけあって、乱暴に引っ張っても破れるどころか生地が傷むこともなく、二人は放物線を描いて水面へと落下、二つ分の水柱を立ち昇らせた。

唖然《あぜん》とする一同。次にアルトの視線は、そんな彼女達に向けられる。

「え、えっと、わたくしはぁ……あまり身体が強くありませんので、ゆっくり爪先から」

「まぁまぁ、遠慮すんな――って！」

「――きゃわ⁉」

クワイエットの足を払い仰向けに倒れる背中を腕で支え、同じく膝裏を抱えるとお姫様だっこの形から、ぽーんとプールへ向けて落下させた。一応、前の頑丈な連中とは違うので気を使い、優しく放ったつもりだったが、本人には伝わらず事件性を感じさせる悲鳴と共に大きなお尻から着水する。

「さぁて、次は……」

続いて視線を向けられたオルフェウスは、ビクッと身体を震わせながらも、拳を握り迎え撃つよう臨戦態勢を取る。

「ふん、馬鹿めが。ボクが易々《やすやす》と投げられるわけ……って、おい⁉」

油断のない構えを向けていたのはアルトだけ。それが仇《あだ》となってしまい、真横のアントワネットに対する警戒が疎《おろそ》かになっていた所為《せい》で、隙を突いた彼女に後ろから抱き着かれてしまった。

「何をする貴様っ⁉　悪ふざけも大概にしろっ‼」

「ふっふ～ん、残念でした。あーしは面白い方の味方なのだ」

オルフェウスは引き剥《は》がそうとするが、背中に引っ付かれただけでなく、後ろから伸ばされた手で両手を握られ強引には振り払えない。ギャルと麗人が汗ばんだ肌を寄せ合い身を捩《よじ》っている間に、アルトは素早く正面へと回り込む。

「いいぞピンク頭。そのまま確《しっか》り捕まえてろ！」

「おけまる。盛大にやっちゃってぇ！」

「——やるな馬鹿者共がっ⁉」

身を屈《かが》ませて足の間に腕を通し、上体を起こしながら二人同時に持ち上げると、重なり合う状態で水の上へとぶん投げた。悲鳴と歓喜の声が入り混じり、二人分のひと際大きな水飛沫《しぶき》に水面が激しく波打った。

続けてアルトの視線はこっそり逃げようとしていたクイーンビーに向けられる。

「おいおい。尊敬する先輩も飛んだんだ、お前が飛ばない道理はないよなぁ」

「え、遠慮いた——ってきゃあああ⁉」

逃げ出そうとしたクイーンビーを、問答無用とばかりに背後から腰に腕を回す形で拘束、上半身を思い切り後ろに反らしながら、投げっぱなしでプールへと落とした。反射的にそうしてしまったのか、意外にノリが良かったのかはわからないが、投げる直前でクイーンビーの方から地面を蹴っていたので、思った以上の飛距離でぽちゃんと着水する。

「ふぅ……満足」

一仕事終えたアルトは額の汗を拭いプールを見回す。殆《ほとん》ど自分から飛んだアントワネットが、笑いながらバタ足で泳いでいる以外は、水面に思い切り身体を打ったのか、水死体のようにぷかぷかと漂っていた。

ちょっと調子に乗り過ぎたか。と、一抹の不安が宿るアルトの頬を、横から何者かが突っついてくる。顔を向けると頬に人差し指を突き刺して、ロザリンが非難するような目を向けていた。

「アル」

「にゃ、にゃんだよ」

「私」

「は？」

「まだ、私が、残っている」

いったい何のヤキモチだよ。といつもの調子で軽口を言いかけるが、普段とは違う水着姿のロザリンを前にすると、何故《なぜ》だかわからないが躊躇《ちゅうちょ》される。

（と、言うか……）

改めて見ると大人のロザリンは中々に、中々だった。水着を身に着けている以外は髪形など、特に普段と変わった個所はないのだが成長し大人びた見た目とでかい胸は、言いたくはないがある種の胸の高鳴りを覚えてしまう。

「……ロザリン相手に馬鹿な」

　生まれかけた煩悩を頭を左右に振って追い払ってから、アルトは距離を取るように飛び退《の》くと、軽く屈《かが》んで自分の膝をペシッと叩《たた》いた。

「よし、来いロザリン！　お前が言い出したんだ、盛大に飛ばすぞ！」

「うん！」

　嬉《うれ》しそうに頷《うなず》いたロザリンが熱せられたプールサイドの石畳を蹴ると、勢いに乗せて小さく跳躍、屈んだ態勢で構えたアルトの両手に足を乗っけた。

「そ――ッ！」

「――れっ！」

　持ち上げるタイミングに合わせて跳躍。今までで一番の高さと水柱を上げて、ロザリンはプールに落ちて行った。大きく波打つ水面。浮かんでいるミュウ達が波に揺られる姿は、噴き出しそうになるほど滑稽だった。

　そうやって笑っていた所為《せい》か、浮かんでいる人数が少ないことに気づけなかった。

　腹を抱えて笑ってから、そろそろ自分も水に飛び込もうと一歩踏み出した瞬間、プールサイド近くの水面から水飛沫《しぶき》を上げ、二人分の影が大きく跳躍してきた。

「……げっ」

　テイタニアとオルフェウスの二人だ。

「アルトぉぉおっ‼」

「よくもやってくれたなぁぁっ‼」

投げられた衝撃でマスクが外れ、素顔に怒りの形相を張り付けるテイタニアと、同じく荒ぶる怒りの感情のまま、半獣人化したオルフェウスの二人は、プールサイドに立っているアルトに襲い掛かった。

不意打ちに近い形だがそこは水の都での生活が長いアルト。水場での戦いはお手の物だ。

「へっ、舐《な》めんな、よっと！」

正面に駆け出しそのままプールの中へ。飛び込まずに素早く足だけを動かし、水面を蹴るように歩行する。奇襲が失敗した二人はプールサイドの石畳に降り立ち、全身をずぶ濡れに濡らす水で足元の色を変えていた。

「チィッ、水面歩行か。小賢《こざか》しい」

オルフェウスは振り返り、忌々《いまいま》しいモノを見る目を水面を走るアルトに向けた。

「わはは！　俺が王都でどれだけ、カトレアから逃げる為に水路を……ごばっ⁉」

調子よく逃げていたアルトだったが、不意に水面から伸びた手に足首を掴《つか》まれ、水の中へと引き摺《ず》り込まれてしまう。プールの水槽は想像していたよりも深く、アルトの全身を飲み込んでも尚、床にまで足が届かない。周囲の喧噪《けんそう》は消え耳にはこぽこぽと、気泡が昇っていく音だけが聞こえる。思わず吐き出しそうになる空気を、手で押さえている内に、足を掴んだ手は縋《すが》りつくよう徐々に太腿、腰、胸と昇ってきた。まるで幽鬼に取り憑《つ》かれたかのような不気味さに、身体が水以外の寒さで粟《あわ》立つ。

（な、なんだぁ？　学園のプールには、水霊でも住んでやがるのか？）

「ごぼごぼごぼぉ……⁉」

耳元に助けを求めるような水音。そして背中には水着越しでもわかるほど、柔らかでたわわな膨らみが感じられた。

「……っぷはッ⁉」

何とか二人分の重さをバタ足で水面まで引き上げ、アルトは顔を出すことに成功する。

新鮮な空気を荒い呼吸と共に吸い込んでいると、頭の直《す》ぐ後ろで引っ付いている誰かが激しく咳《せ》き込みながら、ぐずぐずと鼻を鳴らしている音が聞こえた。

「ご、ごわがった……お水がこんなにも恐ろしいなんて、わたくし知りませんでじだぁ」

「お前、クワイエットか。おい、泳ぎ辛いから離れろ」

「ご無体な。泳ぎは不慣れで御座います故に、後生ですから後生ですからぁ」

涙声でそう言いながら、クワイエットは振り解《ほど》かれまいと身体を押し付ける。

「……むっ」

ぐいぐいと背中で主張するクワイエットの膨らみ。

「……むむっ」

足が付かない深さが不安なのか、彼女の両足はアルトの左足に絡み付く。

「……むむむっ」

極めつけは耳元で聞こえる苦しげな吐息。本人にそのつもりはないのだろうが、艶《あで》やかで艶《なま》めかしい息遣いに加え、必死な所為《せい》なのか元々体温が高いのか、ほんのりと熱を帯びた柔らかい身体を隙間なく密着させられると、女体化したことで忘れかけていたアルトの男としての性が、むくむくと刺激されてしまうのも致し方ないだろう。

見回せば周囲は水着の美少女達。少女になったことで認識が鈍くなっていたが、もしかしたらここは男にとってパラダイスなのかもしれない。

「やばいな。ここに来て初めて、楽しくなってきやがったぞ」

なんだかいけないことをしている気分になってきて（実際、物理的に危ないことをやっているのだが）、思わず口元がだらしなく緩んできてしまう。

それも一変。物凄《ものすご》い殺気がアルトの足元、水の中から発せられた。

次の瞬間、プールの水が全体で震えるほどの圧と共に、アルトがクワイエットに引っ付かれ、立ち泳ぎをしている場所に噴火するような水柱が立ち上る。泳いでいたり、プールサイドで遠巻きに眺めていたりした乙女達から悲鳴が漏れ、舞い上がった水柱は上空で大きく霧散し、豪雨のような勢いで周辺に降り注いだ。

舞い散る飛沫《しぶき》と粒の大きい霧がプールの上に漂い、通り抜ける陽光が虹を作り出す中で、浮遊しているのは水柱に舞い上げられたアルトと、背中に抱き着いた状態で目を回すクワイエット。そして原因であるミュウが空中で対峙《たいじ》する。

「テメェこのドブスがっ‼　よくも舐《な》めた真似してくれやがったな！」

「よう、狂犬。水を被ったおかげか、調子が出てきたじゃねぇか」

「ああ、テメェをぶち殺せる程度にはねぇ‼」

足裏に集めた魔力で器用に空中を蹴り、拳を固めてアルトとの間合いを一気に詰める。

しかし、空の上では自由自在とまではいかず、小回りの利かないミュウが間合いに入ったタイミングで、アルトは彼女の肩を手で掴《つか》み、一回転しながら勢いをつけて背後へと逃げる。

「いいぜ、折角の水場だ。元気よく遊ぼうじゃねぇか……テイタニア！」

大声で名前を呼んでから首に回っている手を掴み、背負い投げの要領で目を回し脱力しているクワイエットを、プールサイドで此方《こちら》を見上げているテイタニアを目掛けて投げ飛ばした。既に気絶寸前のクワイエットの口からは悲鳴は漏れなかったが、自分の状況は理解している様子で、懇願するような青ざめた顔をテイタニアに向けていた。

「〜〜〜っっっ⁉」

「マジで頭を日差しでやられたんじゃないの⁉」

慌てたのはテイタニア。急いで位置を調整して飛んでくるクワイエットを受け止めた。

　上空ではそのままアルトとミュウがバトル。空中で互いの手を掴《つか》み合った力比べの状態で、重力に引っ張られプールに戻っていくと、再び大きな音と水柱を上げた。水中でも怒り心頭のミュウは止まることなく、人魚のような俊敏な動きでアルトの周囲を泳ぎながら、蹴りや拳を打ち込んでいく。

　その動きは水の中とは思えないほど俊敏で正確だ。しかし、アルトだって負けてはいない。水中戦は以前に王都で経験済みだ。水に阻まれ動きづらい上に息苦しい状態であっても、最小限の動きで冷静にミュウの攻撃を捌《さば》いていく。彼女は覚えていないだろうが、ミユウとは王都で何度も戦った。あの時の殺意に満ちた本気の殺し合いに比べれば、怒り心頭ながらこの場での戦いは児戯に等しいだろう。

　退廃的で常に苛々《いらいら》していて、他人どころか自分の命すら顧みなかったミュウが、マイクロビキニ姿で大暴れする姿なんて初めて会った時は想像もしていなかった。記憶を失い奴隷ちゃんと呼ばれ、ウツロに虐待紛《まが》いの飼育を受けていたのにも拘《かか》わらず、今のミュウは以前のように自らの狂気に振り回されることなく、感情をコントロールしているようにも思えた。

　激しく拳を打ち合いながら浮上した二人は、水面に顔を出し息を吸いながらも、両手はがっぷり正面から握り合っている。

「やるじゃねぇか。飼い犬生活が長すぎて、鈍《なまく》らになったかと思ってたぞ」

「うるさいっ！　苛々するから得意げに、昔のわたしのことを語ってんじゃねぇぞ！」

腕に血管が浮き上がるほどの力比べは拮抗《きっこう》している。このまま水中へと戻り第二ラウンドが始まるかと思いきや、横入りする人影が水面に映り込む。

「プールで暴れるのは止めなさいっ、風紀に反するわよ！」

「次こそ貴様を水底に沈めてやる！」

水面を両手で左右に掻《か》き水を割りながら迫るニィナと、プールサイドから跳躍して蹴りの構えをとるオルフェウス。犬猿の仲である二人が呼吸を合わせたわけもなく、相性が悪い癖にタイミングだけはバッチリだったのが仇《あだ》となって、反射的に手を離し迎撃に回ったアルトとミュウを巻き込んで盛大に衝突。離れて泳いでいた生徒が爆《は》ぜる水飛沫《ひぶき》に、プールサイドに押し出されるほどの波と衝撃を生み出した。

そこからはもうお祭り騒ぎだった。

沸点の低いミュウは喧嘩《けんか》を売られたと思い込み、ニィナやオルフェウスにも遠慮なく殴りかかっていく。オルフェウスも元からミュウに対して好印象は懐《いだ》いていなかったから、望むところだと迎え撃ち、喧嘩を止める為と言いながら武力行使に躊躇《ちゅうちょ》がないニィナの所為《せい》で戦闘は拡大。

何気に戦闘に対しては積極的なテイタニアや、面白がって首を突っ込むアントワネットも参戦してもう収拾が付かない状況。その癖、最初は戸惑い気味の様子だった他の面々も、徐々にガーデンの乙女としての戦闘本能を刺激されてしまったのか、気が付けばほぼ全員を巻き込んだ大乱闘にまで発展してしまった。

戦闘に参加していないのは、目を回して気絶しているクワイエットと、彼女を介抱する為に木陰まで引っ張ったロザリンとクイーンビーの三人だけだ。

青い顔でうんうん唸《うな》るクワイエットの額に、水で濡らしたタオルを畳んで置いてから、一息ついてプールの方を見る。激しく波打ち水泳場の敷地外まで飛沫で濡らし、極めつけは中央で水竜巻まで発生している状況に、ロザリンは目を細める。

「う～ん、みんな、楽しそう」

「ええっ⁉」

私物の扇子でクワイエットを扇《あお》ぎながら、クイーンビーは信じられないという顔をした。

戦闘行為は一時間近く続き、最終的には騒ぎを聞きつけた教師からの報告により乱入してきたクルルギの一撃で、全員がプール外に吹っ飛ばされてから、正座させられお説教を喰《く》らうことでひとまずの収束を得るのだった。

その後は普通に水泳や水浴び、日光浴を楽しんだ。

お説教の後は暴れた所為《せい》で散らかった個所を皆でお片付け。終わった頃にはちょうどお昼時になっていて、全員でお弁当をプールサイドで食べた。クルルギが用意してくれた物なので味は抜群。仲良く膝を突き合わせて和気あいあい、という雰囲気ではなかったが、それでも風紀委員と生徒会が顔を突き合わせて殺し合いに発展しなかったのは、午前中に散々、暴れたからだろう。狙ってやったのか、ただはしゃいでいただけなのか。特に語られてはいないが、ロザリンは半々だと睨《にら》んでいる。

時刻は午後になってもこの謎《なぞ》の交流会は続き、打って変わってまったりとした時間が流れている。

最初は乗り気ではなかったオルフェウスも、気が付けば彼女を慕う女生徒に囲まれ、泳げない彼女らの為に指導をしたり、一緒に泳いだりしていた。アントワネットは数日前のやらかしと敗北の所為か、表面上はともかく内心では気後れしていたのか、何処《どこ》か距離を取っていたが、天性の人懐っこさもあって気が付けば人の輪の中に馴染んでいた。

その一端には事情を知っているのか知らない天然なのか、意外にもクイーンビーの後押しがあったのだから、やはり拳を交えるだけでわかる人となりなど一部なのだろう。

オルフェウス以上に気乗りしていなかったクワイエットだが、脱力していれば浮かんでいられることを学んだ彼女は、ぷかぷかと水面で仰向けになっている姿は気持ちよさげだった。やはり胸と尻が大きいから浮かび易いのかもしれない。

似たタイプなのはロザリン。彼女はプールの縁に腰掛け、足だけ水に浸しながら仰向《あおむ》けに寝そべり日光浴をしている。

森生まれの彼女にとっては水浴びよりも、日の光を浴びる方が慣れた行為なのかもしれない。魔女に日光浴が相応《ふさわ》しいかどうかは、疑問が残るところだろうが。

一番、奇妙な楽しみ方をしていたのはミュウだ。浮かぶことを好むクワイエットとは正反対に、彼女は水底が気に入った様子。

浮かばないように肺の空気を全て吐き出しながら、見た目よりも深いプールの水底まで器用に沈むと、そのまままだ水の冷たさと圧迫するような静寂に身を委《ゆだ》ね、息が苦しくなったら浮上して空気を満たしてからまた沈んでいく。何が彼女の琴線に触れたのかは不明だが、午後はずっとそれの繰り返しだった。

そしてアルトとテイタニアは二人でベンチに座り休憩をしていた。ベンチの後ろには木が植えてあって、木陰となり日差しを遮ってくれているので、泳いで疲労が溜まった身体を休めるのにはちょうどいい。二人はクルルギが用意した果実の氷菓（固めた氷菓に棒を突き刺した物）を齧《かじ》りながら、ぼんやりと賑やかなプールを眺める。

「美味《うま》いなこれ。真夏とかは毎日、家に常備して欲しいぜ」

「溶けるでしょ。冷凍保存しとく手間の方が高くつくわ」

アルトはミルク味、テイタニアはオレンジ味の氷菓をそれぞれ味わう。二人共、直前まで泳いでいたので肌はしっとり湿っていて、水を吸ったスクール水着も色が変わり、滴《したた》る

雫《しずく》が座っているベンチを濡らす。普通に運動するより疲労している身体には、甘く冷たい氷菓が染み込むようだった。

僅《わず》かな沈黙。氷菓を半分まで食べた頃、テイタニアは言葉を紡ぐ。

「今日はいったい、なんのつもりよ。皆をこんな場所に引っ張り出して」

「別に。俺は王都での暮らしが長かったからな。水が恋しくなっただけだ」

「なら、生徒会の連中まで呼ぶ必要、なかったじゃない。学園長にまで頼み込んで、軟禁中のアントワネットまで引っ張り出して。ウツロにも声をかけたんでしょ」

信じられないといった風の視線が、氷菓を齧るアルトの横顔に刺さる。

「誘わなかったら拗《す》ねるだろ、絶対に」

「にべもなく断られたっぽいけど」

「誘われた上で断りたいんだよ、ああいうタイプは。正直、アイツがいれば来るんじゃないかなぁって思ったんだが……」

プールの方を見るとちょうど、沈んでいたミュウが浮かび上がってきていた。

「当てが外れたな」

「もう、あの娘には興味ないってこと？」

「それもどうかね。何だかんだ、執着心は強そうに思えるし……そうでなけりゃ、腕っぷし一本だけで生徒会長なんぞになれんだろ」

ウツロが誘いに乗らなかった理由は、本音の部分ではわからない。だが、昨日一日、ウツロに関して色々と調べ回った結果、彼女に対する見方は大きく変わっていた。少なくとも心の機微がない、完全無欠のからくり人形のような人物ではなく、ウツロはウツロなりに考え、悩み、そして絶望を経験している。そのウツロが現在、唯一といってよいほどの執着を見せているミュウには、本人しか知らない、あるいは本能に訴えかける何かしらの理由が存在するはず。

要するに大事なミュウを取り上げられて、ぶんむくれているだけ、かもしれない。

「ともあれ、肝心のウツロがいないんじゃ、今日はただ楽しく泳いだだけってわけね」

「……いや、そうでもねぇさ」

「え？」

予想外の言葉に驚くようテイタニアは此方《こちら》を見る。アルトは氷菓を最後まで食べ切り、残った木の棒で彼女の顔、口元を指した。

「マスク、してない方がやっぱ眼福だぜ。レイナ＝ネクロノムス」

「……っ⁉」

不意を突かれて驚いたテイタニア……いや、レイナの手から氷菓が落ちる。反射的に自身の顔を隠そうと動くが、その手は素早くアルトに掴《つか》まれて制されてしまった。振り解《ほど》こうとするが、がっしり手首を握られ微動だにしない。

「見破られるわけないって高を括《くく》って、咄嗟《とっさ》に否定の言葉も出なかったか？」

動揺の色を瞳に滲《にじ》ませながらも、レイナは此方《こちら》を睨《にら》み付ける。

「どうして、その名前を……？」

「図書室の資料で見つけたのさ。魔術で複製した物じゃないオリジナルをな。おかげでクワイエットを寝不足にさせちまったぜ」

「……っ」

悔しそうに下唇を噛《か》む。

「下手《へた》な動きはしてくれるなよ。俺だって同じ釜の飯を食った奴《やつ》の首を、圧《へ》し折りたくはねぇからな」

「……いつ、気づいたの？」

「別に俺が何かしら異変を気取《けど》ったわけじゃないさ。正直、隠し事はしているだろうが、ここまで大それたことだとは想像もしてなかった。気が付いたのはロザリンさ」

言われてレイナはプールの縁で寝そべるロザリンに視線を向ける。

「アンタを探ってる奴《やつ》がいたんだと。アカシャって名前、本当は聞き覚えがあるだろ」

無表情を保つように顔を背けるが、揺れる瞳が言葉より雄弁に語っていた。

「その反応だと聞き覚えは十分あるようだな。まぁいいさ。そっちの方は後回しにして、ずばり本題に入らせて貰《もら》うぜ。レイナ……」

肌に心地よかった涼しさが、一気に肌寒さへと変わっていく。握る手首から彼女の体温が冷たいことが伝わるが、それでもアルトは真実に進むことを止めはしない。

「レイナ＝ネクロノムス。アンタが、いや、正確にはアンタが持ってる魔剣ネクロノムスが、外敵因子の正体だな？」

「…………」

確信に踏み込む問いかけに数秒の沈黙の後、レイナは大きく息を吐き出した。

「正解よ。やっぱり貴女《あなた》は、変わり者だわ」

抵抗はしない。そう示すように手首を握られた腕を脱力し、ぷらぷらと手の平を揺らしたので、アルトは暴れないか警戒しながら離す。力を込めた所為《せい》で赤くなった個所を、レイナは軽く指先で撫《な》でる。

「魔剣ネクロノムスは概念を喰《く》らう。学園からテイタニアの概念を喰らい、その一部をわたしに宿して、更に知恵の大樹の情報を喰って上書きした」

「本物のテイタニアが元から学園の生徒なら、友人や顔見知りがいたはずだ。そいつらに気取《けど》られなかったのも、魔剣の力なのか？」

「そうよ。認識の阻害だから、想像するほど便利じゃないけど」

魔剣ネクロノムスの特性は概念を喰らうだけで、喰らった情報の一部を自らに宿すのは副次的効果でしかない。本物のテイタニアになれる訳でもなければ、姿形を誤魔化せる訳でもない。あくまでテイタニアという存在の一部を得ることで、他者の認識を誤魔化しているだけに過ぎない。

わかりやすく説明するならば、何か違うような気がするが、それが何かはっきりとわからない状態。何か切っ掛けがあれば一瞬にして瓦解《がかい》する、不安定な状態でレイナは自らを偽っていた。

「何処《どこ》で感づかれるかわからないから、なるべくなら肌、特に顔の露出は減らしたかった」

「だから、常にマスクをしてたのか」

「テイタニアが学園生活を送っていた期間が、短かったのが幸いしたわね。そこまで親しい友人がいなかったから、わたしの正体が見破られずに済んだ。魔剣使い、なんて呼ばれてたのは、他の連中のテイタニアへの印象が、薄かったからでしょ……全然、嬉《うれ》しくはないけどね」

そう語るレイナは悲しげだった。状況だけ見れば他人の人生を乗っ取った、とんでもない人間に思えるだろうが、彼女のテイタニアに対する感情は好意的なモノで、親愛の情を感じ取ることができる。

「なぜこんな真似《まね》をした。お前の目的はなんだ?」

一番聞きたい質問に、レイナは避けるよう視線を逸《そ》らす。

「レイナの情報は図書室の資料に、学生として記されていた。なのになぜ、存在を偽る必要があった？」

「そんなの……決まってるじゃない」

堪《こら》え切れない感情が、声の震えとなって溢《あふ》れる。

「テイタニアを、わたしの親友を探す為よ……このガーデンで行方不明、ううん。ガーデンに消されたテイタニアをっ」

「消された？」

物騒な物言いだったが、迫真の表情からは嘘《うそ》や詭弁《きべん》とは思えない。

「テイタニアとわたしは同じ南方生まれの幼馴染みで、彼女はガーデンで強くなることが夢だった」

怒りと悲しみに故郷への憧憬を懐《いだ》き、レイナは震える声で語り始めた。

レイナとテイタニアは南方の群島諸国の生まれで、ナラカと呼ばれる海賊船団の中で育った。歳が近い女の子同士ということもあって、二人は当然のように仲良くなったいわゆる幼馴染みの間柄だ。ナラカという海賊船団は独立心が強く、南方の多くの侵略者達と戦ってきた経験から、自分達の島々と海を守るべく強さを研鑽《けんさん》していく。当然の流れで二人も戦う術《すべ》、武術を修めることになったのだが、テイタニアという少女は血気盛んなナラカの中でも強さに対する探究心が強く、気が付けば彼女の視線は海の向こう側、大陸へと向けられるようになった。

『いっしょにガーデンへ行こうや』

特別な理由などない。単純に女が強くなれる場所と聞いただけで、テイタニアは笑顔でレイナを誘った。南方の海で生まれ、海で暮らし、海で戦い、海で死んでいくモノだと漠然と思っていたレイナにとって、テイタニアの誘いは驚きだった。

考えはしたし、口でも文句を言ったが正直なところ、誘いの手を握らない理由はレイナにはなかった。強くなりたい負けん気はレイナにもある。

それにテイタニアとなら海の向こう側、ガーデンだろうと知らない土地だろうと、関係なくやっていけると信じていたから。

夢を現実にする為に、ガーデンを目指して二人は故郷の海を旅立つ。順風満帆というわけではなかったが楽しい二人旅だった。だが、運命というモノは残酷に出来ていて、ガーデンへの導きを得たのはテイタニアだけだった。

『レイナ。うちは信じとる、先にガーデンで待っとるで！』

残念な気持ちは当然あった。それでも大海に浮かぶヤシの実がいつか何処《どこ》かに辿《たど》り着くように、流れ続けることを止められないテイタニアは、迷うことなく一人で先に進むことを選んだ。レイナも彼女を見送った。今生の別れならば惜しみもするが、これは一時的な別れ道に過ぎない。そう信じていた。

真実は二度、レイナを裏切った。

テイタニアと別れてひと月後。何とかガーデンへと道筋を見つけ出そうと一人旅をしていたレイナの前に、性格の悪そうな少年が現れた。彼は訝《いぶか》しむレイナにこう告げる。

『アンタのお友達、テイタニアは死んだぞ』

嘘《うそ》だ。レイナは叫びながら年下の少年だろうと構わず胸倉を掴《つか》んだ。しかし、少年はそれなりに場慣れしているらしく、殺気を真正面から受けてもニヤニヤと嫌な笑みは消さず、疑うレイナにある物を突き付けた。

魔剣ネクロノムスとアルストロメリア女学園の制服一式だった。

死んだと言われてもレイナには信じられなかった。何処の誰とも知れない少年の言葉というのもそうだが、あの身体だけでなく心も強かったテイタニアが、強者揃いのガーデンの乙女達を相手にしたとして、易々《やすやす》と殺されるなんて想像もつかない。

信じないレイナに少年は魔剣ネクロノムスを差し出し、柄を握れと囁《ささや》いた。

言葉だけでは信用できないなら、実際に見て確かめればいい。

怪しげな甘言だ。信じるに値しない。しかし、レイナは内心で渦巻く疑惑を消し去ることはできず、言葉では強く否定しながらも手は自然と魔剣に伸びていた。震える指が柄を握り締めた瞬間……レイナは涙を零《こぼ》した。魔剣に刻まれたテイタニアの記憶が、頭の中に流れ込んで来たのだ。記憶は途切れ途切れの上、色褪《あ》せていて、断片的な情報でしかなかったが、テイタニアは何者かに手酷《てひど》く打ちひしがされていた。

それだけならいい。戦って敗れ去り、命を落としたのならば、海賊船団であるナラカの人間としてあり得る最期だ。しかし、魔剣が見せた最後の記憶は、怒りに満ちていた。誇り高き戦いを汚《けが》された屈辱と悲しみが慟哭《どうこく》となって、レイナの耳の奥、魂の奥底まで響き感情が焼き付く。

レイナは理解した。親友のテイタニアはガーデンの何者かに、誇りも尊厳も踏み躙《にじ》られる結果を突きつけられ殺されたのだと。

心は決まった。レイナは魔剣を取り、少年の誘いに導かれガーデンへと足を踏み入れる。ほの暗い復讐の炎を、薄っぺらい布のマスクの下に宿して。


語り終えたレイナは天を仰《あお》ぎ、大きく息を吸い込んだ。

「記憶は断片的で、誰がテイタニアを殺したかわからなかった。でも、あの強かったテイタニアを倒せる相手なんて限られてる」

髪の毛から滴《したた》る雫《しずく》を手で払いながら、テイタニアの視線は何も知らずプールで泳ぐ生徒会役員、オルフェウスとアントワネットに向けられる。殺気を向けるような露骨な真似《まね》はしなかったが、彼女の瞳に宿る疑心の色は晴れない。

「俺には魔剣を持ってきたガキが、都合の良いことを吹き込んだように思えるね」

「善意なんてまるで感じなかったから、利用しようとしてるんでしょうね。でも、それがなに？　少なくともテイタニアが殺されて、誇りを汚《けが》されたのは本当。親友の、仲間の屈辱は絶対に雪《そそ》ぐ。それがわたし達、ナラカの流儀よ」

そう言われてしまっては返す言葉がなく、アルトは胸の前で腕を組む。

「敵討ちの相手、目途はもうついてんのか？」

「ウツロよ。テイタニアを殺したのはあいつ」

迷いのない口調で断言した。

「あの娘。ミュウって子が彼女の部屋で、テイタニアが愛用してた武器を見たって話を聞いた」

「おいおい、それだけじゃ……」

「確実な証拠と言えなくても、何かしら関わってる可能性は高い」

有無を言わせぬ音圧と眼光が否定の言葉を押し留める。

「体験してないアルトにはわからない。魔剣から伝わった記憶は断片だけど、感じ取れたテイタニアの気配は本物だった。アンタも戦士の端くれなら、魂で直接感じる言葉に出来ないなにか、わかるでしょ？」

言いながらレイナは自分の胸の心臓辺りを握った拳で叩《たた》いた。

「親友で仲間で同胞だったテイタニアの敵討ちは、このレイナ＝ネクロノムスが果たす。

わたしがすべきことはそれだけよ」

わからなくはない。わからなくはないから、アルトは胸の内に苛立《いらだ》ちを宿しながら、髪の毛を乱暴に掻《か》き毟《むし》り水飛沫《しぶき》を飛ばす。

「……気に入らねぇな」

「は？」

レイナの表情が険しくなり、僅《わず》かだが殺気が漏れた。

「なに、それ。アンタにわたしの何が……っ⁉」

「気に入らねぇんだよ。テメェも、テメェを都合よく使ってる連中も」

激高しかけるレイナの水着を掴《つか》み、引き寄せた顔を間近で睨《にら》み付ける。

「お前、本当に気づいてないのか？」

「なにが言いたいわけ。意味わかんない」

睨み付ける瞳には怒気と苛立ちが滲《にじ》む。ただ、それだけ。きっと彼女はアルトの言葉が、単純な挑発や哀《あわ》れみにしか聞こえないのだろう。

それならば此方《こちら》に、引いてやる道理は存在しない。

「いいか。聞き間違いしねぇように、ハッキリと言っておく。ウツロとやり合うのは俺が先だ。テメェの出番はない。覚えておけ」

「――なっ⁉　アルト、アンタ……⁉」

激高するレイナを更に引き寄せ、額をぶつけ合いながら更に近距離で睨んだ。

「戦う相手がわかっておきながら、だらだらと先延ばしにしてる奴《やつ》に、譲ってやる気なんて俺にはねぇんだよッ」

「――っっっ⁉」

肩を押しアルトの身体を突き放すと、同時にレイナの平手打ちが頬を叩《たた》いた。乾いた音は一瞬だけプールサイドに鳴り、直《す》ぐに水音と喧噪《けんそう》にかき消される。手加減などしていない平手打ちは、アルトの頬を真っ赤に染め、痺れる痛みに顔を顰《しか》める。だが、瞳に涙を溜めているのは、叩いたレイナの方だった。

「アンタなら、わかってくれると思ってたのに……」

零《こぼ》れかける涙を拭ってからレイナは立ち上がり、石畳を蹴って更衣室の方へ走って行ってしまった。

一人残ったアルトは、痛みで熱を持つ頬を手の平で摩《さす》る。

「怒らせ、ちゃったね」

そんなアルトに声をかけたのは、いつの間にか近づいていたロザリンだ。

「あんまり、意地悪言っちゃ、駄目だよ」

「意地悪なんざ言ったつもりはねぇよ。現実ってモンを突きつけただけだ」

「それが、意地悪」

直《す》ぐ側《そば》に腰を下ろしたロザリンは、水で冷えた手を叩《たた》かれた頬に添える。ひんやりと冷たい手の平が、痛みを伴った熱を癒やしてくれる。

「どうせお前も聞いてたんだろ。正体を隠した黒幕みてぇな面《つら》してたけど、実際は何一つ理解してねぇ大馬鹿野郎だ」

「それは。うん、そうだね」

眉を八の字にした情けない顔でロザリンは頷《うなず》く。元々、テイタニア……もとい、レイナの正体に疑念を懐《いだ》いたのはロザリンの方だ。頭の良い彼女のこと、おおよその推測は立っていただろうに、実際の答え合わせを目の当たりにすると、真実を上手《うま》く噛《か》み砕いて消化できないのだろう。

「言っとくがロザリン、暴《あば》かなきゃよかったなんて眠たいことを言うなよ。俺達の目的は外敵因子だ。そいつの正体があの魔剣だってんなら、相手にどんな理由があろうとやることは変わらん。違うか？」

「ううん、合ってる」

頷くロザリンの表情に迷いはないが、懸念は残るのだろう。

「クワイエットには無茶させちまったがその分、得た物は大きかったぜ。必要な情報は揃《そろ》った。後はそいつを使って、裏でこそこそ動き回ってほくそ笑んでる連中を、根こそぎ日の当たる場所に引き摺《ず》り出してやるさ」

意気込みを示すよう、手の平をパチンと拳で叩いた。

「うん。私も、色々と、知りたいことが、いっぱい」

ロザリンも真剣な表情で頷いてから、賑やかなプールを眺める。

「でも、アル。わざわざ、皆をプールに呼ぶ必要、あった？」

「おいおい、馬鹿なことを言うなよ。あるに決まってんだろ」

馬鹿にするなとアルトは腕を組んだ状態で肩を竦《すく》める。

今日、プールを利用した理由は三つ。

一つはレイナの正体を確実に暴く為。どのような理屈で認識が捻《ね》じ曲げられているのかわからない以上、普通に接触するのは危険が伴う。なのでなるべく人が多い場所で、内緒話がしやすい空間を作り、なおかつレイナに課せられているであろう制限を色濃くする為だ。

「プールなら、肌の露出も多いし、濡れたらマスクも、外さなきゃ、だもんね」

「そうだ。実態を確《しっか》り認識しときゃ、何かされても阻害され難いだろうからな」

「うん。もう二つ目は、ミュウのこと、だよね」

「ああ」

頷く二人の視線がプールのミュウに向く。ちょうど沈んでいるタイミングのようで姿は見えなかったが、ぶくぶくと泡が昇っているので、同じ位置の底にいるのだろう。

「王都で戦った時、あいつの異常なまでの回復……いや、アレは再生能力って言った方がしっくりくるな。それに随分と手を焼かされた。その話をいつかした時、お前はアレのからくりを見抜いたよな」

「うん。見抜いた、っていうより、推測、だけどね」

ロザリンの見立てではミュウの再生能力は水属性に由来するモノ。恐らくはミュウの父親である天楼の首魁シドが、彼女の身体に何かしら、炎神の焔《ほむら》に準じる水神の魔力の結晶体、それもかなり高純度な物を植え込んだ。大精霊に近い魔力が根源となっている、というのがロザリンの見立てだ。そうでなければ致命傷を受けて尚、瞬時に回復するような異常事態は説明がつかない。一方でロザリンはミュウの本来の性質が火属性であることも、魔眼で確認している。天性の苛烈《かれつ》な性格も火属性に由来するモノなのだろうが、そこに反属性である水が植え込まれれば、心身のバランスを崩すのは当然のこと。苛烈以上に狂気に満ちていたミュウの暴力性、執着心、狂気の根源的原因はそこなのだろう。

「あのクソ爺《じじい》も余計な真似《まね》をしやがるぜ」

「ミュウを、プールに連れて来たのは、心のバランスを、保つ為だね」

記憶を失っている所為《せい》なのか定かではないが、今のミュウに以前ほどの狂気性は見出だせない。だが、根本的な問題が解決していない以上、再び心身のバランスを崩して狂気に飲み込まれる可能性は十分にある。

「予防ってわけじゃないが、水に濡れてりゃ多少は効果あるだろ」

ミュウが外敵因子でなかった以上、女神マドエルが彼女をガーデンに招き入れたのは理由があるのだろう。それが何なのかは今のアルト達には知る術《すべ》はないが、大雑把ではあるが愛を語る女神、人の生き方に傾倒する大精霊だ。無茶はさせるかもしれないが、無情な扱いはしないだろう。

「あいつとの決着も、結局は有耶無耶《うやむや》になっちまったからな。元の姿に戻ったら、改めて白黒つけなきゃならんかもしれねぇな」

「そっか……それで、三つ目、は？」

ロザリンは小首を傾《かし》げる。前二つは予想が付いていたが、三つ目の心当たりは勘が良いロザリンでも全くピンとこなかった。

「別に特別なことじゃねぇよ」

そう言って賑わっているプールに送る視線を細めた。

「俺が皆の水着姿を拝みたかったからだ」

「あ、強めの魔術、使いたく、なっちゃった」

「いやいや待て待て」

無表情で立ち上がるロザリンに向かって、両手を振りながら制する。

「小娘の姿が長くなると、男の矜持《きょうじ》ってモンが薄れちまうんだよ。だから、こうやって自分が男だってことを再確認しとかなきゃ……わかるだろ？」

「うん、わかった」

頷《うなず》きながらも無表情は変わらず、ロザリンの両手は魔術の印を切る。

「それは、それとして、吹っ飛ぼうね、アル」

にっこり笑うと同時に前髪がふわっと捲《まく》れ上がり、露《あら》わになった右目の魔眼にはきっちり魔力が注がれていた。

「……あ～、えっと。流石《さすが》に泳ぎ疲れたから、そろそろ着替えて帰ろうかなぁ、なんて」

「遠慮せず、もうひと泳ぎ、いっといで」

誤魔化しながら立ち上がり逃げ出そうとするが間に合わず、組み上げた術式から放たれる突風がアルトの身体を空高く舞い上げ、位置を調整しながら自由落下でプールへと落ちて行った。

今日一番の水柱を立てたのはこの瞬間であった。


「ふん、敵味方入り混じっての行水とは軟弱な。全くもって度し難い」

アルストロメリア女学園の学園長室では、ヴィクトリアとクルルギが午後の業務に勤しんでいた。業務と言っても各種書類の判を押したり、サインを書いたりしているヴィクトリアだけが頑張っているのであって、クルルギはヴィクトリアが机に齧《かじ》り付き頑張って仕事をしている背後で、大きな窓から外の様子を眺めていた。学園長室からは水泳場の様子は窺《うかが》えないのだが、そこは万能メイドのクルルギ。何処《どこ》にいようと学園内の様子はお見通しだ、と本人は答えるだろう。

「楽しそうだよね。あ〜あ、お仕事がなければ、トリーも一緒にプールで遊べたのに」

「――それはいけませんお嬢様⁉」

勢い良く大声で振り返ると、不意を突かれたヴィクトリアはビクッと身体を震わせた。

「宝石の如《ごと》きお嬢様の柔肌を、下賤《げせん》な連中の劣情に塗《まみ》れた視線に晒《さら》すなど神、いいえ女神マドエル様をも恐れぬ暴虐です。ましてや遊んでいる最中のハプニングで、ああっ、ポロリとお嬢様の蕾《つぼみ》が露《あら》わになってしまうなど……我の頭は沸騰してしまいます」

「そんな大げさだよぉ」

相変わらず絶好調なクルルギに、手を止め困り顔で振り返る。

「そもそも、遊んだくらいで脱げちゃうような水着って、クルルギはどんな格好を想像しているのかしら」

「いえ、想像ではありません」

真顔で告げると何処に隠し持っていたのか、子供用の水着を数点、ヴィクトリアが仕事をする机の上に並べた。一瞬、それが何か理解できなかったのだろう。ヴィクトリアは目を細め、綺麗《きれい》に並べられたひも状の布を見詰めた後、顔を首まで真っ赤にする。

「はわ、はわわわっ」

「如何《いかが》でしょうかお嬢様。我が自らセレクトしたヴィクトリア・サマーコレクション」

絶句するヴィクトリアとは裏腹、クルルギは恍惚《こうこつ》の表情を浮かべる。

「ちなみに我のおすすめは一番左側です。下から上へのV字の切れ込みは、お嬢様の愛らしさにセクシーという未知の領域を味付けして……」

「き、着ない着ないっ⁉　トリー、こんなえっちなの、絶対に着ないからっ⁉」

「そうですか、残念です」

全力拒否されてクルルギはしょんぼりするよう肩を落とすが、直《す》ぐに背筋を伸ばしていつもの不遜《ふそん》な態度に戻る。

「まぁ我としましても、お嬢様のあられもない姿を他人如《ごと》きに見せるのは……ん？　待てよ。ならば我と二人きりの時に着て頂ければ……」

「そういえばクルルギっ！」

果てしなく嫌な気配を醸し出し始めたので、慌ててヴィクトリアが話をすり替える。

此方《こちら》に視線が向いたことを確認してから、こほんと咳《せき》払いを一つ。真面目な話をする、という前振りを置いてから真剣な表情で見上げた。

「あのお二人、頑張ってらっしゃるようなの」

「我に言わせれば頑張りが足りてませんな。我がことに当たればもっと迅速に、確実に、完璧に処理していたモノを」

「クルルギがやると、学園がなくなっちゃうの」

困り顔のヴィクトリア。手加減という概念が抜け落ちているクルルギに任せるのは、害虫を駆除する為に森一つを焼き払う行為に似ている。だが、今回の件でヴィクトリア達が率先して動かないのには、外敵因子以外にも理由があった。

「マドエル様、最近、ちょっと楽しそうなの」

「それは結構。ガーデンの女神様が壮健ならば、これ以上に喜ばしいことはない」

ガーデンを作り出した存在であり、ガーデンそのものでもある愛の女神マドエル。本来ならば人の世に大精霊が積極的に関わることは少ないが、マドエルの場合は違う。人を愛し、人に愛されたいという願いが根本の概念であるマドエルは、言わば人間という存在から誕生した精霊である。

故に彼女は他の大精霊とは違い積極的に人の世に関わり、自らの在り方に付随して秩序を保とうとする。ただ、愛の女神と言っても人間の全てを理解している訳ではない。ましてや認識が大雑把な精霊だ。その辺りの匙《さじ》加減は難しいだろう。

「マドエル様もここ数年、色々と試行錯誤をなさっているご様子。ガーデンという花園が完成して、それなりに長い月日が過ぎましたが、マドエル様には昨今のガーデンが停滞しているように思えたのでしょうな」

「その上での外敵因子。ご苦労は絶えないだろうに、伝わってくる意識は何処《どこ》か楽しそうなの。昨日もわざわざ受肉して、こっそり学園に忍び込んだみたいだし」

「そうなのですか？　ふむ。この我に気取《けど》らせないとは、流石《さすが》はマドエル様。いやはや、大精霊ほどにならないと、欺《あざむ》けない我の目が慧眼《けいがん》というだけなのだが」

自慢を交えないと喋《しゃべ》れないクルルギに辟易《へきえき》しながらも、ヴィクトリアの瞳には心配の色が宿る。

「でも、見ているだけなのは、歯痒《がゆ》いの」

「はっはっは、何を仰《おっしゃ》る。元よりお嬢様に出来ることなど皆無ではありませんか」

「本当だけど酷《ひど》いの⁉」

軽く一笑されてヴィクトリアは涙目でぽかぽかとヴィクトリアを叩《たた》いた。

「あまり心配し過ぎるのは感心しませんな。ガーデンの乙女達は戦い、そして勝つ為に日々強さを磨いております。迫りくる脅威に立ち向かう際、痛みを伴う場合は大いにあるのでしょうが、それが無ければ逆境を跳ね除け、真の成長はあり得ません」

「でもでも、トリーは痛い思いとか、怖い思いをしてないの」

「然《しか》り。その分、お嬢様は誰よりも重い宿命を背負ってらっしゃる」

悪ふざけと冗談が多いクルルギだが、この時ばかりはヴィクトリアを見詰める瞳に慈愛が満ちていた。大精霊の契約者としてガーデンを維持する重圧は、恐らくだれにも理解されないだろう。

「ま、些《いささ》か心配はしておりましたが、ようやく舞台が整いそうですな」

「うん、そうだね」

並べられた水着を畳みながら、ヴィクトリアは神妙に頷《うなず》く。

「花は咲き、乱れ、そして散る。再び咲き誇る為には、厳しい冬の寒さを耐え忍ばなければならない、なの」

「外敵因子の封が解かれれば、いよいよ潜んでいた連中も重い腰を上げることでしょう。あの玉座なき皇帝にも、己が使命を果たす時が迫るはず。後気がかりなのは水神のいとし子ですが……ほぼ部外者のアレが、最終的にどう転ぶのか個人的には見物《みもの》ですな」

「ウツロちゃんは？」

「……なるようにしかならんでしょう」

少し考えて突き放すような答えを出す。しかし、ヴィクトリアは知っている。彼女は目を掛けている、期待を向けている人間ほど、辛辣《しんらつ》で攻撃的、あるいは冷淡な物言いをする場合が多い。色々と立場的にも能力的にも問題が多い生徒とはいえ、ウツロが才能に恵まれた類まれなる存在であるのは、クルルギも認めるところなのだろう。こう言うと才能がある人間のみ特別扱いしているように思われるが、ガーデン全体が守護すべき存在であるクルルギにとっては、口では色々言ってもガーデンの乙女達全員が、彼女にとっては愛しい存在なのである。だからこそ、ヴィクトリアはクルルギに対して、誰よりも厚い信頼を置いているのだ。

「……うふふ」

「ふむ」

思考が零《こぼ》れるよう微笑《ほほえ》むと、何かを察したクルルギが意味深に顎《あご》を摩《さす》る。

「お嬢様。何やら随分とお可愛《かわい》らしい妄想に耽《ふけ》っていたご様子ですが」

「い、いや、別に何でもないの。ただ、クルルギの良さを再確認してただけで、特に妄想とかそんな……」

「そうですかそうですか」

嫌な気配を察知して慌てて否定するも、満面の笑みで頷《うなず》くクルルギの圧は増すばかり。

「妄想などせずとも不肖、このクルルギ。メイドとしてお嬢様に我が良さ、存分に堪能して頂きましょう」

「えっと、その、まだお仕事が……」

「思えば我とお嬢様の間に水着という衣類は不要でした。硬い愛という名の信頼で結びついた主従は、肌と肌を寄せ合ってこそ温かみを感じ取れるというモノ。早速、準備に取り掛かりましょう。ぬるぬるの天然オイルもご用意しますので、ご期待ください」

「嫌なの⁉　クルルギ、絶対に変なこととする気満々なの⁉」

「おやおや、変なこととは心外な。我が主様はいったい、どんないやらしいことを想像しているのか」

涙目になって嫌がれば嫌がるほど、クルルギの表情は愉悦に染まり、揶揄《からか》う言葉は饒舌《じょうぜつ》になっていく。彼女の恐ろしいところは、一頻《しき》り揶揄ってはいおしまいではなく、確《しっか》りと有言実行してくる部分である。

その後、いそいそと準備を始めるクルルギに交渉し、何とか思い止まらせる頃には、外の景色はとっぷり日が暮れて夜になってしまった。

夜になって寄宿舎に帰宅したが、そこにテイタニア……レイナの姿はなかった。

「ま、そうだよな」

真っ暗な部屋に魔力灯の明かりをつけて、二つのベッドが置いてある部屋を眺めたアルトは、嘆息しながら頭を掻《か》いた。正体を暴いた直後だから当然、部屋で呑気《のんき》に寝転んでいるはずはないのだが室内、特にレイナ側のベッド周辺が小綺麗《こぎれい》に片付けられている様子からは、一度戻ってきた痕跡《こんせき》が感じられる。

必要な荷物を取りに来たのが理由だろうけど、それでもシーツを剥《は》がしたベッドの上に、毛布や着ていた制服をきちんと畳んで置いてあるのは、律儀な彼女の性格を表しているのだろう。

「立つ鳥跡を濁さずとは言うが、真面目な人間だねぇ、アイツも」

そんなレイナの性格から考えて、もうこの部屋に戻ってくることはないだろう。

外敵因子の正体は判明したが、その事実をまだクルルギ達に報告はしていない。ロザリンにも、調べ物を手伝って貰《もら》ったクワイエットにも口止めをお願いしている。行方《ゆくえ》知れずなのは引き続きなので、まだすっきり解決に至ったとは言い難いからだ。

少なくとも、レイナ＝ネクロノムスをこのままにはしておけない。

「って言っても、何処《どこ》を探したモンか。アイツ、今日は野宿するつもりなのかね？」

魔剣ネクロノムスの特性は、誰にでも化けられるわけじゃない。魔剣による認識阻害がある限り正体が割れる可能性は低いだろうが、目立つ行動、不自然な行動を取り続ければ、不審感に繋《つな》がり認識が阻害し切れなくなる事態もあり得るだろう。

「自棄になって特攻、なんて真似《まね》はしなけりゃいいんだけど」

探しに行きたいところだが、プールで暴れ過ぎた所為《せい》で身体がくたくただ。レイナの方も疲労はあるだろうし、無暗には動かないだろうと楽観的に判断して、申し訳ないが今日のところは休ませて貰おう。

疲れた身体を引き摺《ず》り自分のベッドに近づくアルトは、直《す》ぐに変化に気が付いた。

「……あの小娘。律儀にもほどがあるだろ」

アルトのベッドはシーツに皺《しわ》が寄らないほど、しっかりメイキングされていた。基本、寝起きができれば良いと、起きて毛布もシーツもぐちゃぐちゃのまま出かけ、帰ってきたら軽く均《なら》すだけで潜り込むという生活サイクルだ。

今朝も当然のように、同じ感じで出かけたはずなのだが、現在は寝転ぶのが躊躇《ためら》われるほど綺麗《きれい》な状態に保たれている。カトレアやロザリンが近くにいない今、こんな母親のような真似をするのはレイナだけだろう。

だからこそ、ベッドに置かれた一通の手紙に直ぐ気が付けた。

「分かりやすいモン、突きつけてきやがって」

手に取らずとも内容がわかる手紙にアルトは苦笑を浮かべる。

上を向いて置かれた面には筆文字で『果たし状』と記されていた。

「ま、十中八九アイツだろ」

手紙を取るとたとう折りになっている部分を開き、中に納められている三つ折りになっている本文を取る。古風なやり方を突きつけてきた割には、書かれている内容はひどくシンプルなモノだった。

『果たし状。アルト殿。明日の夜明け前、学園の校庭で待つ。レイナ＝ネクロノムス』

想像以上に達筆な文字から彼女の気迫が伝わる。レイナ＝ネクロノムスの目的が復讐《ふくしゅう》ならば、正体を暴こうとする自分は敵以外の何者でもないのだろう。それでも果たし合いという古風なやり方を通すのは、短い間ながら寝食を共にしたアルトに対するケジメの意味もあるのだろう。

手紙を畳み直しアルトは大きく深呼吸をする。

「いいぜ、上等だ。地獄に堕《お》ちる覚悟をしとけよ、魔剣使い！」

覇気のある果たし状を受け、胸の内に灯った闘志の炎が、疲労で限界のはずの身体を急《せ》かすように躍動させた。

# 第六十七話　魔剣レイナ＝ネクロノムス

思い返せば数ヵ月の学園生活の間、レイナにとって気が休まる時間はなかった。

正体を偽っているのだから当然だろう。親しい友人も作らず、競い合う宿敵も求めず、教えを請う恩師すら目を向けず、レイナは復讐《ふくしゅう》の二文字に邁進《まいしん》していた。テイタニアの敵であるのは、生徒会幹部の誰かということまでは予想できたが、未熟な当時の実力では彼女らを倒すどころか、一矢報いることも難しかっただろう。

故にレイナの学園生活は授業以外の時間はほぼ、強くなる為の特訓に注ぎ込まれた。基礎を徹底的に磨き、正体がバレない範囲で決闘を行い、目立ち過ぎないよう細心の注意を払いながら、レイナは一歩一歩着実に強さの高みへ昇っていく。当然、一朝一夕で強くなれるはずはない。

だが、それを可能としてくれるのが、魔剣ネクロノムスだと悟った時には、戸惑いよりも喜びが勝っていた。

魔剣を授けた少年は、使い方について懇切丁寧に説明してくれたわけではなかったので、そのことに気が付いたのは暫《しばら》く後になってからだ。

強さを得ることに焦るレイナにある日、魔剣が囁《ささや》いた。

『強くなりたければ捧《ささ》げよ。貴様の血と、肉と、魂を』

魔剣が魔剣である理由を、その日初めて知った。

剣技を極めた達人によれば、握る剣は自らの手足同然だという。自らが刃と同一となり、刃を自らと同一とすることで、あらゆる刀剣は等しく肉体となり、より洗練された技を作り出すことを可能とする。だが、そんな達人の域に達することが出来るのは、才能に溢《あふ》れる天才の更に極一部だろう。

しかし、それを可能とするのが魔剣ネクロノムス。あらゆる人間、あらゆる使い手と同一になる剣は、持つ者の力を限界以上まで引き出す。

使いこなすことができればウツロにも勝つことができる。レイナは確信していた。

まだ太陽が昇り始める気配はなく、月明かりだけが学園の校舎を照らす。その真ん中に佇《たたず》むレイナの右手には、既に抜き身の魔剣ネクロノムスが握られていて、刀身が闘気に呼応するよう禍々《まがまが》しい魔力を発している。気温は昨日の昼間に水遊びをしたと思えないほど、特に流れてくる風が肌寒かった。

レイナは待つ。来るか来ないかは問題ではない。

（……アルト）

瞳を閉ざして精神統一する訳でもなく、レイナは両目を開いて真っ直《す》ぐと夜の闇に染まる前方を睨み付ける。迷いはあった。元々、友の復讐に身を焦がしてしまうほど情が深い人間だ。たとえ最初がテイタニアの認識を強く刷り込む為の行動だったとしても、同じクラス、同じ寄宿舎で四六時中一緒に過ごせば、嫌でも親近感を懐《いだ》いてしまう。たかだか数日。時間にすれば一週間も過ぎていないはずなのに、不思議とアルトとはもっと長い間、共に過ごしていた気にさえなっていた。

風変わりだが誰に対しても変わらない態度を取るアルトは、近くにいて心地よかったことは否定できないだろう。

それでも尚、レイナは戦うことを選んだ。

外敵因子である魔剣の排除を向こうが望むなら、成すべきことを成してないレイナには戦うという選択肢しか残っていない。否、正確に物事を説明するのなら、絶対に戦う必要はない。

このままウツロの下《もと》へ殴り込みその頸《くび》を取ってしまえば、レイナの復讐は果たされることになる。その為の準備は可能な限りしてきた。魔剣も最初の頃よりずっと、身体に馴染《なじ》み力を引き出せている。

レイナ＝ネクロノムスは無敵であると、力強く断言できる。

「これは最後の試練よ。強いアルトに勝ってわたしは、学園最強に挑戦する」

魔剣が外敵因子と呼ばれる所以《ゆえん》は、心技体を鍛えるガーデンの理念と相反するからだろう。魔剣はある程度のコントロールが必要なモノの、持ち主の力を最大限に引き出し限界を超越させる。極端な言い方をすれば子供が持っても、十分な戦力として戦えるということに他ならない。

それは他の人間から見れば、自分以外の力で強くなったと思うはず。たとえそれでウツロを仕留めたとしてもガーデンは、マドエルは、レイナのことを認めないだろう。最悪、クルルギによって殺される未来まであり得る。

「……構うもんか。だったら、クルルギだって倒してやる」

テイタニアを死に追いやったのがガーデンの掟《おきて》なら、死の責任の一端はガーデンにもあるはず。たとえ無事に生き残ったとしてもガーデンに残る意思はない。だから制服を脱ぎ、ナラカを出る時から着ていた海賊服を身に纏《まと》っている。

「それならこんな世界……わたしが斬り裂いてやる」

「随分と物騒な物言いだな。朝早くて寝不足だから、機嫌でも悪いのか?」

聞き馴染みのある声にハッと顔を上げた。

靴裏で地面の砂を擦《こす》るような音を立てて、闇の向こうから誰かがやってくる。誰が来るかなんて理解している。声が聞こえたからじゃない。茶化すような軽い物言いを飛ばしながらも、此方《こちら》を突き刺すように向ける明確な殺気は、鳥肌が立つほど刺激的で、一度感じれば忘れることがない存在感だ。

「アルト。来てくれたんだね」

「ああ。眠くて堪《たま》らねぇけどな」

欠伸《あくび》を交えながらゆっくりと闇の中から姿を現す。

白く長い髪の毛に小柄な身体から発せられる闘志は、幼い顔立ちからは想像もつかないほど惚《ほ》れ惚《ぼ》れする圧を宿す。彼女の恰好《かっこう》もまた制服姿ではなかった。長く白いコートを袖を通さず肩に羽織り、下はサイズが大きいシャツとズボンを着ている。何処《どこ》かで見覚えがある服装だと少し考えて、ロザリンが着ているモノだと思い出した。

「それがアルトの勝負服ってわけ？　やっぱり、ロザリンさんを尊敬してるんだ」

「馬鹿言うな。これが正常、スタンダードってヤツなんだよ」

言いながらコートを脱ぎ捨て後ろに背負った片手剣を抜き放つ。月明かりを反射する片刃には、ゾクッと背筋が寒くなるほどの迫力があった。魔剣や聖剣などではない普通の鋼でありながら、数多《あまた》の血を吸い続けたが故に生まれる存在感がそこにはある。対峙《たいじ》して初めて彼女が、王都から来た腕が立つだけの少女ではないことを理解する。

「……ふっ」

思わず笑みが零《こぼ》れる。

復讐者《ふくしゅう》に身を堕《お》としたとはいえ、ナラカの戦士であることまで捨てたわけではない。強敵を前にすれば恐怖よりも、闘争心が沸き立ってしまう。

底知れないウツロとも違う、暴威のまま暴れるオルフェウスとも違う。戦う人間の刃が今、レイナの眼前にあった。

「一応、聞かせてよ。わたしがウツロを斬るまで待ってくれれば、外敵因子である魔剣はアンタの好きにして構わない」

「ざけんな阿呆《あほう》。アレとの決着は俺が先約だ。横から掻っ攫《さら》われそうになって、今更慌てても遅ぇんだよ」

「……そう。そうね」

歩み寄りはないのは最初から理解していた。期待通りの答えに落胆はなかった。むしろ彼女の威勢の良さは気分を高揚させる。

「標的は一人なのに、狙ってるのは二人か……困ったわね」

「ああ、数が多すぎる……減らさなきゃなんねぇな」

冗談めかした言葉の後、空気が冷え込みアルトは握った片手剣を持ち上げた。向けられる切っ先が物語る。最早、問答は無用であると。

「はぁ……ふぅぅぅ」

短く深呼吸をしてからレイナは意識を切り替えた。心を静めさざ波の音に一度身を委《ゆだ》ねてから、魔剣ネクロノムスを両手で握り構える。S字を描く刃を下に向け、切っ先が地面に付くギリギリを維持しながら、呼吸と共に全身に闘気を漲《みなぎ》らせていく。

魔剣から流れる魔力の影響で、僅《わず》かに瞳が赤黒く発光する。

「決闘を受けて貰《もら》ったことに敬意を表して、まずは名乗らせて貰うわ」

腹から絞り出す声が校庭に響き渡る。

「わたしはナラカの戦士にして魔剣使い。レイナ、レイナ＝ネクロノムス。強いアンタを斬り伏せて、強さの高みと共に学園最強を討つ！」

「……上等ッ」

ニヤッと笑ってからアルトも刃を後ろに引き脇構えを取る。

「たいそうな肩書はねぇが、俺は能天気通りの野良犬騎士。来いよ魔剣使い、地獄に堕ちる準備はできたか？」

離れた間合いから視線が火花を散らし睨《にら》み合う。

二人共独特の構え故に切っ先は互いに向いていない。間合いは遠いが動く気配はなく、警戒し合っているのはお互いの呼吸。息遣いに合わせ僅《わず》かに上下する胸の動き、微かに動く唇を注視しながら、最初の一撃を放つタイミングを窺《うかが》い合う。試合のようにスタートの号令もなければ、明確なルールも反則を取り締まる審判も存在しない。当然だ。これは命のやりとりなのだから。

生き残った方が勝ち。シンプル過ぎるだろう。

握る魔剣ネクロノムスから魔力が流れ、全身に循環していく度に、レイナの身体は内側から膨張していく感覚に陥る。風船のように中身がスカスカなのとはわけが違う、厚みが増し、重量感のある力の膨れ上がり方は、肉体のみならず五感にも作用し、あらゆる感覚が鋭敏になるのがわかる。離れた位置に立つアルトの呼吸音が聞こえ、風に揺れる髪の毛の一本一本まで視覚でき、彼女の汗の匂いまで嗅《か》ぎ分けられた。

今、レイナは魔剣ネクロノムスと一体になりつつある。

敗北を連想させるあらゆるネガティブな思考は駆逐され、レイナ＝ネクロノムスが魔剣と心を重ねた瞬間、同時に地面を蹴った二人の刃が正面からぶつかり合う。

夜の闇に魔力粒子を飛び散らせ、激しく剣戟《けんげき》を鳴り響かせる二人の決闘。それを遠目から眺める少女の姿があった。学園校舎の屋上から、今まさに命のやり取りが始まっている校庭を見下ろすのはミュウだった。生徒になった訳ではないがクルルギが用意した制服を纏《まと》い、長い髪の毛はポニーテールに束ねてある。誰よりも血の気が多く狂暴で暴力の権化であったはずの少女は、王都では見かけたことのない冷静さで戦いを見守る。

「ふん。楽しそうに殺し合いしやがって」

落下防止用のフェンスの上に、腕を組んで仁王立ちするミュウは、不機嫌に吐き捨ててから視線を校庭から外して別の方向へ向ける。先には森があるだけで何も存在しないが、見えていないだけでミュウには嫌な気配を感じ取ることができた。

この距離では結界に阻まれ目視できないが、視線の先にあるのは花の塔だ。

「……ちっ」

不愉快そうに舌打ちを鳴らす。

実際のところミュウに花の塔での暮らしや、ウツロに奴隷ちゃんと呼ばれて飼われていた記憶はあまりない。全く覚えていないわけではなく、断片的な部分を朧《おぼろ》げに覚えているだけで、本人としての自覚は色々と薄い。だからだろうか、ウツロに対する強い憎しみや恨み言を浴びせる気分は不思議と湧かず、あの魔剣使いの女のように今すぐ、あの場所に殴り込みにいこうという気概はなかった。以前のミュウを知る人間なら絶対に驚く冷静な判断と態度。ただ、まったく思うところがないと言えばそうではなく、ウツロに関してはある種の宿命じみた何かが胸の奥で燻《くすぶ》っている。

「ハッ、意味わからない……アンタだったらわかるのかしら、この落ち着かない気分」

視線を校庭に戻し白髪の女、アルトを注視する。

彼女もまたミュウの胸の内をざわつかせる人間の一人だ。しかし、ウツロに感じた宿命的なモノとは別の、運命的な何かが心臓をせっつく。怒りや嗜虐《しぎゃく》心、負の感情からではなく、単純に困らせてみたい、痛がらせてみたい……もっと、自分のことに意識を向けて欲しいという意思が芽生え始めていた。

「なんだか、イライラする」

ミュウは顔を顰《しか》め自分の心臓辺りに手を添え服をギュッと握り締める。

その感情を言葉でなんと表すのか。ミュウの知識や経験の中には存在しない。いや、記憶がないのだから、知識や経験に存在しないのは当たり前のことだろう。だからだろうか、校庭で互いに命を懸け全力でぶつかり合う姿を見ると、今すぐにでも乱入して二人共々、ぶちのめしたくなる衝動に駆られる。そうすればジッとしていられない苛々《いらいら》が、少しは紛れるような、あるいは苛々の意味がわかるような気がしたからだ。

「なら、飛び込んでみる?」

不意に背後から声がかけられた。一瞬、保健室にいたあのピンク髪の女かとも思ったが、振り向くとそこにいたのは見知らぬ片目を前髪で隠した女だった。いや、見知らぬは嘘《うそ》だ。この女は昼間にプールで見かけたことがある。

「お前、あのアルトって女の保護者ね」

「うん、保護者の、ロザリンって、いう。よろしくね」

「……なんでちょっとドヤ顔なのよ」

ロザリンは何故《なぜ》か嬉《うれ》しそうな顔で胸を張ってから、魔術のようなモノを口先で唱え軽く飛び上がると、身体がふわっと浮き上がりミュウの隣、フェンスの上に腰掛けた。

「私も、ここで、見学させて」

「邪魔臭い。他所《よそ》に行け」

「ここからが、一番、見やすい。それに、同じ除《の》け者同士、だし」

「……むかつく」

呟《つぶや》いて舌打ちを鳴らしたが、力尽くでロザリンを排除する真似《まね》はしなかった。

校庭では二人の一進一退の攻防が続く。ここまで仕切り直しや息を吐く間は一度もなく、剣を交え続けた二人はそろそろ互いの呼吸、攻め方の癖を見極め始めたのか、徐々に刃が身体を掠《かす》め始め薄《うっす》ら滲《にじ》んだ血が衣服を汚しだす。

「……ッ」

腕を組むミュウの手に力が籠《こ》もる。戦いの興奮が伝播《でんぱ》するように、ミュウの闘争心を刺激して身体が疼《うず》いているのだ。記憶は失っていても身体は覚えている。命のやり取りの興奮を、勝利への渇望を、闘争への執着を。自分とは無関係なところで火花を散らす状況に、堪《たま》らない苛立ちと焦燥感が鼓動を早くする。

「くそっ……わたしのいないところで、楽しそうなことしやがって」

「……ねぇ」

その様子を横目で見ていたロザリンは、不意にマントの内側から水筒を取り出す。

「水、被る？」

「はぁ？」

「今にも、乱入しそう、だから。冷静に、なれるかなって」

「………」

怒鳴りたくなる気持ちをぐっと堪《こら》えた。

「必要ない。馬鹿にするな、他人の喧嘩《けんか》に横やりいれる気はないわよ」

「おおっ」

「なんで驚く。馬鹿にしてんの？」

「ううん、そんなこと、ない」

首を左右に振ってから取り出した水筒をしまう。ロザリンも以前のミユウを実際に知っているわけではないが、アルトから大まかなことは聞いている。死肉すら喜んで貪《むさぼ》る狂犬。勝つ為の戦いではなく、相手をいたぶることを喜びとする狂気じみた印象は、今のミユウからは受け取ることはできない。

記憶がないからか、昼間の水泳療法が効いているのか、はたまた別の影響か。少なくともガーデンに現れたことで、彼女の本質である狂気の色は少しずつあり方を変えてきているのかもしれない。

「ミユウは、どっちが勝つと、思う？」

「気安く話しかけるな」

突き放しながらもミユウは見定めるように視線を細めた。

「強いのはあの魔剣使い。アレはかなり厄介。本人が気づいてんのか知らないけど、使いこなせるんなら、あのチビに勝ち目は薄いわね」

「そう、なんだ」

「……噛《か》み付いてこねぇのかよ」

ムキになって反論すると思っていたミュウは、怪訝《けげん》そうな横目を向ける。

「うん。だって、アルは勝つもん」

言ってからロザリンはミュウの方に顔を向ける。

「アルは、勝つよ」

「二度も同じこと言ってくんな、クソウザい」

面倒臭そうな顔をするミュウだが否定はしなかった。あの背が小さい癖に態度がでかく口が悪い小娘だが、不思議とミュウには地に伏せて敗北する想像が上手《うま》くできなかった。現状だけで推測を立てるなら、実力は魔剣の効果も手伝ってレイナの方が上なのにも拘《かか》わらず、あの少女ならその程度の逆境など容易《たやす》く撥《は》ね除《の》けるのでは、という根拠のない考えが頭の中に過《よぎ》っていた。

「……ま、お手並み拝見かしらね」

答えが出ない考えは頭の隅に追いやり、いずれは答えが出る戦いの行方《ゆくえ》へと意識を集中する。勝ち負け以上にどのような結果が訪れるのか。本人も気が付かないほどに自然と、強さや勝敗以外の結末にミュウは興味を懐《いだ》き始めていた。

戦いが始まってまだ十分も経《た》っていないだろうが、既にアルトの全身は燃えるくらいの熱を帯びていた。単純に身体を動かしたからというのもあるが、それ以上に剣を振るって真正面から戦う行為に魂が打ち震えていた。

「――ふっ‼」

呼吸と共に正面へ大きく踏み込み、上下左右への連撃を素早く放つ。速度を重視した故に軽々と弾《はじ》かれてしまう連続攻撃だったが、鋭く前へ進みながらの攻勢はレイナを防戦に釘付けにするには十分だった。

「……くそっ！」

攻め手を挫《くじ》かれたレイナは牽制《けんせい》の斬撃を放ちながら後ろへ飛んで間合いを離す。これにより二人の攻勢は止まり、一呼吸入れると共に仕切り直しとなる。

動きは止まるが構えと緊張感は緩めない。呼吸も乱れてはおらず、鼻から大きく息を吸い込み口から吐き出すことで、逸《はや》る気持ちと高ぶる闘争心を落ち着かせ、摺《す》り足で位置を調整しながらアルトは刃の切っ先をレイナに向けた。

「初手の打ち合いは俺が貰《もら》ったな。どうした、準備運動が足らなかったか？」

「ご心配なく」

他人行儀な態度で前髪を直してから、背筋を伸ばして魔剣を上段に構えた。

「ある程度の感覚は掴《つか》めてきた。次からが本番よ」

言葉に反応するよう魔剣の刀身が禍々《まがまが》しく輝く。

「そっちこそ、昼間のプールで遊び疲れたとか言わないでよね」

「ここに来るまでの間、寝て食って英気を養ったから大丈夫だっての。まぁ、ちょいとばかり股関節が筋肉痛気味だけどな」

軽口を飛ばしてアルトは変わらずの脇構えで、再び切り結ぶタイミングを窺《うかが》う。

身体からは無駄な汗が流れ切り、濡れた身体は夜風が乾かしてくれた。燃えるような体の熱は運動や興奮からだけでなく、全身に循環する魔力によるモノでもある。やはり王都での暮らしが長かった所為《せい》か、水を浴びると魔力の巡りも実感できるほどよくなった。それだけではなく、先日のニィナやウツロとの戦いも、この小柄な身体を慣らすのに十分に役立ってくれたのだろう。

（とはいえ、本番はここから。さて、どうしたモンか）

余裕の態度を作ってはいるモノの、内心では冷静に自分とレイナの戦力差を計る。単純な身体能力だけならそこまで差はないだろうが、問題なのはあの魔剣だ。実際に刃を交えて見えてきたのは、どうにも魔剣自体から妙な気配を感じる時がある。剣技に紛れて誰か他の意思が介入しているような、そんな違和感だ。まだ、魔剣の真価が発揮されていない以上、どの程度の伸びしろがあるのかアルトも計りかねている。

「どうしたの。間合いがさっきより浅い。ビビった？」

「──っ⁉　にゃろう」

安い挑発だ。だが、乗ってやらないと男が廃《すた》る。

「買ったぜその挑発──後悔しやがれっ‼」

三下の悪役が言いそうな台詞《せりふ》と共にアルトは地面を蹴り先手を取った。

瞬間、魔剣の輝きが全身にまで及びレイナの姿が掻《か》き消える。次にアルトが見たのは目前に迫る魔剣の切っ先。反対に先手を取ったはずのアルトは、まだ構えからようやく斬撃の態勢に移行し始めた直後だった。

先手を取ったはずなのに、後《ご》の先《せん》を取られた。

「──なんとっ⁉」

だが、避けられないタイミングではない。完全に攻撃を合わされなかったお陰で、攻撃から素早く防御に切り替えたアルトは、眼前に迫る刃を寸前で払う。レイナの突きの体勢で魔剣を握った右腕は伸ばしっ放しの状態。そこからレイナは右腕だけの動きで、嵐のような連撃を繰り出してくる。

「──削る！」

手首、肘、肩、更には柄を握る指の一本、関節の一つまで駆使して、魔剣は縦横無尽に八方向を駆け巡った。子供が撓《しな》る枝をでたらめに振り回している光景に似ている。それに達人級の速度と正確さを加えることによって、無邪気な子供の動作は必殺の曲技へと変化する。

「んぎぎぎぎっ⁉」

アルトも最初の十撃目までは捌《さば》くが、速度と正確さが落ちない故に途中から耐え切れず、思わず一歩後退してしまう。それでも攻勢を切り崩す為に重心を前へと倒して、多少の被弾を覚悟で強引に踏み出すと、防御し切れなかった斬撃が肩や太ももを浅く抉《えぐ》り、噴き出た血が衣類を赤く染めた。

「こなくそっ！」

決死の覚悟で横薙《な》ぎの一閃《いっせん》を放つが、レイナはふわっと少し後ろへ跳躍する。

再び仕切り直しかとアルトは顔を上げるが、飛び上がったレイナの身体は頭上より高い位置で浮遊するよう静止していた。

「もっともっと、わたしの強さは加速する」

レイナの全身を覆う魔力が更に濃くなっていく。

「これは、やべぇ――なっ⁉」

次の瞬間、高速で滑空するような速度で突っ込んできて、反射的に剣で防御したアルトを乱暴に弾《はじ》き飛ばした。まるで岩でも降ってきたような衝撃にアルトの身体は宙に浮くが、何とか地面に転がって体勢を整える。同時に追撃を警戒して振り向くと、レイナの姿は先ほどより高い位置に浮かんでいた。

魔剣の力は更に高まり、放出する粒子がレイナの背中で蝶《ちょう》の羽を形作っている。

「もっともっともっと……わたしは、わたしの強さを超えていく」

強くなる魔力とは対照的に、感情が薄まった声色と共に剣を構え、軽く右足の太腿を上げてから再び此方《こちら》に向けて突っ込んできた。

高さがある分、先ほどよりも速度は増している。

「舐《な》めるなよ。来るとわかってりゃあなぁ……！」

回避はせず迎撃を選んだアルトは、片手剣を大きく上段に構える。

「力尽くで、なんとかできるんだよぉぉおっ!!」

タイミングを合わせ渾身《こんしん》の力で刃を叩《たた》き込む。激しい衝撃が正面からぶつかり合い、火花よりも爆《は》ぜた魔力粒子が明るく校庭を照らす。衝突の時、驚きの威力にアルトの身体はのけ反りそうになったが、奥歯を噛《か》み締め下っ腹に力を込めることでそれを制し、宣言通り力任せにレイナの突進をねじ伏せる。代償としては腰骨に大分、圧力がかかってしまったが。そして影響は、物理的なモノだけではない。

正面から魔剣と刃を交え力比べをしながら、チラッと自分の柄を握る手を見る。

「指先がチリチリと痛む……こいつは、魔力の浸食か！」

刃を弾《はじ》き合い再び正面から噛み合う。

「冥府の浸食。魔剣から発せられる瘴気《しょうき》が、死に至るほどの効果はないけど、確実に生物の肉体を蝕《むしば》み能力を低下させる」

「要するに、軽い毒ってことかよ！」

剣戟《けんげき》の隙間に怒鳴り声が挟まる。棘《とげ》で軽く突かれ続けるような指先の痛みはあるが、直《す》ぐに身体能力に影響する訳ではなさそうだ。しかし、この違和感が腕や足、内臓などの身体全体に至れば、本当に死なないかどうか確証はない。

何よりもレイナの攻勢はますます激しさを増している。

「——はあああっ‼」

「くそっ、また⁉」

再び腕の動きだけの高速連撃。ギリギリで捌《さば》くが切っ先が掠《かす》った部分から、指先と同じような痺れに似た痛みが染み込む。これを嫌がって距離を取れば、跳躍からの突進に吹きとばされ余計なダメージを受けてしまう。単純な突撃だけならやりようはあるが、空中で浮遊してからの攻撃はタイミングが掴《つか》み辛く此方も見てから動くしかない。

「このまま浸食が進めば、余計に避け辛くなっちまう」

連撃を捌《さば》き切れない、避けても突撃が飛んでくるのなら、取れる手段は一つだけ。

突進の為、空中で停止し大きく蝶の羽を広げる。アルトは迎え撃つように身体を低く維持するが、今回は更に膝を大きく屈伸して前へ踏み込むと同時に跳躍した。狙いは浮遊状態で動きが鈍いレイナだ。

「その邪魔くさい動き、叩《たた》き落してやるぜ！」

「……くっ」

蝶《ちょう》の羽は魔力の放出による具現化でしかない。浮遊は魔力粒子によるモノで実際は浮いているだけに等しく、鳥のように空を自在に、俊敏に飛べるわけではない。反射的に魔剣の構えを変えて迎え撃とうとするが、アルトの狙いは斬撃ではなく、疎《おろそ》かになったレイナの足、足首を右手で掴《つか》む。

「——なっ⁉」

「校庭の硬さ、身体で確かめてこい！」

力任せに引っ張りレイナの身体を校庭へと引き摺《ず》り落とす。浮遊する力自体は強くないので、引っ張る力に抗《あらが》う術《すべ》がなかったレイナは、真正面からうつ伏せに校庭へと打ち付けられた。生徒達の激しい戦闘を幾度となく受け止めた校庭は硬く、叩き付けられたレイナには大岩の上に落ちたような衝撃があるだろう。アルトも追撃の手を緩めず着地すると同時に剣を逆手に握り、倒れるレイナに飛び掛かった。

「——っ⁉」

寸前、うつ伏せに倒れていたレイナは、右手の魔剣を振るいながら身体を反転、仰向《あお》けになってギリギリ、突き刺そうとした片刃を弾《はじ》く。

「……今の動き」

「動きが止まってるよ！」

　襲撃に失敗し身体を跨《また》ぐよう着地したアルトの腹部を狙い、レイナは腰を持ち上げて前蹴りを叩き込む。後ろによろめいた隙に転がりながら股の間から抜け出して、立ち上がって魔剣を構え直す。

　二度目の仕切り直しだ。

「げほげほっ……少し、肝を冷やしたわ」

　身体の正面を強く打った影響か、レイナは苦悶の表情で咳《せ》き込む。

　刃を交えていた時間はさほど長くはないだろう。刹那《せつな》の間に死に至るには十分のやり取りを幾度となく繰り返し、一時的ながらも生還を果たしたことで、二人の胸中には緊張が緩まない程度の安堵《あんど》が訪れる。凌《しの》ぎ切った、と言い難いのはアルトの方。戦いのアドバンテージは完全にレイナ側にある。何とか対応はしているが、先ほどの奇策めいた戦い方は二度は通じないだろう。それに、気になる部分も見えてきた。

（レイナのあの動き、アレはやっぱり……）

　引き摺り落とした際の追撃。必殺のタイミングとは言い難い状況ではあったが、もう少しレイナを追い込めると判断していた。しかし、予想より鋭い反応で追撃は阻まれ、レイナは危機的状況を脱したがあの一瞬、剣を振るいながらうつ伏せから仰向けに変わる瞬間、ほんの僅《わず》かな違和感をアルトは覚える。

（本人よりも、魔剣の方が先に反応していやがった）

仕切り直しで間合いを計るレイナは、今も少し咳《せ》き込む様子を見せる。かなり力任せに叩《たた》き付けたから、身体に受けた衝撃は想像以上だろう。それこそ呼吸が僅かだが止まるくらいの反動があったはずで、そこから素早く此方《こちら》の攻撃を切り払えるとは思えない。普通なら気づかない、気づいても確証は持てない些細《ささい》な出来事。だが、アルトはそれを裏付ける証拠を聞いていた。

試案しながら爪先で足元を弄《まさぐ》る。硬い校庭が軽く削れ、滑りやすい砂となった。

「……それなら、やりようはあるか」

「えっ？」

攻め込むタイミングを窺《うかが》っていたレイナは驚きに目を見開く。

アルトは片手剣を右に逆手で握り、左の拳を突き出すように構える。露骨に変化したスタイルは、明らかに剣術ではなく打撃に特化したモノだ。この大雑把な変化にレイナは戸惑いながらも剣を振るう。しかし……。

「打ち込みが、甘い！」

不用意に放たれた斬撃は容易《たやす》く阻まれ、そのまま横に刃を横に滑らせて鍔《つば》にぶつけると、押さえ込むよう身体の外側まで押しやる。自然とレイナの正面ががら空きになるが、彼女は慌てたのか魔剣を引き戻すことに気を取られ、無防備な状態を晒《さら》したままになってしまう。

「この、剣が……⁉」

「注意力が散漫だぜ！」

アルトは魔剣を押さえ込み更に踏み込んで、レイナの脇腹に左の拳を叩き込む。

「——ぐふっ⁉」

「もう一発！」

「——あがっ⁉」

苦悶の表情を浮かべるレイナの顎《あご》を続けて穿《うが》ち、上へ弾《はじ》かれる頭を引き留めるかのよう胸倉を掴《つか》んで、もう一度自身の方へ引き寄せながら頭突きをお見舞いする。額の少し下、目と目の間に近い部分を固い石頭で殴りつけられ、目の前で火花が散るような衝撃を喰《く》らっただろう。

掴んだ胸倉から手を離すと、立ち眩《くら》みでも起こすよう後ろによろめくも、魔剣が反応を示してか横から飛んできた。不用意な一撃を目視はせず気配だけでタイミングを計り、しゃがんで回避しながら足を狙い斬撃を放つ。刃はレイナの左の太腿を大きく裂き、赤い血が飛沫《しぶき》となって噴き出る。

「——痛ッ⁉」

切断するつもりの斬撃だったが、偶然か咄嗟《とっさ》に生存本能が働いたのか、大きくレイナがのけ反りながら飛び退《の》いたおかげで、斬り落とされることはなかったが、裂傷は深くだらだらと流れる血が左足と靴まで真っ赤に染める。

休ませるモノかとアルトは追い縋《すが》ろうとするが、突き出された魔剣の切っ先に動きを制されてしまう。逆手に持った故の短いリーチが、このタイミングではマイナスに働いてしまった。

「はぁはぁ、ふぅぅぅ……」

痛みと出血から荒くなる息遣いを、ゆっくりと落ち着かせてから、レイナは太腿の傷に魔剣の刃を添えて軽く撫《な》でる。すると出血はあっさりと止まり、傷自体は塞《ふさ》がってはいなかったが、傷口には魔剣が纏《まと》うモノと同じ魔力粒子が渦巻いていた。

「瘴気《しょうき》で無理やり塞いだのかよ。傷口に毒を塗りたくるようなモンだぜ、理解してんのか」

「魔剣ネクロノムスのおかげで瘴気への耐性は高まってる。毒をもって毒を制す、じゃないけど、使い方としては間違ってないから」

冷静に答えてから魔剣を両手で握る。

「逆にアンタの方がキツイんじゃない。瘴気の浸食は、刃からだけじゃないよ」

「確かにな」

言われた通り彼女を殴った左手には違和感があった。指の動作に微妙な反応の鈍さがあるのは、気のせいではないのだろう。

「気にする必要はねぇよ。死にさえしなけりゃ安い代償さ」

「そう。なら……」

一呼吸を置いた後、前触れなく一足飛びでレイナが間合いを詰めてくる。突進しながら片手に持ち替えた魔剣を上段から振り下ろされ、アルトは一歩背後に下がり回避するが、追い縋るよう腕の動きだけの連撃へと繋《つな》がる。速度だけでなく威力も増しているのは、刀身が放つ魔力粒子が描いた残影を見れば理解できた。

「頼りが奇策だけなら、正攻法で打ち破るだけよ」

「——っ！」

今度は間合いに踏み込まず、ステップと上半身の動きだけの回避に終始する。逆手に持った剣はどうしても避け切れない場合のみで、レイナの連撃の間合いから外れようとするが、鋭さを帯びた彼女の踏み込みがそれを許さない。

下がるアルトを追尾するような動きで剣を振るいながら追いかけてくる。伸びのある軌道を描くレイナは正確に狙いを定め、捉えたという自信の色が瞳に浮かんだ瞬間、予想外の出来事がレイナを襲う。

「——なっ⁉」

踏み込んだ足が思い切り滑った。ドジを踏んだ訳ではない、踏んだ足元が明らかに他の部分より砂が多く滑りやすくなっていたのだ。

「言っただろ、足元がお留守だってな！」

「──しまっ⁉」

上げた速度が仇《あだ》となり体勢を大きく崩すレイナを、逆手に握られた剣の刃が真下から斬り抜く。左の脇腹から胸の間を通って右の首元を抜ける。太腿とは違い今度は致命的な刃の届き方をしていて、胸骨だけでなく腹部の内臓にまで傷は達しているだろう。

刃が身体を抜け刹那《せつな》の静寂の後、鮮血が勢いよく噴き出てアルトを汚し、頬に付着したそれをペロッと舌で舐《な》めとる。口内には生々しい鉄の味が広がった。

「血までは瘴気《しょうき》に侵されてねぇみたいだな」

ペッと血の混じる唾液を吐き出す。同時にレイナは膝を折った。

「そん、な……こんな、ふざけた戦い方に……」

「後れを取るはずなかったって、眠たいことを言うつもりか？」

剣を左手に持ち直し、校庭に作る血溜りを踏みながら切っ先を顎《あご》先に向ける。出血の所為《せい》か、レイナの顔色はドンドンと青ざめていく。

「その魔剣がお前に力を与えてると思ってんなら、とんだイカサマに引っ掛かったようだな」

「どういう、こと？」

「お前は魔剣を使いこなしてたんじゃない、魔剣に使われてたんだ」

「なにを、ばかな」

　血は止まらない。力が抜ける身体を支えるよう魔剣を校庭に突き立てる。

「その魔剣は自分の意思を持って動いてやがる。お前が反応し切れない場面、反応速度を超えている場面で、勝手に動いて攻撃したり防御したりしてんのさ。一つの身体を二つの意識で操ってるから、思考に誤差が生まれる」

　アルトは空いている右手を持ち上げ、手のひらを閉じたり開いたりする。

「魔剣の戦闘経験ってのは多分、戦って蓄積されるモンだろ。強敵だらけのガーデンなら相手には困らないからな。一度覚えればどんな攻撃にも対応できるだろうが、逆に言えば経験にない手合いにはその経験は通じない」

　正直に言って剣を持ち替えたり逆手に握ったり、拳だけで攻撃をしていたのにはそれほど意味はない。要は魔剣が知らないような、奇抜な戦い方をすれば対応に時間を要すると踏んだ。学ぼうとする魔剣と対応しようとするレイナ。一つに身体に二つの意思が交われば、行動に齟齬《そご》が生じるのは当然。レイナ自身に自覚がなければ尚更だろう。

「魔剣と一体になってるつもりが、お前は魔剣に振り回されてたってわけだ。その上でもう一度聞く……お前、本当に今の状況を理解できてないのか？」

「だから、なにを……」

「お前の名前は？」

「……レイナ、ネクロノムス」

「お前の剣の銘は」

「ネクロ、ノムス」

少しずつ光を失っていく瞳が疑念の色を浮かべる。

「気づかないのか？　なんでガーデンに入る時に手に入れた魔剣と、お前の名前が同じなんだよ」

「……えっ？」

レイナの瞳が大きく揺れた。

何故《なぜ》、どうして、そんな馬鹿な。一瞬にして様々な思考が過《よぎ》ったことが、見詰める瞳を通して察することができる。レイナは混乱していた。

出血により思考が鈍っているからではなく、当たり前の事実を認識しようとする自分と、その当たり前を気のせいだと否定する誰かが頭の中でせめぎ合う。永遠に続くような思考のループの果てに、レイナは一つの結論へと辿《たど》り着く。それは決して彼女にとって喜ばしい事実ではなかった。

「そう、か。わたしはとっくに、魔剣に意識を乗っ取られてたんだ……」

パキッと、自分の中で何かが壊れる音が聞こえた。

レイナ＝ネクロノムスなんて人間は初めから存在しなかった。テイタニアの存在を喰《く》らい、学園全体の認識を騙《だま》したように、自分はレイナ＝ネクロノムスという魔剣にとって都合の良い存在に認識させられていたのだ。

「図書室の資料にもお前はレイナ＝ネクロノムスで記録されてた。大精霊が認識を阻害されるわけねぇから、学園に紛れ込んだ時点でお前の存在は魔剣に飲まれちまってた。もう一度、よく振り返ってみろよ。本当のお前の名前は？」

「わた、わたし、は……わたしは……」

血に染まる自身の手でレイナは頭を押さえた。頭痛を堪《こら》えるような苦悶の表情は、痛み以上の苦しみを示しているような気がした。同時に背負う蝶《ちょう》の羽が禍々《まがまが》しい輝きを放ち、何かを気付こうとするレイナを抑制する気配を見せる。

「レイナ――くっ⁉」

放つ瘴気《しょうき》の濃度が高まり、触れなくとも側《そば》にいるだけで肌がピリピリと痛む。蒸気の噴射に似た痛みを伴う煙がレイナを中心に広がり、アルトは両腕で顔を庇《かば》いながらも耐え切れず後退《あとずさ》ってしまう。煙に飲まれる寸前、彼女が此方《こちら》に向けた視線は助けを求めるような、縋《すが》るような瞳に思えた。

そしてレイナの身体は完全に瘴気に飲まれた。

「くそっ、これじゃ近づけねぇ⁉」

彼女を引き摺《ず》り出そうと手を伸ばすが、高濃度の瘴気《しょうき》に触れた指先に激しい痛みが走り、皮膚が火傷《やけど》したように爛《ただ》れてしまった。

流石《さすが》に瘴気の中へ突っ込んでいくわけにもいかず、アルトは苦々しい表情をしながらも、逃れるようにレイナから間合いを離す。瘴気は魔剣からではなく彼女自身から発せられたモノならば、瘴気がレイナに物理的な害を成すことはないだろう。

ただ、渦を巻く瘴気の中から、なんともいえない圧を感じた。

「ふふ……ふはは」

徐々に薄れていく瘴気から、レイナの掠《かす》れる笑い声が聞こえた。

「いや、違う……こいつは」

「ふはは、はは、あはははははははははははは‼」

もう一歩、後ろに下がって身構えると同時に瘴気は晴れた。

肌を焼く瘴気は消え去ったが校庭に満ちる圧力は増した。耳が遠くなったような静寂は、この場が世界から隔絶されたような錯覚を生み出し、気温が一気に下がったような肌寒さをアルトに与えた。この感覚には覚えがある。人を超えた存在、人以外の存在、人知を超越したなにかしらの存在に、本能が警鐘を鳴らす感覚だ。

相対する存在こそが、本当の意味でのレイナ＝ネクロノムスなのだろう。

纏《まと》った瘴気の影響か、着ていた衣服は焼き尽くされ、全裸になった身体に禍々《まがまが》しい瘴気を鎧《よろい》のように纏っていた。露出は多いがよこしまな気持ちなど湧きようもないほど、邪悪で刺々《とげとげ》しい殺意が塊となって存在している。

レイナは自らの動きを確かめるよう、右手を動かし魔剣を眺める。

「まさか、ウツロと対峙《たいじ》する前にこの状態を引き出されるとはね」

声も口調もレイナそのもの。しかし、雰囲気はまるっきり違う。

「アンタとは一度、共闘したことがあったね。悪くはなかったけれど、やっぱりこの身体の相性は超えられなかった」

「勝手に人との相性を計ってんじゃねぇぞ、屑鉄《くずてつ》風情が」

「ふふっ。馬鹿のように見えて、やっぱり聡《さと》いのね」

魔力が迸《ほとばし》る瞳に愉悦の色を浮かべ彼女は怪しく微笑《ほほえ》んで、アルトを中心にしてゆっくりと周囲を回るよう歩みを進めていく。

「そう、わたしは魔剣。完成系魔剣レイナ＝ネクロノムス」

「……けっ。わかり切ったこと、自慢げに語ってんじゃねぇぞ」

「冷たい物言いね。この残酷な真実を暴きだしてしまったのはアンタ自身だよ。とっくに気が付いてるんでしょ？」

アルトは不愉快そうに顔を顰《しか》める。

「この肉体の持ち主がとっくに、死んでしまっていることに」

「……っ」

その事実はクワイエットによって聞かされていた。単純に認識だけが変わっていたり、意識だけが乗っ取られただけだったとしても、マドエルが資料として保存する資料はレイナ本人のモノ。

それがレイナ＝ネクロノムスになっているということは、存在の比重がネクロノムスの方に傾いているということ。それは死に準ずる何事かが起こらない限り、元の身体の持ち主より優先されることはないとクワイエットの説明にあった。

「魔剣ネクロノムスは意思を持ち、人に寄生する剣。人と剣が一体になることで、真の意味での魔剣ネクロノムスが完成するけれど、それには死んだ人間という条件が付くの。死を受け入れ、死を宿し、死を超えた先にこその完成系。人という器に限界があるのなら、その器を割ってしまえば限界はなくなる。これがわたしを作り出した剣鍛治が辿《たど》り着いた答えよ」

「そうかい。たいして興味ないね……だが、一つ教えろ」

「なに？」

微笑《ほほえ》みながら首を傾《かし》げる姿に胸糞の悪さを感じる。

「どうして元のレイナの意思があった。死んだんじゃないのか」

「ああ、それね。所謂《いわゆる》、死霊魔術と近い状態よ」

魔剣レイナはS字の刀身を覗《のぞ》き込み、瘴気《しょうき》の先に映り込む自分の顔を見る。

「確かにレイナは殺した。けど、寸前で魂を肉体に押し留めて魔剣と融合したの。魔剣自体に本能はあっても、自我というモノは存在しない。当たり前の人間性を維持するには、魂そのものを取り込んでしまうのが手っ取り早いの。記憶や認識を改竄《かいざん》できるし、自己意思で動いているように誤解させるのも容易《たやす》い」

「そりゃ、便利なモンだ」

茶化しながらも魔剣レイナを睨《にら》む視線は鋭い。

「誤算だったのは図書室に情報が刻まれてしまったことね。ガーデンの術式に割り込んで改竄はしてあったけど、まさかレイナじゃなく、レイナ＝ネクロノムスで登録されてたのは予想外だった。それさえ露見しなければ、わたしはもう少し普通のレイナでいられたのに。いや、存在を気取《けど》られていたのに、排除されなかったのは幸運だったかしら」

「ふん。大雑把な大精霊に感謝するんだな」

恐らく記憶が改竄されていたのだろうがレイナは元々、ガーデンに入ることを許されていたのだろう。そうでなければ侵入するだけならともかく、学生として学園に入り込むことは難しいはず。

「俺に近づいたのは認識を阻害する為か？　蜂女との戦いで剣を寄越したのも、接触してそれを早めようって魂胆だったんだろ」

「当たり。けど、目論見は外れた。随分と手厚く守られてたみたいだね」

「……リューリカの加護か」

王都の水は水神の祝福を受けている。普通に生活している分には実感は薄いが、清潔な水を浴びるほど飲めるだけでなく、怪我《けが》や病気にもある程度の効能を持ち、一説には呪《のろ》いの類にも耐性が付くと言われている。

魔剣の力の源があの瘴気《しょうき》ならば、確かに王都の水とは相性が悪いのだろう。ましてや少女化した肉体には、愛の女神マドエルからの影響もある。

「だから時間をかけてゆっくり、認識を変えるつもりでいたんだけど……結局は無駄になっちゃった」

「なるほど。テイタニアに成り代わってたんなら、そいつの部屋が正規の寄宿舎にあったはず。それをしないで同室を装ったのはその為か」

「それは外れ、残念だったね」

悪戯《いたずら》っぽく微笑《ほほえ》む。

「あの寄宿舎を利用してたのは元から。認識阻害を維持する為には極力、他人との接触を断った方がいいから。アンタがやってきた時には、都合が良いって思ったけどね」

「……そうかい。じゃあ、モノのついでだ。おまけでもう一つだけ、質問いいか？」

「いいよ。時間稼ぎでもなさそうだし」

「お前の中にはもうレイナは存在しないのか？」

「それは……難しい質問」

困ったように魔剣レイナは眉を八の字にする。

「捉え方の問題じゃない。わたしはレイナとも言えるし、レイナじゃないとも言える。医学的にはとっくに死んでるけど、魔術的には魂はまだ肉体に留まっている。って答えしか出せないけど、納得して貰《もら》えた？」

「ああ、もう十分だ」

息を吐いてからアルトはいつもの構えを取る。

「本気のレイナと戦えると思ったんだがな。相手がとんだガラクタでがっかりだぜ」

「……あ？」

初めて魔剣レイナの表情が固まる。

「理解できねぇならハッキリ言ってやる無機物。俺が戦いたかったのはテメェじゃねぇ、ぶち折って粗大ゴミに変えてやるから、とっととかかって来いよ駄魔剣が！」

「……ふふっ」

魔剣レイナは笑う。此方《こちら》を睨《にら》み付けたまま、瘴気を宿した魔力を高めて。

「がっかりさせたんなら申し訳ないわ。けど、わたしのやることは変わらない。アルト、アンタを殺して、アンタの強さを喰《く》らって、わたしはウツロをも飲み込む。それだけじゃない、竜の守護者クルルギも喰らってみせる。そして……」

握った魔剣を天に翳《かざ》す。

「愛の女神マドエルをも喰らい尽くして、わたしは神の力を手に入れる」

自らの宣言が事実であり、成すだけの力があることを示すように、魔剣レイナは内に秘めた魔力を解き放つ。背負う蝶《ちょう》の羽はより大きく毒々しい色に渦巻き、全身から湧き上がる赤黒い魔力粒子は、空気を腐らせる瘴気《しょうき》を帯びていた。その姿に生気は感じられず、死という存在に概念があるのならば、彼女の姿がそうだと納得させるような、本能に訴える恐怖と禍々《まがまが》しさに満ちていた。

だが、一人立ち向かうアルトは怖気《おぞけ》立つことなく、親指で鼻の下を撫《な》でつける。

「妄言、妄想、大いに結構」

重心を下に沈め呼吸で全身に魔力を循環させる。

「テメェの事情なんざ知ったこっちゃねぇが、テメェは俺とレイナの勝負に水を差しやがった。それが俺は頭にきてんだよっ！」

「なにを馬鹿な。わたしはわたし……」

「うるせぇ！　知るか小難しいことなんざ！」

流石《さすが》に困惑する魔剣レイナを一喝して、アルトは鋭さを帯びる眼光に殺気を宿す。

「テメェ如《ごと》き雑魚《ざこ》に俺や生徒会長、クソメイドが喰らえるかってんだ！　そいつを証明してやろうってんだ、四の五の言ってねぇでかかって来がやれ！」

「……なるほど。つまりアンタは大馬鹿ってわけか」

納得するように頷《うなず》いてから、魔剣レイナは真上へと浮遊する。

「確かに無駄口が多すぎた。後は実際にアンタの身体に刻み付けよう……完成系魔剣レイナ＝ネクロノムスの斬れ味を！」

アルトの身長より更に高い位置まで昇った魔剣レイナは、右の太腿を大きく上げて片手に握る魔剣を頭上に翳す。漲《みなぎ》る魔力の放出が一瞬止まり、目を見開くと共に振り下ろした刃から斬撃が撃ち出された。

魔力……いや、赤黒い瘴気の斬撃だ。

あの濃度は触れれば痛いだけでは済まない。しかし、アルトは避ける仕草は見せず正面から剣を振り抜き、瘴気の斬撃を断つ。飛び散って消え去る寸前の粒子が頬や腕に付き、火の粉が飛んだ時のような痛みを感じるが、いちいち反応している余裕はない。何故《なぜ》なら斬撃を断った直《す》ぐ眼前に、魔剣レイナの姿が迫っていたからだ。

しかし、不意を突いたとしても何度も受けた攻撃法だ。アルトは剣の峰に腕を添え、突き出してくる魔剣の刃を正面から受けて、滑らせるように軌道を逸《そ》らす。

「はん！　姿が変わっても同じ突進かよ！」

「それはどうかな」

「な――にっ⁉」

殺気は唐突に背後から強襲してくる。

ほぼ条件反射で正面の魔剣を弾《はじ》き振り返るが、間に合わずに背中の左肩の辺りをざっくりと斬られる。普通の裂傷よりも酷《ひど》い焼けるような痛みに襲われるが、アルトは奥歯を噛《か》み締め激痛に耐え、振り向きながら刃を横に薙《な》ぎ払う。

強襲してきたのは魔剣レイナ。彼女は刃が触れる前に瘴気《しょうき》となって渦巻くと、風に溶けて消えてしまう。何だアレはと驚く暇をアルトには与えず次は左側から殺気。

今度は何とか攻撃を阻むモノの、やはり相手は同じ魔剣レイナで同じよう直《す》ぐに粒子となって消えてしまう。続けて右、もう一度背後、頭上からと瘴気で構成された疑似の魔剣レイナの攻めにアルトは翻弄される。

「なっ、このっ、クソがっ！」

悪態を吐きながらも何とかギリギリで捌《さば》く。出現する順番はランダムで予測するのは難しいが、実際に実体としての知性や意思がある訳でなく、一度か二度剣を振るえば直ぐに消えてしまう単調なモノばかりなので、現れるタイミングさえ見極められれば、対応するのはさほど難しくはなかった。

だが当然、オリジナルの魔剣レイナもちゃんと存在している。

「さぁ、本気で行くよ！」

疑似魔剣の攻勢の隙間、正面から突っ込んで来たのは本物の魔剣レイナ。再び突進攻撃かと身構えるが、魔剣に宿る魔力量は高まっており、禍々《まがまが》しく輝く刃は目視でも必殺の一撃が飛んでくると予測できる。

下がるか。いや、突進技なら追尾されるだろう。

「ちいっ、受け切れるかよ！」

舌打ちを鳴らし腰を落として剣を両手で正面に構える。

「魔剣・胡蝶《こちょう》剣舞」

背中の羽《は》が爆ぜた瞬間、そこから散らばった粒子が剣を持った人の影を形作り、計八人のヒトガタがアルトを全方位から取り囲み斬撃を浴びせかける。正面からだけではない、文字通りの全方位。前後左右や頭上から連撃が飛び、さながらアルトの周囲は斬撃の檻《おり》が形成されているかのようだった。

「んぎ、ぬあああぁぁぁぁぁあっっっ⁉」

一呼吸の間もなかった。背中が悪寒で冷え付くよりも早く、全身の指先に至るまでの筋力を総動員して、アルトは全方位の攻撃全てに自らの斬撃を合わせた。一人で、一本の剣で魔剣レイナを含めた九人分の斬撃を相手取る。普通に考えて不可能な技。一撃、二撃くらいなら打ち落とせるだろうが、続く斬撃の渦に飲み込まれ一瞬にして粉微塵《こなみじん》だ。だが、アルトはやってのけた。

瞬きの間すら許されない、息をすることすら命取りの一刹那《せつな》、アルトが操る片手剣の刃は、縦横無尽に跳ね回る流星の軌道を描いて、刃諸共ヒトガタ達を斬り伏せて魔剣・胡《こ》蝶《ちょう》剣舞を撥《は》ね除《の》ける。

「――なんと⁉」

これには魔剣レイナも絶句する。必殺の一撃ではあったが防がれる想定もしていた。決死の回避を試みる、被弾覚悟で防御に徹する、何らかの魔術的防壁を張る。それらを打ち破れるだけの自信があったし、切り抜けられても次に繋《つな》がる追撃もロジカルに組みあがっていた。

だが、アルトの動きはどの想定にも当てはまらない、単純で力任せなもっとも愚かと言える方法。雑魚《ざこ》の集団戦術なら可能だろうが、胡蝶剣舞は達人級の幻影が全方向から同時に斬りかかる技だ。その上、本体以外の巻き込みを気にする必要もない。

それをアルトは一本の剣で弾《はじ》き返してしまった。

「ふぅふぅ……ど、どんなモンだこの野郎」

ヒトガタ自体は長く維持できないのだろう。攻撃を阻まれてすぐ形を崩して粒子と化し消えていってしまった。残ったのは荒く肩で息をするアルトと、驚きのあまり正面で動きを止めてしまった魔剣レイナだ。

「まさか、アレを防ぎ切るなんて」

「舐《な》めるなよ。この程度の全方位攻撃なんざ、とっくの昔に経験済みだ」

「……強がりを」

防がれたショックもあってか、魔剣レイナは虚勢だと捉えたのだろう。実際、北方戦線を経験して生き延びたアルトにとって、似たような窮地や修羅場は幾度となく潜っている。正直、初見だったら危なかったが、過去の経験が今更になって生きてくるのは、アルトにとっては苦々しい皮肉だろう。

「けど、無傷というわけにはいかなかったね」

冷静さを取り戻す魔剣レイナの指摘通り、アルトの身体には無数の傷が増えていて、至るところを血で汚していた。身体が小柄な分、動きの小回りは利きやすいが、やはり全てを防ぎ切るには地力が足りなかった。できれば一撃を貰《もら》いたくはなかったが、こればかりは悔やんでも仕方がない。

「瘴気《しょうき》の刃で斬られた傷は、普通よりもずっと痛いでしょ。じゅくじゅくと傷跡を焼かれ続けるような激痛が、今も続いてるんじゃない？」

「ふ、ふん。大したことねぇよ。路地裏の野良猫に引っ掛かれたようなモンだ」

強がって軽口を返すが、刃を受けた腕や足などの痛みは酷《ひど》い。それ以上に左肩の裂傷は傷が深い上に、瘴気が奥に潜り込んできているのか、左腕全体に嫌な痺れを与える。

（こりゃ不味《まず》いな。致命傷は防げてても、何度も受けるわけにはいかねぇ）

剣技やヒトガタの分身攻撃も厄介だが一番は瘴気《しょうき》による汚染。迂闊《うかつ》に近づくこともできなければ、掠《かす》っただけでも身体に瘴気が蓄積されてしまう。表情には出さぬよう平静を装うも、それを見抜くよう魔剣レイナは微笑《ほほえ》む。

「ふふっ、余裕がなさそうね。痛みが顔に出てるよ」

「うるせぇ！　俺は正直者なんだよ！　それにこんな傷、唾つけときゃ治る！」

怒鳴ってから手近な部分、腕や手の傷に口を寄せ吸い取った血を、ぺっと校庭へ吐き捨てる。唾液に混じった傷口の血は瘴気を含んでいるからか、黒っぽく変色している。

「どうだ、これで少しはマシになるだろ」

気休め程度だが少なくとも腕の痛みは弱まった。雑で乱暴な応急処置の仕方に魔剣レイナは驚いてから、苦笑を漏らす。

「アンタには何度も驚かされる。でも……」

再び蝶《ちょう》の羽に魔力を循環させ魔剣レイナの足元が地面から浮く。

「残念だ。本当だよ？　アルト、アンタとは何も知らなければ、普通の友達になれたと思うのに」

「ハッ、んな寝ぼけたことほざくから、テメェは駄剣なんだよ」

鼻で一笑してアルトも迎え撃つように構える。

「ガーデンは戦う馬鹿野郎が集まる戦場だ、お友達を作る場所じゃねぇ。レイナはそれを理解してたから、逃げることも誤魔化すこともせず果たし状を叩《たた》きつけてきやがった。そいつを理解できねぇんなら駄剣、テメェは屑鉄《くずてつ》にもなれないガラクタだ！」

「――っっっ⁉」

初めて、魔剣レイナに顔に憤怒《ふんぬ》の色が浮かんだ。怒気に反応して背中の羽が大きく羽ばたき、瘴気が鱗粉《りんぷん》のように散らばる。彼女の身体は浮き上がり先ほどより高みに位置すると、殺意に目を血走らせて眼下のアルトを睨《にら》む。

「黙れ、ただの人風情がっ！　アンタが何を吠《ほ》えようと、わたしは全てを喰《く》らい真理の座に至る大精霊となる……それがわたしの、魔剣ネクロノムスの存在理由だ！」

再び右の太腿を大きく上げ魔剣を頭上に構える。

「一度、凌《しの》ぎ切ったくらいで得意げにならないで。アンタが倒れるまで何度だって胡蝶は舞い続ける……魔剣・胡蝶剣舞！」

高まった魔力が魔剣を通し術式に変換される。今度は突撃してこないが、代わりに全方位に複数名の気配が出現。瘴気を形に変えたヒトガタが一斉にではなく、時間差でアルトに迫りかかってくる。右、左、背後と瘴気の剣を持ったヒトガタ達は、順番を守るようリズミカルな攻撃を順々に放ってきた。

「小賢《こざか》しい真似《まね》しやがって！」

全方位からの斬撃が一斉に飛んでくるより、数は多くても時間差で攻めてくるのはアルトにとっては組みやすい。同時にこれが誘い水であることも読み取れた。本当の狙いはなんだと思考しながらも、アルトは次々とヒトガタを斬り裂いていく。両断され霧散して粒子となり消えていくヒトガタ達。

だが、元が瘴気《しょうき》だからか完全に消滅はせず、薄く赤黒い霧のような状態で周囲に立ち込め始めたのに気づくと、アルトは息を止めて身体を大きく捻《ひね》り勢いよく回転しながら風を巻き起こす。

回転斬りで三体のヒトガタを斬ると同時に、巻き起こった風がアルトを取り囲むよう漂う瘴気を外側に散らした。視線を周囲に走らせ見えた光景に、魔剣レイナの仕掛けに気が付く。

「駄剣が。ウザってぇやり方しやがって」

「でも、これが戦術というモノよ、アルト」

ヒトガタが全て消えたタイミングを見計らい、滑空しながら降りてきた魔剣レイナの一撃と片手剣の刃が噛《か》み合う。

「まさか、卑怯《ひきょう》なんて眠いことは言わないよね」

「いいや、言うね。俺は自分に甘いんだ、この卑怯魔剣！」

軽口を飛ばしながら、魔剣と一合、二合と打ち合い正面から鍔迫《つばぜ》り合いをする。

「校庭のあっちこっちを瘴気で汚しやがって。俺の行動範囲を奪うにしても、随分と大仰なやり方じゃねぇか、ええっ」

「その気になれば、校庭全部を瘴気に沈めることができるわ」

魔剣レイナは身を軽く引いて乱暴に押してくる力任せな鍔迫り合いを流し、正面につんのめるアルトの後頭部に刃を落とそうとするが、寸前で堪《こら》えそれを剣で弾《はじ》く。そのままの流れで後ろに下がる魔剣レイナを逃がすまいと、大股で間合いを近づけ横薙《な》ぎ。防がれて弾かれる刃の流れのまま反対側への斬撃へ移行する。それも魔剣レイナは難なく受け、力を拮抗《きっこう》させながら交差する刃を二人の正面まで持ち上げた。

「それをやんねぇってことは、出来ない理由があるってことだろ。流石《さすが》に校庭を覆うほど大量の瘴気は、お前でも耐え切れないか？」

「想像に任せる。たとえそうだとしても……っ」

弾き、再び正面から刃が交わる。

「それは今だけの話。アンタを喰《く》らい、ウツロを喰らえば問題は解決する」

「要するに今は未完成ってわけだ、だせぇな」

「聡《さと》い。その人をイラつかせる賢さは、レイナは本気で嫌がってた」

鍔迫り合いの最中も高まる魔剣レイナの魔力に反応して、溢《あふ》れ出す瘴気が間近にいるアルトの肌を焼く。時間が経過するごとに瘴気の量、濃度が増えていくことから、自分で制御はしきれないのだろう。原因は喰《く》らえば解決するという言葉通り、単純に魔剣自体が成熟し切っていないのか、あるいは……。

(魔剣とレイナが完全に馴染んでいない、か)

そう推測するのなら、耐えられる瘴気《しょうき》に限界があるのも頷《うなず》ける。瘴気とは魔の残滓《ざんし》、人と違う理《ことわり》に存在する深淵《しんえん》の搾《しぼ》りかす。本来なら人の世に、人の手に届かない場所に存在するそれは、生者と徹底的に相性が悪いが故に、触れれば肌が焼け血が腐り生命と肉体を冒《ぼう》涜《とく》していく。

例外があるとすれば瘴気と密接な関係がある死霊魔術。死に絶えた肉体は魔の理に近い為、瘴気に毒されることはない。

(……だとすると)

一つの確信めいた予感があったが、それは魔剣レイナからの強い圧に邪魔される。

「──くっ⁉」

「力がどんどん弱まってるみたいだね。瘴気が身体に回ってきた？」

鍔《つば》迫《ぜ》り合いの中、必死で奥歯を噛《か》み締めるアルトとは対照的に、魔剣レイナは余裕のある表情でジリジリと刃の圧を強めてくる。一度は出し切り乾いたはずの汗がじんわりと滲《にじ》みだす。

傷は相変わらず痛みを与え、最初は指先だけだった痺れは肘の辺りにまで、いや、傷口の部分を合わせれば身体の殆《ほとん》どに瘴気の影響は及んでいた。だが、この回りの速さは予想以上だ。理由は恐らく少女化した肉体。外からの影響には強いが、身内にはとことん甘いマドエルの性質が反映してか、内部に浸食する瘴気類にはめっぽう弱い。あるいは、魔剣自体が対マドエルに特化しているのかもしれない。

「く、くそっ……この土壇場で、この身体が仇《あだ》になるとはっ」

「生者にとって魔の理である瘴気は毒でしかない。けれど、死を超えたわたしには、瘴気は力へと変わってくれる」

ぐぐっと、刃を押し込まれ耐え切れずアルトは膝を軽く折る。

「人が呼吸をする以上、霧散して目視できないほど微粒子になっても、吸い込み続ければ影響は避けられない。内側から腐っていく、とまでは言わないけど、確実にアンタの身体は冒されているわ」

「ぐ、ぐぐっ……くっそ」

限界が来るようにアルトはその場に片膝を突いた。魔剣レイナの圧が強まると同時に、アルトの身体から力が抜けていってしまう。

柄を握る指が僅《わず》かに離れた。

「これで決着だよ、アルト！」

更に強くS字の刃を押し付け、全身の魔力を刀身に流し込んだ。

「喰《く》らえ魔剣ネクロノムス。存在を、尊厳を、残さず平らげなさい！」

「──っっっ⁉」

刀身が瘴気《しょうき》に包まれる。瞬間、爆発的に増した圧が受けている刃ごとアルトの身体を押し切った。顔の左側から喉元を抜けて胸の間、右の腰へと抜けていく。斬撃によってつけられた傷跡には、刀身を覆った赤黒い瘴気が残炎を一直線に刻み付ける。

致命の一撃。それでも左手の剣を離さないアルトに敬意を払いつつ、魔剣レイナは背後に跳んだ。

「これで、トドメだ」

離れた間合いから両手で魔剣を握り、更に高めた瘴気を乗せて上段から振り下ろす。

「──魔剣・胡蝶《こちょう》天翔」

蝶の羽が消失して、その分の魔力が瘴気となって魔剣の刃から放出された。斬撃は瘴気の渦となって校庭を汚しながら、一直線にアルトへと迫り音もなく飲み込んだ。瞬間、校庭に虫食い状態で漂った瘴気も引き寄せられ斬撃の着弾点、つまりはアルトが座り込んでいる位置に収束していく。その光景は無数の蝶が群がっているようにも見えた。

「蝶よ、喰らい尽くせ……全ての蝶が羽ばたいた時、存在は亡骸《なきがら》ごと魔剣の糧《かて》となる」

残心しながら左手を離し、突き出した魔剣の刃は煙のように瘴気を昇らせていた。

「……勝負、あったわね」

校庭の屋上、フェンスの上で一部始終を見下ろしていたミュウは、落胆するような気配を漂わせ息を吐いた。

校庭では瘴気の蝶が群がりアルトの姿を確認はできないが、アレでは助かりはしないだろう。第一、直前に致命的な一撃を受けている。

「とんだ凡戦を見せられたわ。屍《しかばね》が勝ったところで、何の疼《うず》きにもなりゃしない」

不満がありありと浮かぶ口調で吐き捨て、横に腰掛けるロザリンを見る。

「大したことなかったわね、アンタの相棒。わたしは帰るけど、敵討《かたき》ちするんなら勝手にすれば」

「まだ、だよ」

「あん？」

フェンスを降りようとしていたミュウは、動きを止めて怪訝《けげん》な顔をする。

「まだ、終わってない。アルは、負けてない」

「希望的観測ってヤツ？　それとも刺激の強い光景に、頭がぶっ壊れちまった？　現実みろよ、アイツは死んだ。無残に、無様にね」

「ところが、どっこい。絶体絶命、からが、アルの本領、発揮」

確信めいた表情でロザリンは校庭を指さす。ミュウは無駄だとわかっていながらも、何《ど》処《こ》か捨てきれない可能性が胸の奥で燻《くすぶ》り、フェンスから足を下ろす代わりにもう一度だけ、示された指を追うよう視線を校庭に向けた。

瞬間、群がる蝶《ちょう》を斬撃が中から斬り裂いた。


あり得ない出来事、あり得ない光景に、魔剣レイナは絶句する。

確実に仕留めたはずだった。手応えはあったどころか、彼女の身体を裂いた感触も姿も、しっかりとこの目で確認した。

しかし、魔剣を通して伝わるはずだったアルトの存在は一向に届くことなく、代わりに閃光《せんこう》のような斬撃が、群がり球体を形作る蝶の群れを縦に両断した。

「やれやれ、死ぬかと思ったぜ。けど、感謝しなきゃならなくなったな」

死期を悟ったかのように、天敵から逃げ出すかのように、瘴気《しょうき》の蝶は一斉に飛び立ち力尽きるよう消え、空気に溶けていく。その中から聞こえたのは知らない男の声。現れたのは灰色髪で、何処《どこ》か胡散《うさん》臭い雰囲気の成人男性だ。

「あ、アンタ……だれ？」

「この姿は初めてだったな。お前が存在を喰《く》ってくれたおかげで、本来の俺の姿が表に出ることができたぜ。いやはや、全くの偶然だがマジで死ぬかと思ったがよ」

身体に傷はなかったが着ている服はサイズが大きくなった所為《せい》で、シャツが弾け飛んで

ボロボロになり上半身はほぼ半裸、ズボンは元々のサイズが大きかったから、捲《まく》った裾を戻せば大丈夫だったが、残った衣類の至る所に血の痕が残っている。

「ま、さか……アンタは……」

「おう。こいつが俺の本当の姿、野良犬騎士のアルトさんよ」

片膝を突き周囲に残った蝶《ちょう》を剣で切り払いながら、アルトは久しぶりの男の姿でにかっと歯を見せて笑った。魔剣レイナには知る由もなかっただろうが、魔剣は存在を喰《く》らうが故にアルトを喰った際、その表面上にある少女としての側面を剥《は》ぎ取った。しかし、魔剣自体がアルトを男性として認識していなかったのもあるだろう。本質である男性部分は喰われず残った結果、枷《かせ》が外され本当の姿に戻れたのだ。

その姿に少女アルトの面影を見て、魔剣レイナの瞳の疑惑の色が薄れた。

「そんな、本当の姿って……アンタはいったい」

「おっと、無駄な問答は無用だ」

立ち上がりアルトは黙らせるよう切っ先を突きつけた。

「まだ勝負の途中だぜ駄剣。次に無駄口開くようなら、遠慮なく首を叩《たた》き落とす」

「──っ⁉」

これまでにない殺気を浴びせられ、魔剣レイナはゾクッと背筋を震わせる。同時に相手が何者であれ敵には変わらないと認識を改め、透かさず魔力を循環させると背中に蝶の羽を出現させ、ふわっと宙に浮きあがる。

「そうだね。どんなカラクリかは、全てを喰らってしまえば理解できる」

「上等。そういうことだ。ま、俺は女を喰う方が好きだけどな」

下世話な下ネタに眉を顰《ひそ》めながらも、鋭い殺気に油断は見せず高く昇る。

「不潔！」

「瘴気《しょうき》まみれの駄剣がほざくな。さぁ、続きといこうぜ」

「──望むところ！」

上空で太腿を大きく上げてから、上段の構えと共に突撃してくる。ヒトガタを繰り出してはこなかったが、この攻撃方法を多用するのは自らのポテンシャルに自信があるからだろう。実際、何度も真正面から受けては、吹き飛ばされてきたが今度は違う。

「な──にっ!?」

激しい金属音を響かせ魔剣と片手剣がぶつかり合う。が、流すことなく正面から受け止めたアルトは微動だにしなかった。

「いいぜ、久しぶりの感覚。いや、前より絶好調だ」

想定した通りの身体の動きにアルトは陽気な声を上げる。

「まだ。たかが一撃を受け止めたくらいで！」

「なら試してみろよ。準備運動代わりに付き合ってやるぜ」

「舐《な》めるな！」

地に両足を付いて魔剣レイナは刃を放つ。レイナの身体に染みついた経験に、魔剣が喰《く》らい、体験したモノをプラスした剣術が猛威を振るう。構えから斬撃に至り、その際の体捌《さば》きや足の動きまで、人と剣を同一化させる完成系魔剣の名に相応《ふさわ》しい、達人の域に達する技の数々だった。しかし、完璧なはずの攻め手は悉《ことごと》く阻まれる。防戦一方というならまだ理解できるが、アルトは涼しげな顔立ちで、まるで稽古《けいこ》をつけてやってるくらいの軽快さで魔剣レイナを相手取る。

それは大人と子供の戯れにも似ていた。

「こ、この速度に合わせられるなんて⁉」

「まだまだ、そんなモンかよ魔剣ネクロノムス！」

剣戟《けんげき》の打ち合いはアルト側が更に速度を上げ、気が付けば攻防が逆転、先手を取ったはずの魔剣レイナが防戦一方になってしまう。

アルトの調子は絶好調だ。これは身体が元の姿に戻ったからだけではない。少女として未熟な肉体、枷《かせ》をかけられたような感覚の中、もがき続けた経験が今のアルトにも受け継がれている。付け焼刃だと諦めず鍛えた身体と心が、もうとっくに余地はないと思っていた伸びしろを高めてくれた。

「いいねぇ、こりゃ。強さに溺《おぼ》れちまう連中の気持ちがわかっちまう」

「くっ……余裕ぶってぇっ!!」

　このままでは押し切られると判断してか、剣を弾《はじ》き魔剣レイナは間合いを取る為に後ろへ跳躍する。逃がすまいとアルトは踏み込むが、阻むよう正面に二体のヒトガタを出現させ、それを迎撃している間に間合いを離されてしまう。

　斬り伏せて粒子になる瘴気《しょうき》が風に流され、肌に触れるとやはり痛みと痺れを感じた。

「認めなければならないね。アンタは強い。ガーデンで磨かれた魔剣であるわたしより」

「偉そうなこと言うな駄剣」

　仕切り直しに剣を肩に担ぎながら、魔剣レイナを睨《にら》み付ける。

「正直、お前がどっちなのか判別がつかねぇ。魔剣なのか、レイナなのか」

「両方だよ。完成系魔剣レイナ＝ネクロノムスとは、そういう存在なんだから」

「……そうかい」

　軽く嘆息してからアルトは剣を構えた。彼女にレイナの意識が何処《どこ》まで残っているのか、何処まで認識が阻害されているのか判別することは難しい。少なくとも自分を殺した魔剣に利用されている時点で、レイナの意思は無関係に捻《ね》じ曲げられているのだろう。死んだ人間を救うことはできない。そもそも、誰かを救うなんてアルトの性に合わない。

　ならば、やるべきことはシンプルに一つだけ。

「大人の俺に魔剣のレイナ。決闘する相手が二人共、丸っと変わってちゃ、果たし状まで突きつけられた意味がねぇ」

アルトはいつもの刃を後ろに引く脇構えを取る。

「茶番は幕引きにしようぜ。次の一撃で最後だ」

「望むところよ」

呼応して魔剣レイナも剣を上段に構える。今度は浮遊はせず地に足をつけたまま、小細工無用の真っ向勝負を挑むつもりなのだろう。

魔剣レイナにも意地はある。最強の剣として銘を刻むこと、大精霊を喰《く》らい神の座へ至ること。種を残すことが生物としての本能ならば、魔剣として生まれた存在の本能は作り出した鍛冶《かじ》師の想いが強く浮き彫りになる。強くあれ、最強たれ。子供が握り、未熟者が振るったとしても、最強の二文字が揺るぐことのない魔剣であれ。魔剣レイナとしてではなく、魔剣ネクロノムスとしての意思があるとすれば、この本能に従うことこそが本懐である。

両目から魔力の粒子を迸《ほとばし》らせ、背中の羽が大きく羽ばたく。

「刮目《かつもく》せよ！　これが神を喰らう完成系魔剣の刃だ！」

翳《かざ》した魔剣に魔力が集まり、瘴気《しょうき》が更に巨大な刃を形成する。先ほど少女アルトに放ったモノとは比較にならない、まさに全身全霊を込めた必殺の一撃。集中には時差があり、隙を突いて離れた間合いを狭めるなら今がチャンスだが、アルトは動かず不敵に笑いながら軽く重心を落とすに留める。

「来い、来いよテメェの全力。未練が残らねぇように、全部出し切っちまえ！」

「行くよ、野良犬騎士！」

蝶《ちょう》の羽が消失して、最大火力が魔剣の刃に詰め込まれた。

「魔剣・真胡蝶天翔っ!!」

振り下ろした刃から斬撃を纏《まと》った、赤黒い瘴気《しょうき》の渦が放射された。切り刻みながら相手を瘴気で焼く魔の一撃。

人の身が出せる魔力を限界まで絞り、注ぐ。反動は凄《すさ》まじく柄を握る魔剣レイナの手や腕が、御《ぎょ》し切れず跳ね返ってくる魔力と瘴気の影響で、肌がひっかき傷のように裂け、そこから血が流れ落ちる。だからこそ、断言できる。

勝った、と。

「余裕ぶっこいでんじゃねぇぞド阿呆《あほう》がッ!!」

「──なにっ⁉」

アルトの叫びが轟《とどろ》き、魔剣レイナはあり得ないモノを見た。

真胡蝶天翔を放出し終え魔剣の切っ先が地面に落ちると同時に、正面で渦巻いていた瘴気と斬撃を渦を、真正面から突き破りアルトが姿を現した。耐え切った、あり得ない。剣で切り払った、あり得ない。

そもそも攻撃が通じなかった、あり得ない。喰《く》らった経験もレイナの体験も意味をなさない、理解不能な状況で混乱する魔剣レイナが見たのは、いつの間に拾い上げていたのか、右手に持った脱ぎ捨てたはずの白いコートの切れ端と、瘴気《しょうき》に焼かれた無数の御札が風に吹かれ宙を舞う様子だった。

コートの内側に魔術耐性の強い、呪符を何枚も張り付けてあったのだ。

「コートを、盾に――っ⁉」

「卑怯《ひきょう》とか言わねぇだろうな、駄剣ッ‼」

切れ端を投げ捨てアルトは両手で柄を握る。間合いは既に刃の領域。力を出し尽くした魔剣レイナは、驚きながらも、力が入らない足でよろめきながらも、生き抜く為の生存本能に背を押され魔剣を構えた。

一閃《いっせん》。翳《かざ》したS字の刃諸共《もろとも》、アルトの片刃が魔剣レイナを斬った。

奇《く》しくも少女アルトが斬られた時と、左右は逆だが同じ軌道に沿って。

「あ、ああ……」

決着を示すような静寂の中、アルトは漂う御札の紙切れを一枚掴《つか》み取る。

「テメェがレイナのままだったら、使うつもりはなかったんだなが。やれやれ、アイツに助けられるとは、俺も未熟者だぜ」

きっと今も何処《どこ》かで見ているのだろうと思いながら、掴《つか》んだ札を背後に投げ捨てた。そして視線を魔剣レイナに戻すと、彼女は折れた魔剣を右手に握ったまま、両膝をその場に突き「げほ、がほっ」と激しく咳《せ》き込み吐血、いや、液状の瘴気《しょうき》を吐いた。斬られた傷口からの出血も少ないのは、彼女が死人であるからだろう。

アルトは残心を維持しながら自分の身体を軽く起こす。

「今のお前はどっちだ？」

「さぁ……どっち、だろうね。もう、わたしにも、わからない」

地面に突いた両膝を左右に滑らせ彼女は座り込んだ。傷の所為《せい》か魔剣が折れた影響かはわからないが、彼女からは覇気《はき》が失われ、今にも消える寸前の蝋燭《ろうそく》のように儚《はかな》く、生命力が皆無に思えた。

同時に瘴気も薄れ、纏《まと》っていた鎧《よろい》も消滅、露《あら》わな姿になってしまう。

「ごめんね、テイタニア。かたき、とれなくて。ばかなわたしで、ごめん」

謝罪を何度も繰り返しながら横たわるように倒れ瞳を閉ざした。きっと最後の瞬間まで、自分が本当は誰なのか正しく認識できなかったのだろう。

「レイ……んぐっ⁉」

構えを解き、レイナの亡骸《なきがら》に手を伸ばそうとしたその瞬間、突然、身体が燃えるように熱くなり、思わず後ろによろめきながら片膝を突いてしまう。頭を激しく揺らされるような頭痛に視界がブラックアウトするが、異変は直《す》ぐに収まり、痛みも熱も綺麗《きれい》さっぱり消えてしまった。

「なん——だっ⁉」

頭を押さえていた手を離し、何の気なしに視線を落とすとアルトは言葉を失う。その手はゴツゴツとした男の手ではなく、指が細く綺麗《きれい》な少女の手の平をしていた。

慌てて剣の刀身に自身を映してみると、そこにいたのは男としてのアルトの姿ではなく、最近は見慣れてきてしまった少女アルトの姿だった。

「おいおい、マジかよ……っと⁉」

ズボンの裾が長く、踏んづけた拍子に尻餅《しりもち》を突いてしまう。身体が大きくなった際に折り畳んでいた裾を戻したからだろう。シャツも破れているので上半身は裸で、急速に熱が奪われる所為《せい》か酷《ひど》く寒い。

「くそっ、どうなってる。折角、元に戻れたってぇのに」

「それがマドエル様の御意思なら、君のやるべきことがまだ終わっていない。そういうことなんじゃないかな」

「……誰だ？」

不意に聞こえたのは知らない少女の声。気配はなかったはずだと警戒しながら、声の出所を探っていると、ちょうどレイナが倒れる背後の景色が揺らぎ、陽炎《かげろう》の中から人の姿が映し出された。

それは初めて会う少女だが、見た目の特徴には覚えがある。

「お前……ロザリンが言ってた、アカシャって小娘か」

「初めまして、アルトさん。だったかな。小娘って呼ばれるのは引っ掛かるけど、アレが君の本当の姿なら、確かに君から見たら私は小娘かもしれない」

彼女、アカシャは苦笑しながら顔を軽く横に傾けた。

「持って回った言い方しやがって、気に入らねぇな」

アルトは立ち上がり剣を肩に担ぎながらアカシャを睨《にら》む。

「なんの用だ。漁夫の利狙いってんなら、お引き取り願うぜ」

「ええっと、否定し切れないのが困ってしまう」

「……そうかい」

ならばもう一戦と剣を構え直そうとすると、それを制するよう殺気が走る。

「待て」

また知らない女の声が聞こえると同時に、アカシャの背後の暗闇から黒髪の女が姿を現し、守るよう前に立つ。彼女が何者かは知らないが、やはり同じようにその姿と、顔につけた仮面には聞き覚えがある。

「仮面の女……そうか、テメェが噂《うわさ》の三人目の生徒会役員か」

「アカシャ、もっと後ろに下がって」

敵意を露《あら》わにする此方《こちら》とは対照的に、仮面の女は落ち着いた様子でアカシャの肩を掴《つか》み下がらせようとする。しかし、肩に置かれた手に自分の手を添えて、アカシャは真面目な表情で首を左右に振る。

「それは駄目。大切な話をするから、私もちゃんと前に出なければ」

「その、大切なお話、ま〜ぜ〜て〜」

緊張感のある雰囲気をぶち壊すような、ちょっと抜けた声色と共に上から降ってくる影が二つ。ロザリンとミュウだ。彼女らはアカシャ達と対峙《たいじ》するように、それぞれアルトの左右に立つ。

ロザリンはともかく、まさかミュウまで一緒なのは予想外でアルトは髪を掻《か》き毟《むし》る。

「揃《そろ》いもそろって人の喧嘩《けんか》を覗《のぞ》き見かよ……おい、ロザリン。連中がそうか？」

「うん。あと、この人。前に地下水路で、会った。名前は確か……」

「私の名前なんてどうでもいいわ」

思い出そうとするロザリンを、仮面の女は強い口調で遮った。

「ああ、どうでもいいわね」

同意したのはミュウ。だが、此方《こちら》は露骨な殺気を撒《ま》き散らしている。

「折角、面白いモンを見学できたのに、妙な横槍《よこやり》を入れられたら興醒《ざ》めなのよ。何が目的かは知らないけど、楽しんだ結末に茶々入れるつもりなら……ぶち殺すぞ」

「……へぇ、言うじゃない」

剣呑《けんのん》な空気を受けて仮面の女も、受けて立つとばかりに殺気を醸し出すが。

「待て。私達の使命をはき違えないで……済まない。彼女の非礼は私の方から詫びさせて貰《もら》う。この場に現れたのは、一つお願いがあってのことなんだ」

「お願い？」

誠実さが滲《にじ》む言葉に怪訝《けげん》な顔をしながら、アルトはチラッと横のロザリンを見る。特に反応はない、ということは話を聞くべきという意見なのだろう。

「聞くだけならな。言ってみろよ」

「感謝する」

微笑《ほほえ》んでアカシャの視線は、倒れ事切れるレイナに向けられた。

「頼みというのは単純だ。彼女、レイナのことは私達に任せて貰えないだろうか」

「……そいつを利用するつもりか？」

「彼女の尊厳を踏み躙《にじ》るような真似《まね》はしない」

威圧するよう睨《にら》み付けるが、アカシャは真っ直《す》ぐ此方《こちら》を見据え胸に手を添える。

「我が名、ツァーリに誓う。決して彼女の誇りを傷つけはしないと」

「……アカシャ」

「いいんだ。これは後出しになってしまった、私なりのケジメだから」

その誓い、その名は仮面の女的にはあまり表に出して欲しくはなかったのだろう。咎《とが》めるような、困ったような口調で窘《たしな》められるが、アカシャは一切動じることなくそう言って微笑《ほほえ》み、小さく「ごめんね」と呟《つぶや》いた。

仕方がないと諦めるように、仮面の女は肩を竦《すく》める。

一応、左右のロザリンとミュウの様子を窺《うかが》う。二人共、特に口を挟む気はないようなので、アルトは決断をそのまま伝えた。

「丁重に扱ってくれよ。そいつは、ここでの初めてのダチなんだ」

「心得た。感謝する」

感謝するように頭を下げるアカシャ。顔を上げたアカシャに促され、仮面の女が倒れたままのレイナに近づくと裸体を隠す為に上着をかけ、合掌と黙祷《もくとう》をしてから丁寧に身体を抱き上げた。

「お前らも外敵因子を狙ってたんだろ。もう用事は済んだのか?」

「……感謝と友好の証に一つ、助言をさせて貰《もら》えないか」

アルトの問いに少し考え、アカシャは微笑みながら答えた。

「外敵因子は間違いなく魔剣ネクロノムスだ。けど、もしかしたら、それは大きな括《くく》りの中の一つなのかもしれない」

「大きな括りだと?」

「そもそも外敵因子を、魔剣をガーデンに持ち込んだ理由は何なのか。結局のところ私達は、肝心の真実に辿《たど》り着けてない。そして謎の中心にいるのは……」

「ウツロ、か」

「…………」

アカシャは頷《うなず》かずただ微笑むだけ。そしてミュウは無意識なのだろうか、爪が食い込むくらいに強く拳を握り締めていた。

「アカシャ」

仮面の女に急《せ》かされアカシャはアルト達に背を向け、闇の中へ向かい足を進める。

「それじゃ、暫《しば》しのお別れだ。アルト、ロザリン、ミュウ。真実に向かう道筋が、私達と同じなことを願うよ」

そう言って二人は現れた時と同様に、揺らめく空間の中へ溶けて消えていった。魔術で瞬間移動している訳ではない。恐らくは月明かりを利用して光を屈折させ、実体が消え去ったように見せかけただけだ。

二人の気配が消えてようやく、アルトは息を吐き脱力する。

「やれやれ。終わったと思ったのに、結局はふりだしかよ。くそっ、外敵因子を何とかすれば、元に戻れるんじゃねぇのかよ。詐欺だ詐欺。クソメイドのところに怒鳴り込んでやろうか」

愚痴を多大に零《こぼ》すが実際は諦め気味だ。あのクルルギが約束が反故《ほご》になったからと言って、もうしわけなさそうな顔を見せるはずもない。

「でも、色々と、ヒントは出揃った、よね」

「三歩進んで二歩下がった気もしないでもないが、まぁ、ここまで来たんならキッチリ決着つけるしかねぇか」

「……ふん。馬鹿らしい」

特に会話に混じったりはせず、吐き捨てるよう呟《つぶや》いてミユウは踵《きびす》を返す。

「帰るの？　ってかお前、帰る場所あんのかよ」

「お前に関係ねぇでしょ……その辺の軒下にでも寝転ぶわ」

関係ないと言いながらもちゃんと答えてくれた。ミユウに対する関心は特になく、邪魔にさえならなければ放っておくつもりだったが、何となくこの毒気が和らいだ雰囲気のミユウは、人に懐かない捨てられた犬のように感じてしまう。

「行き場がないんなら俺の寄宿舎に来るか？　汚いが使ってない部屋は無駄にあるぞ」

「……むっ」

何故《なぜ》かロザリンは頬を膨らませる。ミユウもてっきりお断りだと、にべもなく断られると思いきや、足を止めて不服そうな顔を此方《こちら》に向ける。

「腹減ったんだけど。飯も食わせなさいよ」

「帰る前に、町に行って飯屋でも探すか。けど、その前に……」

大きく伸びをしながら、後ろに倒れ込むよう大の字に寝転んだ。

「もう少し休ませてくれ。流石《さすが》に今日は限界だ」

目を瞑《つぶ》るアルトの左右から、仕方ないと微笑《ほほえ》む吐息と、馬鹿を見るよう呆《あき》れるため息が同時に聞こえた。人生とは因果なモノだ。上手《うま》くいくようで全く上手くいきやしない。真実を見つけたようで、全く指先すら届いていない。今日、面白い同居人を失い、昨日まで最悪の敵だった同居人が誕生した。

何とも数奇な運命だと、少しだけ神様に感謝し恨み言も零《こぼ》した。

夜が明けるにはまだ少し早い。

# エピローグ　極点に至る刃

花の塔の内部にあるウツロの私室。窓を閉め切り燭台《しょくだい》の明かりだけが照らす室内で、謹慎処分を受けてから殆《ほとん》ど薄暗い部屋に引き籠《こ》もっている。別に精神的に病んでしまったとか、理不尽な世の中に嫌気が差したとか、そんな青臭い理由などではない。単純にやることがなくなってしまったからだ。

生徒会長としての業務は、殆どがオルフェウスやアントワネットが代行してくれていて、実際に彼女がやることと言えば、どうしても本人ではないと務まらない署名や視察くらいだろう。その合間にお茶会をしたり、生徒会に関わりのある生徒のお喋《しゃべ》りに耳を傾けたりと、自らが積極的に何かことを起こそうとはしなかったが、それくらいで十分に暇つぶしにはなっていた。

ただ、謹慎ともなるとそうもいかない。特別、楽しかった思い出はないが、一日という膨大な時間を消費するのに、一人でいるには長すぎる。

「……ああ、たいくつ」

何をするわけでもなく、制服姿のままソファーに腰掛け、つまらなそうに呟《つぶや》いた。

彼女の退屈は今に始まったことではない。ここ一年あまりずっとずっと、ウツロは退屈していた。一年前まではそんなことはなかった。戦えば戦うほど強くなり、強くなったと実感しても、更に高い壁が立ち塞がり積みあがった強さを撥《は》ね返す。

常人なら心が折れてしまう試練の連続でも、高みに昇る実感があったウツロには、何の苦にもならなかった。戦い方に無手を選んだのもそうだ。

あらゆる武器を試してみても自分の手に馴染むモノは遂に現れなかったが、勝つ為に全身の感覚をより研ぎ澄まさなければならない無手の戦法は、強さと戦いに意義を求めるウツロには合っていたのだろう。だが、前生徒会長達が卒業した以後は、以前のように戦いに意義を見付けられなくなっていた。理由は単純、相手が弱いからだ。

弱さというのは決して肉体的な意味だけではなく、負けても負けても挑んでくるような心根の強さにも由来する。気が付かない内にウツロは強くなり過ぎた。圧倒的な実力は他者に恐怖と絶望を与え、戦う気力を根こそぎ奪ってしまう。戦っても一度敗れてしまえば、以後は勝つことを諦めてしまう。

それがたまらなくつまらなかった。単純に自分が最強だと吹聴《ふいちょう》できれば、気分はもう少し違っただろう。だが、ウツロに最強の言葉は重かった。何故《なぜ》なら卒業生の前序列首席と勝手に消えた次席には、一度も勝てていなかったからだ。条件付きの最強。強さに意義を見出すウツロにとっては、これ以上に屈辱的なモノはない。

自分の意義を求め続けるには戦い続けなければならないが、相手がいないのではもうどうしようもない。

「……ああ、ゆううつ」

温《ぬる》くなったグラスの水で、ため息交じりの喉を潤す。

生徒会役員の二人は駄目だ。アントワネットはそもそもまともに戦うつもりはないし、オルフェウスは此方《こちら》に対する敬意が強すぎる。

本気で牙を剥《む》くとしたら風紀委員長のニィナだが、彼女は正義の人だ、戦いに意義を見出すタイプではない。そのタイプに近いといえば恐らく仮面の女だろうが、アレは例外中の例外、今は戦うことはない。期待を込めていたといえば件《くだん》の転入生なのだが……。

「期待外れ、だったわね……はぁ」

息を漏らしてソファーの背もたれに身体を委《ゆだ》ねる。

万全の状態ではなかったとはいえ、二回戦って二回とも一矢報いることもできないようでは、この先も期待はできないだろう。

一応、決着をつける雰囲気にはなっていたが、どうにも気分が乗らない。それでも戦う理由があるとすれば、自分が満足するかどうかよりも、転入生に対してのお仕置きの意味が強いだろう。

「あの娘、どこにいるのかしら」

思いを馳せるのは奴隷ちゃん。ミュウと名乗った少女だ。彼女と出会ったのは偶然、夜中に町の方を歩いている際に、倒れているのを見つけ拾って帰った。素性の知れない人間がガーデンに紛れ込むのは珍しいことではない。ガーデンに入ることができるのは、愛の女神マドエルの導きがあった女性だけ。

例外があるとすれば。

「………………」

正面の机に置いてある水槽に納まった髑髏《どくろ》を睨《にら》む。ウツロの呟《つぶや》きに対して何も反応を示さないのは、意識が飛んでいるのだろう。

元は人間でも今は骸骨。水槽に注がれた呪術用の液体で辛うじて保たれているが、ほぼ死んでいるも同然の状態だ、普通に思考して会話をしている時点で異常なのだ。ガーデン内に魂だけとはいえ、異性が潜り込むなどまさに女神をも恐れぬ行為だろう。

彼もミュウと同じく道端で拾った。アレは確か……確か……。

「……あら?」

思い出せなかったが、どうでもよいことかと直《す》ぐに思考を打ち切る。

とにもかくにも退屈だ。目下の目的としては謹慎が明けた後、転入生達を血祭りにあげねばならない。目障りなニィナも同時に始末しよう。そうなると本格的に戦う相手がいなくなる……いや、一人いた。

「クルルギ」

ガーデン最強。否、大陸でも十本の指に入る強者中の強者。このガーデンで研鑽《けんさん》する乙女達で、彼女に制裁を受けたことがない者は殆《ほとん》どいないだろう。

かくいうウツロもいばら館の時を含めて二度、彼女と対峙《たいじ》して、何もできずに一撃で敗れ去っている。アレは強い弱いとは別次元過ぎて、敗北感もなかった。

だが、次は違う。全てを振り払うほど強くなったのなら、挑むべきは最強の二文字。そして……。

「戦うべき相手がいなくなったのなら、ガーデンを割ってでも外に出るしかないわ」

既にウツロのガーデンに対する気持ちは離れつつあった。衣食住が足りても満たされぬ渇きは闘争本能、戦いの意義を学ばなければ、このような飢えに苦しむことはなかっただろうが、今更、恨み言を呟いても意味をなさない。

戦って戦って戦わなければ、この飢えと渇きは癒やされない、退屈は解消されない。いつか握る拳が見上げる極点を叩《たた》き割るまで、虚ろな魂が満たされることは叶《かな》わない。

「あ……れ……？」

ふと、机の上に視線を向けると、水槽の前に置いた覚えのない物が転がっていることに気が付いた。不思議に思いながら手を伸ばし、自分では振るうことがない折れた剣の柄を握りしめた。そして、「ああ」と納得の声を零《こぼ》す。

「魔剣ネクロノムスね。そういえば、ワタシのだったわ」

自分の思考に疑問を持たず、ウツロは折れた魔剣を机に戻し、そのままソファーに横たわり瞳を閉じた。

暫《しばら》くして安らかな寝息を立て始めた頃、水槽の髑髏《どくろ》が入れ替わるよう目を覚ましたのか、ぼこぼこと泡を立てる。

その様相はまるで、ほくそ笑んでいるようにも思えた。

〈『小さな魔女と野良犬騎士 8』完〉

この作品に対するご感想、ご意見をお寄せください。

●あて先●

〒101-0052 東京都千代田区神田小川町3−3
主婦の友インフォス　ヒーロー文庫編集部

「麻倉英理也先生」係
「西出ケンゴロー先生」係

ヒーロー文庫

ヒーロー文庫

# 小《ちい》さな魔女《まじょ》と野良犬騎士《のらいぬきし》 8

麻倉英理也《あさくらえりや》

2023年2月10日　第1刷発行

発行者　前田起也

発行所　株式会社　主婦の友インフォス
〒101-0052 東京都千代田区神田小川町 3-3
電話／03-6273-7850（編集）

発売元　株式会社　主婦の友社
〒141-0021
東京都品川区上大崎 3-1-1 目黒セントラルスクエア
電話／03-5280-7551（販売）

印刷所　大日本印刷株式会社


ISBN 978-4-07-453300-8